el NIÑO *de la* MALETA

LENE KAABERBØL
AGNETE FRIIS

el NIÑO *de la* MALETA

Traducción:
BLANCA ORTIZ OSTALÉ

EMBOLSILLO

Título original:
DRENGEN I KUFFERTEN

Diseño de cubierta:
ELSA SUÁREZ

Foto de las autoras:
LISBETH HOLTEN

Adaptación de cubierta:
ROMI SANMARTÍ

Diseño de colección:
TONI INGLÈS

La traducción de este libro ha recibido una ayuda del Danish Arts Council.

Benito Castro, 6
28028 MADRID
emaeva@maeva.es
www.maeva.es

ISBN: 978-84-15140-34-4
Depósito legal: M-10.406-2012

Fotomecánica: Gráficas 4, S. A.
Impresión: Lavel, S. A.
Impreso en España / Printed in Spain

PEFC
PEFC/01-4-12
La madera utilizada para elaborar las páginas de este libro procede de bosques sujetos a un programa de gestión sostenible. Certificado por SGS según N.º: SGS-PEFC/COC-0405.

GRACIAS A

Anders Trolle
Daiva Povilavičienė
Henrik Friis
Henrik Laier
Inger Laier
Joana Mikalauskaitė Nørskov
Juozas Mikalauskas
Justina Mikalauskienė
Kirstine Friis
Liudvika Stakauskienė y la guardería Žemyna
Lone Emilie Rasmussen
Pranas Povilavičius

y a tantos otros que nos han ayudado a que este libro saliera adelante

Lene & Agnete

Mantuvo la puerta abierta con el trasero mientras tiraba de la maleta hasta meterla a rastras en las escaleras del aparcamiento. El sudor le corría por la espalda y le empapaba la camiseta. La temperatura interior del edificio era mínimamente más fresca que la del cegador infierno de Nyropgade, la calle que había afuera, pero a cambio todo apestaba a hamburguesa mohosa porque alguien había dejado los restos de un menú tirados en un escalón.

Una vez en el sótano del aparcamiento, arrastró la maleta por detrás de unos contenedores hasta un punto donde calculaba que las cámaras de seguridad no la verían. No quería meterla en el coche sin saber qué contenía. No estaba cerrada con llave, solamente tenía echadas dos aldabillas y llevaba una resistente correa alrededor. Le temblaban las manos, una de ellas aún sin sangre después de acarrear aquel peso tan poco manejable durante tanto rato, pero abrió los cierres y levantó la tapa.

Dentro de la maleta había un niño, un niño rubio desnudo, flaco y menudo de no más de tres años. El susto la impulsó a retroceder hasta la áspera pared de plástico del contenedor. El pequeño tenía las rodillas flexionadas a la altura del pecho e iba doblado como si fuera una camisa; de otro modo no habría cabido. Tenía los ojos cerrados y a la luz de los tubos de neón su piel había adquirido un brillo pálido. Solo al ver que entreabría levemente los labios se dio cuenta de que estaba vivo.

AGOSTO

LA CASA ESTABA SITUADA en lo alto de un declive con vistas a la bahía de Jammerland. Jan sabía perfectamente cómo la llamaban en la zona: El Fortín. Pero no era eso lo que siempre le llevaba a contemplar su tapia blanca con un vago sentimiento de insatisfacción; la gente podía pensar y decir lo que le viniera en gana, lo importante no era eso.

La había diseñado un arquitecto en un moderno estilo funcionalista clásico. Neofuncionalista, así lo llamaba Anne, que le estuvo mostrando fotografías y edificios hasta hacérselo entender, al menos en parte. Líneas rectas, no demasiados adornos. La idea era que las vistas hablaran por sí solas a través de los enormes ventanales translúcidos, que permitían que la naturaleza se integrara en el espacio. Eso decía el arquitecto, y sí, Jan lo veía. A fin de cuentas, era lo que él quería: todo nuevo, todo limpio y en su sitio. Compró el terreno y echó abajo el viejo chalé, peleó con los del Ayuntamiento hasta que comprendieron que les interesaba que se instalase en el municipio y le concedieron los permisos pertinentes, y se ganó a la representante local de los ecologistas con una donación que a punto estuvo de hacer que la pobre mujer se echara por encima la infusión. Al fin y al cabo, ¿por qué no iba a poder crear una reserva de aves? No tenía el más mínimo interés en que nadie edificara por allí ni en que empezaran a aparecer molestos grupos de excursionistas con sus bicicletas y sus botellas de plástico. Ahora la casa estaba ahí, con su tapia blanca alrededor, sus grandes ventanales y sus elegantes y puras líneas neofuncionalistas. Tal y como él la quería.

Pero, con eso y con todo, las cosas no marchaban como debían. Aún seguía invadiéndole una extraña y vaga nostalgia al pensar en la otra casa, un viejo caserón, una auténtica porquería, una desafortunada combinación de decrépito palacete de nuevo rico y horrorosos añadidos sesenteros que, para colmo, tenía un precio astronómico porque estaba en la antigua carretera de la costa. No era esa la razón por la que le gustaba; lo exclusivo de la zona le traía sin cuidado, pero estaba justo al lado de la casa donde Anne había crecido y no podía evitar imaginárselo: la gran familia reuniéndose en barbacoas nocturnas bajo los manzanos, los niños correteando por el césped crecido, el padre de Anne y él con un buen whisky en la mano y envueltos en el agradable aroma del tabaco de Virginia. La madre de Anne en el balancín del porche con un bonito chal indio por encima de los hombros. También imaginaba a sus propios hijos con Anne, cuatro o cinco, ella con el más pequeño en brazos, risueña y feliz. Por San Juan, quizá, y con su hoguera, tan numerosos que las canciones al amor de la lumbre sonarían por una vez como Dios manda. O un jueves cualquiera, así sin más, porque les apetecía y habían comprado gambas frescas en el puerto.

Dio una calada hambrienta al cigarrillo y contempló la bahía. En aquel preciso instante el agua era azul oscuro con franjas de espuma y el viento le revolvía el pelo y le arrancaba lágrimas de los ojos. Hasta había convencido al propietario para que vendiera. Los papeles estaban listos, solo faltaba la firma. Entonces ella había dicho que no.

Jan seguía sin comprenderlo. Joder, si era su familia. ¿No se suponía que a las mujeres les importaban esas cosas? El contacto cercano, los vínculos y todo eso. Y además, con una familia como la suya, tan... auténtica. Tan sana. Tan cariñosa. Tan fuerte. Keld e Inger, que saltaba a la vista que seguían queriéndose después de casi cuarenta años. Los hermanos de Anne, que visitaban la casa con frecuencia, unas veces con mujeres e hijos y otras sin, simplemente porque les pillaba de paso cuando iban a jugar al club de tenis. Formar parte de todo aquello, así de sencillo, de rutinario, allí a dos puertas, al otro lado del seto... ¿cómo había sido capaz de decir que no a todo eso? Pero así era. Un no firme y tranquilo, de los de Anne. Sin decir por qué, sin dar explicaciones. Simplemente no.

Así que ahora vivían allí, al borde de la bahía de Jammerland, ella, él y Aleksander. El viento les silbaba en los oídos cada vez que soplaba del noroeste, y estaban solos. Demasiado lejos para dejarse caer por allí sin avisar, apartados, al margen de aquella comunidad grande y cálida salvo contadas excepciones, y siempre tras previa cita, cuatro o cinco veces al año.

Dio una última calada y tiró el cigarrillo, pisó la colilla y aguardó unos minutos a que el viento le arrancara el olor del pelo y de la ropa. Ella no sabía que había vuelto a fumar.

Sacó otra vez la fotografía de la cartera. La llevaba ahí porque no quería correr el riesgo de que Anne tropezara con ella por casualidad, y era una chica demasiado bien educada para fisgar en sus cosas. Debería haberla tirado, pero necesitaba mirarla de vez en cuando. Necesitaba sentir esa mezcla de miedo y esperanza que le proporcionaba.

El niño miraba directamente a la cámara. Tenía los hombros desnudos y flacos echados hacia delante, como si quisiera hacerse un ovillo. No se veía bien dónde habían sacado la foto, los detalles se perdían en la oscuridad que se extendía a su espalda. Junto a la boca le quedaban restos de algo que había comido. Parecía chocolate.

Rozó la foto con el dedo índice muy suavemente y volvió a guardarla en la cartera con cuidado. Le habían enviado un teléfono móvil, un Nokia antiguo que él jamás habría comprado. Robado, presumiblemente. Lo sacó del bolsillo y marcó el número. Esperó respuesta.

–Mr. Marquart. La voz era cortés, pero con un acento bastante marcado–. *Hello. Have you decided?*

A pesar de que la decisión estaba ya tomada, titubeó. Tanto que la voz del otro lado se vio obligada a insistir.

–Mr. Marquart?

Carraspeó.

–*Yes. I accept.*

–*Good. Here are your instructions.*

Escuchó frases breves y precisas, anotó números y cifras. Se mostró cortés, como el hombre del teléfono. Solo después fue incapaz de soportarlo por más tiempo; solo después, en un arrebato de rebeldía, arrojó el teléfono tan lejos como pudo y lo mandó describiendo un arco al otro lado de la cerca.

Lo vio rebotar por la pendiente un par de veces antes de desaparecer entre los matorrales de brezo del fondo. Después se sentó en el coche y se dirigió a la casa.

No había transcurrido ni una hora cuando ya lo buscaba a gatas por esa misma pendiente. Anne salió a la terraza y se asomó a la cerca.

–¿Qué estás haciendo? –gritó.

–Se me ha perdido una cosa –le gritó él.

–¿Quieres que baje a ayudarte?

–No.

Se quedó un rato observándole. El viento agitaba su vestido de color albaricoque y le levantaba la rubia melena desde los hombros hasta encima de la cabeza, como si estuviera en plena caída libre. Caída libre sin paracaídas, pensó Jan. Refrenó aquel pensamiento antes de que fuera a más. Todo iba a salir bien. Anne no tenía por qué enterarse de nada.

Tardó casi una hora y media en encontrar el maldito teléfono y aún había que llamar a la compañía aérea. No tenía intención de dejar que su secretaria le hiciera las reservas de aquel viaje.

–¿Adónde vas? –preguntó Anne.

–No es más que una escapada a Zúrich.

–¿Ocurre algo malo?

–No –se apresuró a contestar; Anne tenía el miedo pintado en la mirada y tratar de quitárselo era una reacción maquinal–. Cuestión de dinero, volveré a casa enseguida.

¿Cómo habían llegado a eso? De pronto recordó vivamente aquel día de mayo de hacía más de diez años en que vio a Keld acercarse por la iglesia llevándola del brazo. Iba hermosa como un hada, como un ángel, con su sencillo vestido blanco y el pelo recogido salpicado de capullos de rosa blancos y sonrosados. Supo de inmediato que el ramo de novia que había elegido él mismo era demasiado grande y abigarrado, pero daba lo mismo. En pocos minutos aceptaría ser suya. Por un instante su mirada tropezó con la de Keld y le pareció encontrar en ella su bienvenida y su aprobación. Suegro. Cuidaré de ella, le prometió en silencio a aquel hombre alto y sonriente. Y para sus adentros añadió dos puntos que no figuraban en sus votos: le daría cuanto ella quisiera y la protegería de todos los males de este mundo.

Y eso es lo que pretendo, se dijo mientras guardaba el pasaporte en la maleta de Zúrich. Cueste lo que cueste.

A VECES, EN LOS SUEÑOS DE JUČAS aparecía una familia; una madre, un padre y dos hijos, niño y niña. Solían estar sentados a la mesa comiendo lo que había cocinado la madre. Vivían en una casa con jardín, y en el jardín había frambuesos y manzanos. Siempre sonreían, así que estaba claro que eran felices.

Él les espiaba desde fuera, pero siempre con la sensación de que en cualquier momento se percatarían de su presencia y entonces el padre abriría la puerta y, sonriendo más aún, le diría: «Pero pasa, hombre, pasa».

Jučas no sabía quiénes eran. Después no siempre recordaba su aspecto, pero al despertar le embargaba una mezcla de tristeza y esperanza que ya se le quedaba en el pecho casi todo el día.

De un tiempo a esa parte el sueño se repetía con insistencia. Él pensaba que la culpa era de Barbara, que siempre insistía en hablar de cómo serían las cosas algún día: ellos dos y una casita a las afueras de Cracovia, tan cerca que su madre podría coger el autobús sin mayor problema, pero lo bastante lejos como para tener eso que llaman vida privada. Y luego los niños, por supuesto. Porque eso era lo que ella quería, niños.

La víspera del día clave habían ido a celebrarlo. Estaban listos, tampoco es que hubiera muchos preparativos que hacer. Ya habían cargado el coche. Lo único que podía echar por tierra sus planes era que aquella bruja cambiara de pronto sus pautas de conducta, aunque eso solamente supondría un retraso de una semana.

–Vamos al campo –pidió Barbara–. Podemos coger el coche y buscar un sitio donde tumbarnos en la hierba y estar solos.

Al principio se negó, porque era mejor que tampoco ellos se condujeran de un modo fuera de lo normal. Esas cosas la gente las recordaba. Solo hacer lo habitual era garantía de cierto grado invisibilidad. Pero entonces se dijo que, si las cosas salían como debían, aquel sería el último día de su vida en Lituania, y no quería pasarlo vendiendo sistemas de alarma en Vilna.

Llamó al cliente que le esperaba y le informó de que la empresa le enviaría un asesor el lunes o el martes. Barbara avisó de que no iría a causa de una gripe. Hasta el lunes nadie repararía en que habían faltado al mismo tiempo, y para entonces a ellos ya les traería sin cuidado.

Fueron al lago Didžiulis. En tiempos había acogido un campamento de verano para niños del movimiento pionero que habían reconvertido en un campamento de *boy scouts* donde, al ser un día de diario de finales de agosto, no se veía un alma. Jučas aparcó el Mitsubishi a la sombra de unos abetos para que a su regreso no fuera un horno. Barbara bajó y se estiró; al levantarse, su blusa blanca dejó al descubierto una franja de tripa ligeramente bronceada. Eso bastó para que su miembro despertara. Jamás había conocido a una mujer capaz de excitarle tan rápidamente como ella. Jamás había conocido a una mujer como ella, en realidad. Aún seguía preguntándose qué demonios hacía con un tipo como él.

En lugar de acercarse a las cabañas, que parecían algo maltrechas y destartaladas, siguieron el sendero que pasaba junto al alto donde ponían la bandera para luego adentrarse en el bosque. Jučas aspiró el aroma a resina y a verano y por un momento le vinieron a la memoria la abuela Edita y la granja de Visaginas. Allí había pasado los primeros siete años de su vida. Los inviernos eran gélidos y solitarios, pero con el verano llegaba Rimantas a pasar una temporada con su abuela en la granja de al lado y la espesura de abetos que separaba ambas granjas se transformaba en la selva africana de Tarzán o en los extensos bosques mohicanos de Ojo de Halcón.

–Parece que se puede uno bañar –observó Barbara señalando hacia un punto de la orilla que había algo más adelante. Un viejo embarcadero se adentraba en el lago como un dedo.

Jučas devolvió Visaginas al cajón que le correspondía. Tenía escrita la palabra «Pasado». No solía abrirlo demasiado a menudo y no había motivo alguno para empezar a revolverlo en ese momento.

–Seguro que hay sanguijuelas –dijo para tomarle un poco el pelo.

–Bobadas –replicó ella torciendo el gesto–, entonces no dejarían que se bañaran los niños.

Con cierto retraso, se dio cuenta de que lo que le apetecía no era precisamente impedir que Barbara se quitase la ropa y se apresuró a contestar:

–Supongo que tienes razón.

Ella, como si le hubiese leído el pensamiento, le regaló una sonrisa fugaz y empezó a desabrocharse la blusa lentamente bajo su atenta mirada; luego se quitó la falda de color marfil y las sandalias y se quedó descalza a la orilla del lago con tan solo unas bragas blancas y un sujetador.

–¿Es necesario bañarse antes? –preguntó Jučas.

–No –contestó pegándose a él–. También podemos hacerlo después.

La deseaba tanto que a veces se comportaba como un adolescente torpe y ansioso, pero ese día se obligó sí mismo a esperar. Jugó con ella. La besó. Se aseguró de que estuviera tan excitada como él. Rebuscó en la cartera ese condón que Barbara siempre insistía tanto en que llevara. Pero ella le detuvo.

–El día es muy bonito –dijo– y el sitio también. Podríamos hacer un niño precioso, ¿no te parece?

No fue capaz de decirle nada, pero soltó la cartera y la mantuvo abrazada varios minutos; luego la dejó en la hierba y trató de darle lo que tanto deseaba.

Al cabo de un rato nadaban en aquellas aguas profundas y frías. No era buena nadadora, nunca había acabado de aprender, y chapoteaba y salpicaba como un perrillo. Finalmente le echó los brazos al cuello y se dejó arrastrar mientras él nadaba a espalda para mantener a flote a los dos. Le miró a los ojos.

–¿Me quieres? –le preguntó.

–Sí.

–¿Aunque esté hecha una vieja?

Tenía nueve años más que él y eso la preocupaba. A él le traía sin cuidado.

–Hasta la locura –contestó–. Y no eres vieja.

–Cuídame bien –le pidió con la cabeza apoyada contra su pecho. A Jučas le sorprendió ser capaz de sentir tanta ternura.

–Siempre a su servicio –murmuró. Se preguntaba si la familia de sus sueños podrían ser Barbara y él, si sería eso lo que significaban. Barbara y él en aquella casita de las afueras de Cracovia. Muy pronto.

Solamente había que dejar resuelto un asunto primero.

LOS SÁBADOS Sigita se sentía más sola que otros días.

La semana transcurría rápidamente; el trabajo ocupaba gran parte de su tiempo y, una vez que recogía a Mikas en la guardería poco antes de las seis, la tarde seguía un esquema fijo: cocinar, bañar, acostar, sacar la ropa del día siguiente, recoger, ver la televisión un rato. A veces se quedaba dormida viendo las noticias.

Pero los sábados... los sábados eran los días de los abuelos. El aparcamiento que había delante del edificio era un hervidero de actividad desde primera hora de la mañana. Los coches salían cargados de niños, bolsas y cajones de madera vacíos que el domingo por la noche regresarían llenos de patatas, tomates y miel recién recogida. Todos se iban «al campo», una expresión que abarcaba desde el huerto hasta la granja de la abuela.

Sigita no iba a ningún sitio. Ahora compraba toda la verdura en el supermercado, y a veces ver a Sofija, la pequeña de cuatro años del número 32, corretear por el asfalto hasta arrojarse en los brazos de su bronceada abuela teñida de alheña le dolía tanto como si le amputaran un brazo o una pierna.

Su solución, un sábado más, consistió en preparar un termo lleno de café, llenar un cestito de comida y llevar a Mikas al parque infantil de la guardería. Los abedules del seto lanzaban destellos verdes y blancos al sol. En uno de los charcos marrones que la lluvia nocturna había dejado debajo del balancín, unos estorninos se estaban dando un baño.

–¡Miramamá pajarobaña! –exclamó Mikas señalándolos entusiasmado. Últimamente había empezado a hablar mucho y muy deprisa, pero con poca claridad, y no siempre resultaba fácil entenderle.

–Sí. Querrá estar guapo y limpito. ¿Tú crees que sabrá que mañana es domingo?

Había bajado con la esperanza de encontrar un niño o dos en el parque, pero, un sábado más, estaban solos. Le dio a Mikas su camión, su cubo rojo de plástico y su palita. Seguía encantándole jugar con la arena y podía pasar horas entregado a los más ambiciosos trabajos de construcción, con fosos llenos de agua y caminitos que serpenteaban entre palos que representaban árboles o quizá una empalizada. Sigita se sentó en una esquina del cajón de arena y cerró los ojos un instante.

Qué cansada estaba.

Un chaparrón de arena mojada le roció el rostro; abrió los ojos.

–¡Mikas!

Lo había hecho a propósito, lo veía en la risita ahogada de su cara. Le brillaban los ojos.

–¡Mikas, eso no se hace!

El niño clavó la punta de la pala en la arena y volvió a lanzar. Una nueva salva de arena salió disparada hacia el pecho de su madre y se coló por su blusa.

–¡Mi-kas!

El pequeño ya no podía contener la risa, que le escapaba a borbotones, contagiosa, irresistible. Sigita se levantó.

–¡Ahora te vas a enterar!

Mikas salió corriendo a todo correr con un alarido de felicidad mientras ella aminoraba el ritmo de sus pasos para concederle un poco de ventaja. Le alcanzó junto al columpio y lo elevó por los aires haciéndole dar vueltas hasta atraparlo bien. Él se retorció un momento y después le echó los brazos al cuello y le enterró la cara bajo el mentón. Su pelo rubio olía a champú y a niño. Le besó en la cabeza, un exagerado beso de abuela que le hizo volver a retorcerse entre risas.

–¡Mamá, para!

Luego, de vuelta en la arena, cuando se sirvió el primer café volvió a invadirla el cansancio.

Se llevó la taza de plástico a la nariz y aspiró el aroma como si fuera cocaína. Pero aquel no era un cansancio que se quitara con café.

¿Será siempre así?, se preguntó. Mikas y yo. Solos en el mundo. Esa no era la idea. ¿O sí?

De repente el niño salió de la arena de un salto y echó a correr hacia el seto. Allí había una señora, una mujer alta y joven con un vestido de verano de color claro y un pañuelo de flores en la cabeza, como si fuera a la iglesia. Iba derecho hacia ella con paso firme. ¿Sería una de las educadoras de la guardería? No, no parecía. Sigita se levantó vacilante. En ese momento vio que la mujer llevaba algo en la mano. El papel de plata brillaba al sol y Mikas tenía medio cuerpo encaramado al seto de pura ansia. Chocolate.

En un arranque de indignación, apenas diez o doce largos pasos le bastaron para llegar hasta ellos. Con más fuerza de la habitual cogió al niño, que se volvió a mirarla enojado. El chocolate le llegaba ya por las mejillas.

–¡Pero qué le está dando!

La desconocida la miró con gesto de sorpresa.

–No es más que un poco de chocolate...

Hablaba con un ligero acento, ruso quizá, que no hizo sino aumentar la indignación de Sigita.

–Mi hijo no puede aceptar golosinas de personas que no conoce –dijo.

–Disculpe. Lo que pasa es que... es un niño muy simpático.

–¿La de ayer también fue usted? ¿Y la de antes de ayer?

Mikas llevaba varios días trayendo manchas de chocolate en la ropa que habían dado pie a que Sigita discutiera con el personal de la guardería. Insistían en que los niños no habían comido golosinas. Según el acuerdo alcanzado, solo podían tomarlas una vez al mes, y no se les ocurriría incumplirlo ni en sueños. Eso decían. Y, por lo visto, era cierto.

–Suelo venir por aquí. Vivo ahí enfrente –le explicó la mujer señalando hacia uno de los bloques de hormigón que rodeaban el parque–. A veces les traigo cosas a los niños.

–¿Por qué?

La desconocida se quedó observando a Mikas un buen rato. Parecía nerviosa, como si la hubieran sorprendido haciendo algo que no debía.

–Es que yo no tengo hijos –dijo al fin.

En medio de toda su rabia, sintió una punzada de compasión.

–Ya vendrán –se oyó decir a sí misma–, es usted joven.

La mujer sacudió la cabeza.

–Treinta y seis –contestó como si aquella cifra fuera ya de por sí una tragedia.

Solo entonces reparó Sigita en el esmerado maquillaje que borraba las pequeñas huellas de la edad en torno a su boca y sus ojos. Estrechó instintivamente a su hijo un poco más entre sus brazos. Yo al menos tengo a Mikas, se dijo. Al menos le tengo a él.

–Haga el favor de no volver a darle nada –ordenó con menos severidad de la que se había propuesto–. No le sienta bien.

–Por supuesto –contestó la mujer con la mirada errática. Luego se alejó bruscamente a buen paso.

Santo Dios, observó Sigita. Se ve que no soy la única que vive una vida que no se parece en nada a lo que había imaginado.

Le limpió el chocolate con un pañuelo humedecido. Mikas, nada satisfecho, se retorcía como una anguila.

–Masocolate –exigía–. ¡Ma!

–No –replicó ella–. Ya no hay más.

Al advertir que el pequeño consideraba la posibilidad de abandonarse a un ataque de histeria, se apresuró a mirar a su alrededor en busca de una maniobra distractora.

–Mira –le propuso con la palita de plástico en la mano–, ¿quieres que hagamos juntos un castillo?

Jugó con él hasta que la infinita fascinación del agua, la arena, los palos y todo cuanto podía hacerse con ellos volvió a atraparlo.

El café se había quedado frío, pero se lo bebió de todos modos. Al notar los ásperos granitos de tierra rozándole por el borde del sujetador intentó sacarlos discretamente. Las sombras de las hojas de los abedules se proyectaban sobre la arena grisácea mientras Mikas gateaba aferrado a su camión con la mano derecha e imitando los ruidos del motor con gran acierto.

Ese sería su último recuerdo.

UNA GAVIOTA, pensó Jan. ¡Una puta gaviota!

Debería llevar más de una hora en casa y en cambio estaba allí, asándose, junto a otras ciento veintidós personas, en el cascarón de aluminio recalentado que tendría que haber sido el vuelo de las 7.45 a Copenhague. Por más bebidas refrescantes que le ofrecieran las azafatas, nada podía mitigar su desesperación.

A pesar de que el avión que debía llevarles había llegado de Copenhague dentro del horario previsto, la compañía no hacía más que retrasar la hora de embarque, primero quince minutos, después otra media hora. Jan sudaba; andaba con el tiempo muy justo. Sin embargo, en el mostrador no se cansaban de repetir que se trataba de problemas transitorios y rogaban a los pasajeros que estuvieran listos para embarcar. Cuando de pronto y sin previo aviso retrasaron el embarque sesenta minutos más, perdió la cabeza y exigió que le devolvieran la maleta para así poder tratar de llegar a Copenhague por otra vía. Le contestaron con una amable negativa. El equipaje facturado se encontraba ya a bordo del aparato y no parecían muy dispuestos a andar rebuscando el suyo entre los otros ciento veintidós. Entonces se dijo que al cuerno con la maleta y se dispuso a abandonar la zona de embarque sin ella, pero se encontró con un par de tipos de seguridad que le explicaron que si su maleta volaba, él también. En el mismo vuelo. ¿Algún problema?

–No –se apresuró a contestar; no le apetecía lo más mínimo pasar dos horas más en un cuartucho pelado con un cristal blindado en la ventana. No era ningún terrorista, sino un frustrado pasajero en viaje de negocios con *very important business to attend to*, explicó. La seguridad aérea también era *very important business*, le contestaron con severidad. Él asintió obedientemente y se sentó en una silla de plástico azul maldiciendo para sus adentros el 11-S y todos y cada uno de los efectos de aquel funesto día.

Al fin anunciaron el comienzo del embarque y las cosas empezaron a marchar a toda pastilla: abrieron dos mostradores más y un sinfín de empleados con uniforme celeste empezaron a correr de acá para allá pisándoles los talones a los pasajeros que no eran lo bastante rápidos. Lleno de gratitud, se hundió en su amplio asiento de *business* y echó un vistazo al reloj. Aún le daba tiempo, si es que se decidían a salir de una buena vez.

Empezaron a calentar motores, las azafatas se lanzaron a explicar dónde estaban las salidas de emergencia y el avión se puso en movimiento.

De pronto se detuvo. Y permaneció inmóvil tanto rato que Jan empezó a desconfiar, y lanzó una ojeada más a su reloj. Moved el culo, maldijo para sus adentros. ¡A ver si levantáis este puto avión del suelo de una vez!

La voz del capitán resonó por los altavoces.

–Lo lamento mucho, pero al salir del aeropuerto de Kastrup de camino hacia aquí hemos chocado con un pájaro. No ha habido daños en el aparato, pero este tipo de cosas siempre tiene que revisarlas un mecánico, por supuesto, y eso es lo que ha hecho que ahora vayamos con bastante retraso. Pero el avión ya está revisado y le han dado el visto bueno que nos hacía falta.

Y entonces, ¿por qué no salimos ya?, se preguntaba Jan exasperado.

–El problema es que la compañía tiene un programa de control de calidad, y eso implica que hay que enviar por fax la documentación del mecánico para que la firmen en Copenhague, solo así nos darán el permiso de vuelo definitivo. En estos momentos solamente hay una persona de guardia en Copenhague con autoridad para conceder ese permiso, y resulta que no la localizan...

La frustración del piloto resultaba más que evidente, pero no era nada en comparación con lo que sentía Jan. El corazón le latía con tal violencia que le hacía daño en el pecho. Si me da un ataque al corazón, ¿me dejarán escapar de este cochino avión?, pensaba mientras se preguntaba si valdría la pena fingir uno. Pero, aun en el caso de que le dejaran bajar, tardaría lo suyo en organizar otro vuelo, tanto si viajaba con otra compañía como si fletaba uno privado. Empezó a darse cuenta de que no llegaría a tiempo.

¿Qué demonios podía hacer? Repasó febrilmente la lista de personas a las que podía llamar. ¿Quién era lo bastante leal y competente para hacer lo que había que hacer? ¿Debería llamar a Anne?

No. A Anne no. Karin tenía que realizar las gestiones necesarias y quizá fuera también la mejor opción para lo otro. Cuanta menos gente estuviera en el ajo, mejor. Sacó su móvil privado de la cartera y marcó su número.

La azafata se le echó encima como un azor abatiéndose sobre un pollo.

–Por favor, señor, no se puede usar el teléfono móvil.

–Si no nos movemos –contestó él–. Además, si no quiere que a la compañía le caiga un pleito millonario, ya está plegando velas y dejando que llame a Dinamarca ahora mismo.

La azafata echó un vistazo a su cara de indignación absoluta y optó por ser diplomática.

–Una llamada corta –dijo–. Pero después haga el favor de apagarlo.

Permaneció junto a él mientras llamaba. Jan consideró la posibilidad de pedirle que se apartara un poco, pero en cualquier caso no le quedaba más remedio que medir sus palabras, porque había pasajeros por todas partes.

Le dio unas breves instrucciones a Karin para que fuera al banco a retirar la suma que él acababa de transferir desde Zúrich.

–Tendrás que dar una clave, ahora te la mando por *sms*. Y llévate una de mis carteras, una de las que se cierran con llave. Es una cantidad importante.

Cada vez más convencido de que la azafata estaba escuchando la conversación, no tenía la menor idea de cómo decir lo siguiente sin que sonara a novela negra barata.

–El resto te lo explico por *sms*. –se apresuró a decir–. Son números y esas cosas. Confírmame que lo has recibido, por favor.

Aunque el espectáculo había terminado por el momento, la azafata, provocadora, no se movió de su lado mientras tecleaba el mensaje y lo enviaba. Le pareció que la respuesta tardaba una eternidad en llegar.

OK. Pero me debes un súper favor.

Sí, respondió. *Lo sé.*

Se preguntó por cuánto le saldría la broma, sobre todo mantenerla callada con todo lo que sabía ahora. Estaba claro que Karin le había cogido gusto a las cosas buenas de la vida, pero en el fondo era una persona leal, se dijo en un intento de tranquilizarse. Y tenía motivos de sobra para querer conservar la buena relación que existía entre ellos. Había sido muy generoso, tanto en calidad de jefe como en otros aspectos.

En ese mismo instante el avión se puso en marcha y no pudo dejar de preguntarse si se habría apresurado al involucrarla, pero todo quedó en una maniobra para sacarlos de la pista y conducirlos a un área de aparcamiento. El capitán les explicó que habían perdido su *slot* de salida en el apretado horario de despegues del aeropuerto y debían esperar por tiempo indefinido, primero a que llegara de Copenhague el permiso definitivo y después un nuevo *slot*. Y, lamentándolo mucho, mientras tanto se veía obligado a desconectar el sistema de ventilación de la aeronave.

Jan cerró los ojos y maldijo en tres idiomas. Mierda. *Scheisse. Fucking hell.*

NINA LE MIRÓ directamente a los ojos.

–Creo que debería marcharse –le dijo.

No produjo demasiado efecto, porque él avanzó un paso más y se inclinó hacia ella. Podía oler su loción de afeitar. En una situación ligeramente distinta habría sido hasta agradable.

–Sé que la tenéis aquí –aseguró él–, y exijo hablar con mi prometida inmediatamente.

Era un caluroso día de agosto y el jarrón azul del alféizar de la ventana estaba lleno de rosas blancas. El sol bañaba el césped polvoriento y los bancos claros de Ellens Gård. Varios niños del Barracón A jugaban al fútbol; los de un equipo gritaban como energúmenos en urdu y los del otro en rumano, pero no parecía plantearles mayores problemas. Con una parte algo más distraída del cerebro, Nina supuso que estarían en el recreo de la comida. Sus compañeros Magnus y Pernille habían salido a almorzar hacía ya rato, y también veía a Susanne Marcussen, la psicóloga, charlando con la enfermera nueva en uno de los bancos que había junto al comedor. Eran las 11.55 y los juegos de los niños eran lo único que escapaba al pesado y apático ambiente de siesta generalizada que reinaba en el centro de Cruz Roja del lago de Furesø, más conocido como campamento Kulhus. Al menos hasta que el hombre que tenía delante se había presentado en la clínica cuatro minutos antes. Nina observó de reojo el teléfono que había en la mesa, pero ¿a quién llamar? ¿A la policía? Hasta ese momento no había hecho nada ilegal.

Era un tipo que rondaba los cincuenta y llevaba el pelo castaño peinado hacia atrás; bronceado y bien vestido, con una camisa de Hugo Boss de manga corta y corbata a juego. A nadie se le había pasado por la imaginación detenerle a la entrada, evidentemente.

–Aparta –le ordenó–; voy a buscarla yo mismo.

Nina no se movió. Si me pega puedo denunciarle, pensó. Valdría la pena.

–Ahí solo puede entrar personal autorizado –le advirtió–. Haga el favor de marcharse.

El efecto fue aún menor que la primera vez. La miró como si fuera transparente y continuó andando por el pasillo.

–¡Natasha! –gritó–. Vamos. Rina ya está esperando en el coche.

¿Qué? Nina intentó desviar su atención.

–Rina está en clase –exclamó.

El tipo la miró. Al ver la sonrisa de triunfo que le crispaba los labios, Nina sintió ganas de vomitar.

–Ya no –dijo él.

Se oyó el suave clic de una puerta al abrirse. Sin necesidad de volverse, supo que era Natasha, que salía al pasillo.

–No le hagas daño –suplicó en inglés.

–No se me pasaría por la cabeza, cielito –contestó el tipo de Boss–. ¿Volvemos a casa? He comprado bollos para el café.

Natasha asintió levemente.

Nina no pudo evitar extender el brazo para detenerla, pero la rubia y delgada ucraniana pasó junto a ella sin mirarla. Sabía que tenía veinticuatro años, pero en aquellos momentos no parecía más que una adolescente larguirucha y perdida.

–Ya me voy –dijo.

–¡Natasha! ¡Puedes denunciarle!

Ella se limitó a sacudir la cabeza.

–¿Por qué? –preguntó.

El hombre la cogió por detrás del fino cuello con ambas manos, la arrastró hacia él y le dio un beso provocadoramente intenso. Nina la vio quedarse rígida de los pies a la cabeza. Él le deslizó las manos por la espalda y se las introdujo por la ajustada cinturilla de los vaqueros hasta cogerle las nalgas con firmeza. Sus dedos formaban dos claros bultos por debajo de la tela. Con una brusca sacudida la obligó a pegar el vientre al suyo.

Nina sentía el sabor de la bilis. Ardía en deseos de coger el jarrón azul y destrozárselo en la nuca a ese tipejo inmundo, pero se contuvo. Ni siquiera dijo nada. Sabía que toda aquella escena la estaba representando solo para ella, para jactarse, para triunfar. Cuantas más reacciones provocase, más la prolongaría.

Todavía recordaba lo radiante de felicidad que estaba la muchacha ucraniana el día que le enseñó su anillo de compromiso.

–¡Ya me puedo quedar en Dinamarca! –anunció con una sonrisa deslumbrante–. Mi marido es ciudadano danés.

Cuatro meses después se presentaba de nuevo en el centro con una bolsa de deportes preparada a toda prisa y su hija Rina de seis años cogida de la mano. Parecía recién salida a duras penas de un conflicto bélico. No tenía demasiadas señales externas de violencia, apenas unos moratones; el problema no eran los golpes. Natasha no quiso explicar qué le hacía exactamente, se limitó a quedarse allí sentada con las lágrimas resbalándole por las mejillas y sin decir una palabra, pero tenía tales dolores en el abdomen que al final Magnus la convenció de que le dejara examinarla.

Nina nunca le había visto tan furioso.

–El muy cabronazo –renegaba medio en sueco, medio en danés–. Joder, cómo me gustaría conocer a una cuadrilla de matones.

Cuando se encolerizaba, a Magnus aún se le escapaban palabrotas en su idioma.

–¿Qué le ha hecho? –preguntó Nina–. ¿Qué es lo que tiene?

–El señor no se ha conformado con usar su asqueroso micropene, no –le explicó él–. Tendrías que ver las lesiones que tiene, en la vagina y también en el ano. En mi vida he visto nada semejante.

Y ahora el Cabronazo estaba ahí, sobándole las nalgas a Natasha y mirándola a ella a los ojos por encima del hombro de la chica. Nina apartó la mirada hacia las rosas del jarrón azul. Podría matar a ese mierda, pensó para sus adentros. Matarlo, castrarlo, descuartizarlo. Si creyese que podría servir de algo.

Pero había miles de tipos como él. No exactamente iguales, pero sí otros tiburones que nadaban en círculos para, aprovechándose de la desesperación de los refugiados, hacerse con una buena tajada.

Al fin sacó las manos de los pantalones de Natasha.

–Que pases un buen día –dijo al salir. La ucraniana le siguió como si fuera una muñeca.

Nina arrancó el auricular del teléfono de su soporte y marcó un número interno.

–Sala de profesores, Ulla al aparato.

–¿Es verdad que el mierda ese que va a casarse con Natasha ha ido a recoger a Rina? –preguntó.

Al otro lado se hizo el silencio.

–Voy a ver –contestó al fin la profesora de danés.

Nina aguardó seis minutos a que Ulla Svenningsen regresara.

–Lo siento –dijo–. Por lo visto se ha presentado aquí cuando sonaba el timbre del recreo de la comida. Los niños dicen que traía helados y que Rina se ha ido corriendo con él.

–¡Ulla, joder!

–*Sorry*. Pero esto no es una cárcel. Las puertas abiertas son parte de la idea.

Nina colgó sin decir más. Temblaba de rabia. No estaba ella para disculpas ni consideraciones sobre la importancia de abrirse a la sociedad.

En ese momento entró Magnus corriendo por la puerta. Llevaba las gafas torcidas y su enorme cara de perro afable estaba cubierta de gotas de sudor.

–Natasha –jadeó–. Acabo de verla subir a un coche.

–Sí –contestó Nina–. Ha vuelto con el Cabronazo.

–¡Me cago en la leche!

–El tío ha ido primero a recoger a Rina y, claro, luego Natasha se ha ido con él.

Magnus, derrotado, se desplomó en una silla de oficina.

–Y ella no piensa denunciarle, por supuesto.

–No. ¿Podemos hacerlo nosotros?

Magnus se quitó las gafas y se las limpió en la bata con aire ausente.

–No tiene más que decir que si a su prometida y a él les va el sexo duro no es asunto de nadie –replicó abatido–. Si ella no lo desmiente, no hay nada que hacer. No le pega. No hay radiografías de brazos rotos ni de costillas con que atacarle.

–Y no le hace nada a la niña –suspiró Nina.

Magnus meneó la cabeza de un lado a otro.

–No. En ese caso podríamos denunciarle –dijo mirando de reojo hacia el reloj de la pared; eran las 12.05–. ¿No vas a comer?

–He perdido el apetito –contestó ella.

En ese instante su móvil privado empezó a vibrarle en el bolsillo de la bata. Lo cogió.

–Soy Nina, ¿quién es?

La voz que había al otro lado no se presentó, y al principio no la reconoció.

–Tienes que ayudarme.

–Estooo... ¿a qué?

–Tienes que ir a recogerla. Tú vales para esas cosas.

Comprendió que era Karin. La última vez que se habían visto fue en la cena de Navidad de una compañera de estudios, algo pasada por alcohol, que acabó en una bronca monumental.

–Karin, ¿qué es lo que ocurre? No suenas nada bien.

–Estoy en la cafetería del Magasin –le explicó Karin–. Es el único sitio que se me ha ocurrido. ¿Vienes?

–Estoy en el trabajo.

–Ya, pero ¿vienes?

Nina titubeó. De un plumazo aparecieron muchas cosas pendientes. Viejos favores. Viejas cuentas y amistades. Sabía perfectamente que estaba en deuda.

–Vale. Estoy ahí dentro de veinte minutos.

Magnus arqueó las cejas.

–Pues ahora resulta que sí que voy a comer –dijo Nina–. Y... tardaré por lo menos una hora.

Él asintió con aire distraído.

–Sí, sí. No te preocupes, supongo que nos las arreglaremos.

–¡SEÑORA RAMOŠKIENĖ!

Una luz hiriente iluminó el ojo de Sigita. Intentó volver la cara hacia el otro lado, pero no pudo, alguien la sujetaba, la sostenía por la cabeza.

–Señora Ramoškienė, ¿me oye?

No podía contestar, ni siquiera podía abrir los ojos por sí misma.

–Es inútil –dijo otra voz–. Está completamente ida.

–Menuda peste.

Sí, pensó Sigita. Apestaba. A alcohol y a vómitos. Deberían hacer una buena limpieza.

–Señora Ramoškienė, es mejor si colabora.

¿Colaborar en qué? No comprendía nada. ¿Dónde estaba? ¿Dónde estaba Mikas?

–Vamos a tener que introducirle un cubo por la garganta. Será menos desagradable si colabora y traga.

¿Un cubo? ¿Cómo pretendían que se tragara un cubo? Su confuso cerebro la devolvió por un instante a las absurdas apuestas del patio del colegio. Un litas si te metes este clavo por la nariz. Un litas si te tragas esta lombriz. Hasta que de pronto entrevió un atisbo de lógica en todo aquello. Un tubo, claro. Estaba en un hospital y querían sondarla, pero ¿por qué?

No podía colaborar, la estaban asfixiando. ¿Es que no lo veían? Cuando intentó resistirse apareció un nuevo dolor, tan penetrante que se abrió paso entre la niebla que la envolvía. El brazo.

Entonces descubrió que no se puede gritar con un tubo de plástico en la garganta.

–Mikas.

–¿Qué está diciendo?

–¿Dónde está Mikas?

Abrió los ojos. Sentía los párpados extraños y pesados, pero se obligó a mantenerlos abiertos. La luz era cegadora y blanca como la leche. Apenas podía intuir las oscuras siluetas de dos mujeres en medio de la blancura. Enfermeras, quizá auxiliares, no era capaz de distinguir en detalle. Estaban haciendo la cama de al lado de la suya.

–¿Dónde está Mikas? –preguntó con toda la claridad de que fue capaz.

–Tiene usted que estar tranquila, señora Ramoškienė.

Debo de haber sufrido un accidente, se dijo. Un coche, o quizá el trolebús. Por eso no me acuerdo de nada. Y luego el miedo. ¿Qué habrá sido de Mikas? ¿Estará herido también? *¿Habrá muerto?*

–¿Dónde está mi hijo? –gritó–. ¿Qué han hecho con él?

–Tiene que tranquilizarse, señora Ramoškienė, ¡acuéstese!

Una de las enfermeras trató de retenerla, pero estaba demasiado asustada para permitírselo. Se levantó. Descubrió que le pesaba más un brazo que el otro. Eso fue justo antes de que las náuseas llegaran como una oleada verde y amarga. El ácido le subía a borbotones por la garganta y su maltrecho esófago le dolía tanto que todo empezó a darle vueltas e, incapaz de controlar sus brazos ni sus piernas, se desplomó en el suelo como un fardo.

–Mikas. ¡Quiero ver a Mikas!

–No está aquí, señora Ramoškienė. Seguro que está en casa de su abuela o de algún otro familiar. O con los vecinos. Se encuentra bien. Acuéstese otra vez y no grite de esa manera. ¡Aquí hay otros pacientes que están muy enfermos y necesitan descanso!

La enfermera la ayudó a subir a la cama. Al principio sintió alivio. ¡A Mikas no le había pasado nada! Pero después comprendió que algo no marchaba bien. Intentó ver el rostro de aquella mujer con claridad. Había algo en su tono, algo que no era compasión, sino más bien lo contrario. Desprecio.

Lo sabe, observó perpleja. Sabe lo que hice. Pero ¿cómo? ¿Cómo podía saber tantas cosas de ella una enfermera de un hospital cualquiera de Vilna? ¡Hacía ya tantos años!

–Tengo que volver a casa –dijo con la voz pastosa a través de las náuseas. Era imposible que Mikas estuviera con su abuela. Quizá con la vecina de al lado, la señora Mažekienė, pero tenía ya muchos años y en seguida se cansaba de cuidar al niño y le fallaba la cabeza–. Mikas me necesita.

La otra enfermera le lanzó una mirada desde el otro lado de la cama y alisó la funda de la almohada con movimientos precisos y definidos.

–Eso debería haberlo pensado antes –dijo.

–Antes... ¿antes de qué? –balbució Sigita. ¿Habría sido culpa suya el accidente?

–Antes de emborracharse hasta caerse redonda, ya que me lo pregunta.

¿Emborracharse?

–Yo no bebo –aseguró Sigita–. Bueno... casi nunca.

–Ya. Entonces no la mandamos a que le hicieran un lavado de estómago con una tasa de alcohol del 2,8, ¿verdad?

–Pero si yo... de verdad que no bebo.

No podían estar hablando de ella, tenía que haber un error.

–Descanse un poco –dijo la primera enfermera echándole la manta por las piernas–. Es posible que le den el alta luego, cuando pase el médico.

–¿Qué es lo que tengo? ¿Qué ha pasado?

–Al parecer se ha caído usted por unas escaleras. Conmoción cerebral y fractura del antebrazo izquierdo, ¡y aún ha tenido suerte de que no haya sido más grave!

¿Unas escaleras? No recordaba nada. Nada después del café, los columpios y Mikas en la arena jugando con su camión.

EN REALIDAD era un alivio poder escapar del centro, se dijo Nina mientras subía por la rampa del aparcamiento del Magasin y encajaba el coche entre una columna y un enorme Mercedes plateado. A veces la sensación de impotencia llegaba a saturarla. Pero ¿qué país, qué mundo era ese en el que las jóvenes como Natasha se veían obligadas a venderse a tipos como el Cabronazo a cambio de un permiso de residencia?

Subió en el ascensor hasta el último piso. Apenas puso un pie fuera, la envolvió el olor a comida, un aroma a paté tibio mezclado con aceite de freír y café. Oteó por la cafetería hasta dar con la rubia cabeza de Karin. Ocupaba una mesa junto a la zona infantil y llevaba un vestido de verano blanco sin mangas que seguía pareciendo un uniforme de enfermera, pero en versión tiempo libre. Su mano no descansaba sobre uno de esos graciosos bolsitos de mano que solía utilizar, sino en una cartera negra que había dejado en una silla; mientras tanto, con la otra movía la taza de café de atrás a adelante una y otra vez.

–Hola –la saludó Nina–. Bueno, ¿qué es lo que pasa?

Karin levantó la vista. Tenía un brillo en la mirada que no acababa de identificar, entre concentrado y definitivo.

–Tienes que ir a recoger una cosa en mi lugar –dijo dejando sobre la mesa un objeto de plástico pequeñito y redondo. A Nina le pareció una de esas fichas que sirven para abrir las taquillas de los vestuarios públicos.

Empezaba a sentirse molesta.

–Déjate de misterios de una puta vez. ¿Qué es lo que tengo que recoger?

Karin titubeó.

–Una maleta –se decidió a contestar–. Está en la consigna de la estación central. No la abras hasta que no salgas de allí. Y date prisa.

–Joder, Karin. Tal como lo dices parece que esté llena de cocaína o algo así.

Sacudió la cabeza.

–No, no es eso. Es que... –de pronto se interrumpió con el pánico pintado en el rostro y añadió febril–: Eso no era lo que habíamos acordado. No puedo. Yo no puedo hacer nada, pero tú sí. Tú sabes cómo.

De repente se levantó como si se dispusiera a marcharse. La ficha continuaba sobre la mesa, entre ambas. 37-43, se leía en los números blancos del pequeño círculo de plástico negro.

–A ti te encanta salvar a la gente, ¿verdad que sí? –preguntó con cierto tono de amargura–. Pues ahora es tu oportunidad, pero debes darte prisa.

–¿Adónde vas?

–A casa, a renunciar a mi trabajo –contestó Karin cortante–. Y luego supongo que de viaje una temporada.

Empezó a serpentear entre las mesas de camino a la salida. En lugar de llevar la cartera por el asa, la estrujaba bajo el brazo. Por algún motivo, resultaba chocante.

Nina desistió de su propósito de retenerla y se quedó observando aquella ficha brillante. Una maleta. Una consigna. *A ti te encanta salvar a la gente, ¿verdad que sí?*

–¿En qué coño andas metida, Karin? –murmuró. Tenía la sensación de que lo más sensato sería marcharse. Dejar el número 37-43 en aquella mugrienta mesa de café, darse la vuelta y salir de allí–. ¡Mierda! –gruñó; y cogió la ficha.

–¿SEÑORA MAŽEKIENĖ? Soy Sigita.

La señora Mažekienė tardó un rato en contestar.

–Sigita. Gracias a Dios. ¿Cómo te encuentras?

–Mejor ya. Pero no me dejan salir de aquí hasta mañana. ¿Está Mikas con usted?

–No, no. Está con su padre.

–¿Con Darius?

–Sí. Si vino a buscarle antes de... ¿no te acuerdas, cielo?

–No. Dicen que tengo una conmoción cerebral, hay muchas cosas que no recuerdo.

Pero... Darius estaba en Alemania. ¿O no? No siempre la avisaba cuando volvía a casa. Oficialmente seguían solo separados, pero lo único que tenían en común era a Mikas. ¿Habría sido capaz de llevárselo a Alemania? ¿O a Tauragė? Él no tenía casa en Vilna, y dudaba mucho que los compañeros de juergas con los que a veces se quedaba a dormir admitieran en el piso a un niño de tres años.

Le dolía la cabeza. No podía pensar con claridad y no le inspiraba demasiada confianza que Darius tuviese a Mikas, pero al menos ya sabía dónde estaba. O con quién.

–Menudo susto, cielo. ¡Creía que estabas muerta! Figúrate, toda la noche ahí tirada, en las escaleras. Tú deja que te cuiden bien en ese hospital y ponte buena.

–Sí. Gracias, señora Mažekienė.

Sigita colgó el móvil. No había sido nada fácil hacerse con él y aún menos colarlo sin que lo vieran en el cuarto de baño. Estaba prohibido usarlos dentro del hospital y todavía le costaba andar sin apoyarse en la pared.

Marcó torpemente el número de Darius con el pulgar derecho. No podía sostener el teléfono con la mano escayolada, al menos no marcando al mismo tiempo.

Su voz resultaba alegre, cálida y cercana incluso grabada en un estúpido contestador.

–Has llamado a Darius Ramoška, pero, pero, pero... lo siento, no estoy. ¡Inténtalo más tarde!

De lo más oportuno, se dijo. Esa era la historia de su vida, o al menos la de su relación. Lo siento, no estoy, inténtalo más tarde.

Se hicieron novios el verano que ella terminaba el colegio y él pasaba a segundo curso del centro de primaria y secundaria de Tauragė. Fue un verano extraordinariamente caluroso y solo los críos más vitales se atrevían a jugar y corretear por el blando asfalto caliente del patio. Los alumnos mayores, perezosamente encaramados al muro gris de cemento con las mangas y las perneras remangadas, charlaban como adultos.

–¿Os vais de vacaciones, Sigita?

Era Milda quien preguntaba; sabía perfectamente que la respuesta era no.

–Puede –contestó Sigita–. Aún no hemos hecho planes.

–Nosotros vamos a ir a Palanga –dijo Daiva–. ¡A un hotel!

–Vaya –continuó Milda–. Nosotros vamos a Miami.

Se hizo un silencio sepulcral en torno a ella. El respeto y la envidia resultaban tan visibles como el parpadeo del calor sobre el asfalto. Miami, tan lejana e inalcanzable como la luna. Unas vacaciones podían consistir en los quince días de Daiva en un hotel de las playas de Palanga o, en casos excepcionales, un viaje hasta el Mar Negro. Ninguno de la clase había llegado más allá.

–¿Estás segura? –insistió Daiva.

–Claro que estoy segura. Ya tenemos los billetes reservados.

Nadie preguntó de dónde había salido el dinero, ya lo sabían. El padre y el tío de Milda traían coches de segunda mano de Alemania, los reparaban y se los vendían a los rusos. Que las cosas marchaban bien se notaba, para empezar, en la ropa de los niños y en la bici nueva de Milda, para continuar en el BMW que tenían y, para terminar, en la nueva casa que estaban construyendo a las afueras de la ciudad. Pero de ahí a Miami...

–Yo prefiero Nueva York –se oyó decir a sí misma Sigita. Por qué no se mordería la lengua.

Milda dejó escapar una sonora carcajada.

–Vale, pues entonces ve y dile a tu padre que quieres ir a Nueva York –dijo–. Ya verás como te compra un billete... en cuanto consiga vender todas esas camisas.

Sintió que le ardían las mejillas. Las malditas camisas. Jamás se libraría de ellas. Jamás.

Eran varios miles y tenían invadida toda la casa. Venían de una fábrica polaca que habían cerrado y su padre se había hecho con ellas «por casi nada», como él decía. Pero casi nada había sido suficiente como para obligarles a vender el coche, y aunque el padre no dejaba de hablar de «calidades de primera» y «cortes clásicos», lo cierto es que prácticamente no había logrado vender ni una. Llevaban casi dos años colgando de palos de escoba y ganchos atornillados al techo, crujiendo, enfundadas en plástico y «de fábrica», por encima del sofá, de las camas, sí, hasta en el cuarto de baño. Ella ya no llevaba amigos a casa, le daba demasiada vergüenza; aunque ni la mitad que cuando la obligaba a llevar un par de «muestras» al colegio para que las compraran los padres de sus amigos.

Su padre no había sabido adaptarse cuando se fueron los rusos. En la época soviética trabajaba como controlador en la conservera. No era un puesto mucho mejor remunerado que los de la cadena de montaje, pero en aquellos tiempos lo importante no era el dinero, sino los contactos. Uno no podía comprar lo que quería sin más ni más, había que conseguirlo. Y su padre era el hombre que solía hacerlo.

Ahora que estaba cerrada, la fábrica se iba desmoronando por detrás de su alambrada, un coloso negro y gris con las ventanas vacías y la cubierta de hormigón cuajada de malas hierbas. Los viejos contactos ya no valían nada, casi al contrario. A los que les iba bien era a los que estaban en situación de comerciar, reparar, construir y organizar. En la economía negra y en la blanca.

Sigita se levantó. El sol la hería como un martillo y ahora que estaba de pie no sabía adónde ir.

–¿Ya te marchas? –le preguntó Milda–. ¿Qué, a casa a reservar el hotel?

En ese momento él acudió en su salvación.

–¿Sigita? No se te habrá olvidado que el sábado vamos a Kaliningrado, ¿verdad?

Darius. Rubio y bronceado, con aquella seguridad en sí mismo tan ensayada que ningún otro poseía. Llevaba la camisa abierta como por descuido para dejar ver la camiseta blanca que llevaba debajo, y ninguna de las dos cosas venía de Polonia.

–No –contestó ella–. Va a ser muy divertido. ¿Te has enterado de que Milda se va de vacaciones a Miami?

–Ah –dijo él–, pues dale recuerdos a mi tío. Vive allí.

Le costó varios años descubrir que la blanca armadura de Darius era frágil como una cáscara de huevo. Él no podía salvarla y nunca había podido. Dios sabía qué estaría haciendo con Mikas. ¿Y si su niño estaba en algún tabernucho mientras los amigotes de Darius le obligaban a beberse los culos de sus vasos? No, tenía que salir de ese maldito hospital cuanto antes.

AJETREO Y HUMOR DE LUNES, eso era lo que se respiraba en el vestíbulo de la estación, un enorme espacio que parecía envuelto en una suerte de calima de alientos y sudor colectivo. La gente estaba malhumorada por el calor, la ropa se había vuelto pegajosa y por megafonía anunciaban que el tren de las 13.11 para Elsinor saldría con un retraso de aproximadamente veinte minutos. Nina sentía una tensión que la llevaba a rechazar el contacto corporal con todos aquellos extraños. Intentaba avanzar evitando que la rozaran, pero era casi imposible. Al fin se sumergió en unas escaleras que parecían un pozo y se alejó de la multitud. El olor a grasa de hamburguesería y productos de limpieza era algo menos penetrante y no terminaba de enmascarar el hedor a orines secos. Los armarios de metal se extendían en largas hileras blancas y arañadas con la numeración en negro. 56, 55... Echó una breve ojeada a la ficha; 37-43. ¿Dónde demonios estaba la sección 37?

Finalmente la encontró en un recoveco algo apartado y menos concurrido que el resto. En esos momentos solo había otras dos personas aparte de ella, dos jóvenes de Interrail ocupados en intentar meter a presión en un armario una mochila de nailon llena a reventar.

–No va a caber –decía la chica en inglés–. Te lo he dicho, es demasiado grande.

Americanos, canadienses quizá. ¿Sería mejor esperar a que se fueran? Pero en cualquier momento podían aparecer más turistas, y esos dos estaban ocupados peleándose con la mochila. Introdujo la ficha por la ranura del sistema automático que controlaba la sección 37. Se oyó un chasquido metálico y el armario 43 se abrió.

En su interior había una maleta brillante de piel marrón oscura, algo anticuada y con un largo rasgón en un lado que dejaba al descubierto el forro verde. Nada llamativo aparte de ese detalle. Por supuesto, nada de direcciones ni etiquetas. Sabía perfectamente que sería una estupidez abrirla allí mismo, la gente que va a la estación a buscar su equipaje no lo abre para ver qué tiene dentro. Además, Karin se lo había dicho: «No la abras hasta que no te vea nadie». Karin. ¿En qué andas metida?, se preguntó. Al mismo tiempo no conseguía tomárselo del todo en serio, porque Karin era... no sabía muy bien cómo llamarlo. Poco aventurera no era la definición exacta. El caso es que resultaba difícil relacionar a la cotidiana y alegre Karin con cualquier asunto turbio, ilegal o peligroso. De no haber sido por aquel pánico en su voz. *Eso no era lo que habíamos acordado.* ¿Qué había querido decir con eso?

Levantó la maleta y la sacó del armario. Pesaba más de lo que parecía a simple vista, diría que unos veinte kilos. No era cuestión de llevarla a rastras, porque había un buen trecho hasta el garaje de Nyropsgade, la calle donde había aparcado el Fiat. Pero en vista de que la estación central no andaba muy sobrada de carritos, no quedaba otro remedio.

La pareja había abierto la mochila y había empezado a sacar cosas, ropa, zapatos, neceser, en un intento de adelgazarla lo suficiente como para que cupiera en el armario. Al chico se le cayó el neceser, que se abrió en el suelo con un tintineo. Máscara de pestañas, lápiz de ojos, un frasco de pastillas y desodorante rodaron por las baldosas. El desodorante continuó su huida por el pasillo central, describió un perezoso arco y se detuvo a los pies de Nina.

–*Oh, no!* –exclamó él–. *Sorry*.

Nina sonrió de forma mecánica. Después cargó con la maleta y salió intentando aparentar la mayor naturalidad posible. Jesús, cómo pesaba. ¿Qué demonios habría dentro?

Una vez de regreso en el sótano del aparcamiento, y solo entonces, la abrió. Y encontró al niño.

Estaba inconsciente. Tenía la piel fría, pero no helada. Una parte de ella que funcionaba en piloto automático comprobó con profesionalidad que el pulso era bajo, pero no alarmante, la respiración lenta y profunda y las pupilas estaban ligeramente contraídas. Bajo los efectos de alguna sustancia, pensó. No se le iba a morir entre los brazos, pero necesitaba tratamiento. Necesitaba líquido. Quizá le hiciera falta un antídoto, si es que lograban averiguar qué era lo que le habían suministrado. Sacó el móvil, pulsó dos veces la tecla del 1... y se detuvo antes de que su dedo llegara al 2.

Observó la maleta. Tan normal. Tan corriente. El rasgón del lateral le había facilitado la respiración, pero resultaba difícil adivinar si era una casualidad o lo habían hecho para asegurarse de que le llegaba cierta cantidad de oxígeno. No era muy plausible que alguien capaz de encerrar a un niño pequeño en una maleta se desviviera por su bienestar.

Se oyeron unos pasos, una puerta al cerrarse y un coche que arrancaba en algún lugar. El ruido del motor retumbó entre las paredes de hormigón del sótano y Nina se agachó instintivamente detrás del contenedor para que no la vieran. ¿Por qué? ¿Por qué no levantarse y pedir ayuda? Pero no lo hizo. Alcanzó a vislumbrar un destello de gris metalizado y llantas de aluminio, eso fue todo. Por suerte iba hacia la salida.

Tenía que llevar al niño al coche, pero ¿cómo? Se sentía incapaz de volver a cerrar la maleta y arrastrarlo como si fuera un objeto. Corrió hacia el Fiat y sacó del maletero la vieja manta de cuadros de las excursiones, le envolvió en ella y le llevó hasta el coche. Mamá con niño, se dijo. Si alguien me ve, acabo de recoger a mi agotado hijo de la guardería.

Ahora pesaba muy poco, muchísimo menos que cuando iba en la maleta. Sentía el calor de su aliento contra el cuello. Dios mío, pensó.

Le acostó en el asiento trasero y volvió a tomarle el pulso. Algo más rápido, como si a pesar de todo ya estuviera reaccionando levemente al nuevo entorno. Cogió la botella de agua de medio litro que llevaba en el asiento del copiloto, le quitó el tapón y le humedeció los labios con el dedo. El pequeño movió la lengua. No estaba en coma.

Hospital, policía. Policía, hospital. Pero si solo se trataba de llamar al 112, ¿por qué no lo había hecho Karin? Karin, joder, maldijo para sus adentros. ¿Tienes algo que ver con esto? «Yo no puedo hacer nada, pero tú sí». Eso había dicho. Pero ¿qué coño crees que puedo hacer yo?

EL LUNES POR LA MAÑANA a Sigita le dieron por fin el alta. Se había cansado de llamar a Darius sin obtener otra respuesta que aquel estúpido mensaje de contestador.

Seguía sin comprender. Ella no bebía, al menos no lo suficiente para emborracharse. Y ¿por qué pedirle a Darius que se llevara a Mikas? Porque, según la señora Mažekienė, eso fue antes del episodio de las escaleras. No lograba disipar un leve temor que le roía las entrañas. ¿Y si Darius se negaba a devolverle al niño? Y ¿cómo había ocurrido lo de las escaleras? Él nunca la había maltratado, ni siquiera en el fragor de las más agrias discusiones. Le costaba creer que hubiese empezado ahora. ¿Un accidente, quizá? Además, si había alguien en este mundo capaz de emborracharla, ese era Darius.

Consideró la posibilidad de volver a Pašilaičiai en taxi, pero no era sencillo acabar con tantos años de economías de un plumazo. Al fin y al cabo, el trolebús la dejaba prácticamente en la puerta de casa. El primero, en el centro de Vilna, venía abarrotado. Gracias al brazo escayolado le cedieron un asiento que aceptó agradecida, aunque eso no evitó que la presión que ejercía aquella marea humana le hiciera sentir unas náuseas que temió no ser capaz de contener. Una parada más, se decía. Si no se me pasa, me bajo en la próxima y cojo un taxi. Pero a medida que fueron alejándose del centro y el flujo de la hora punta cambió de sentido, la presión empezó a disminuir. Cuando por fin se apeó en Žemynos Gatvė, tuvo que sentarse un rato en el banco de la parada a respirar un poco de aire fresco.

Antes de entrar en su casa llamó a la puerta de la señora Mažekienė.

–Vaya, eres tú, cariño. Me alegro de verte recuperada. ¡Menuda historia!

–Pues sí. Pero dígame usted, señora Mažekienė, ¿cuándo vino Darius a recoger a Mikas?

–El sábado. Es curioso que no recuerdes nada.

–El sábado ¿a qué hora?

–Poco después de mediodía, creo. Sí, acababa de almorzar cuando los vi.

–¿Los? ¿Vino con alguien?

La señora se mordió el labio como si pensara que había hablado más de la cuenta.

–Bueno sí, también había una mujer...

Sigita sintió una punzada, aunque en realidad la que le había echado de casa era ella, y no al revés. Por supuesto que había una mujer. ¿Qué se había figurado?

–¿Cómo era? –preguntó por si, por una remota casualidad, pudiera tratarse de la hermana de Darius o de su madre.

–Monísima. Alta, rubia y muy bien vestida. No era una de esas mujerzuelas baratas, desde luego –le explicó.

En ese caso, la hermana de Darius no era.

De pronto la asaltó una idea. Una mujer alta, joven y elegante. Había unas cuantas por el mundo, claro, pero...

–¿Se acuerda de lo que llevaba puesto?

–Un abrigo de color claro, creo que una especie de gabardina. Y un pañuelo.

La mujer de los columpios. La que quería tener un hijo... Se quedó helada. Si Darius tenía una novia que estaba deseando tener niños... Recordó el brillo del papel de plata del chocolate, las mejillas manchadas de Mikas. Se lo había sabido ganar, desde luego. Les había estado vigilando, había observado al niño y había comprado su confianza con el chocolate prohibido. Quizá el acento no fuese ruso, sino alemán. Una Irmgard cualquiera que se había levantado en el trabajo.

–Cariño... ¿te encuentras bien?

–Sí –se esforzó en contestar a pesar de que las náuseas le rompían como olas contra los dientes–. Pero es mejor que vaya a casa a echarme un rato.

Todo estaba más o menos como siempre. Un piso limpio, blanco y moderno a años luz del infierno camisero de Tauragė. Hasta los juguetes de Mikas estaban alineados en sus estantes. Solo había un cuerpo extraño que venía a perturbar la simetría: una botella de vodka vacía la observaba desde la mesa de la cocina.

La tiró a la basura. ¿La habrían emborrachado? Le costaba creer que había sido capaz de permitir por su propia voluntad que Darius y su amiguita alemana se llevaran a Mikas sin más ni más.

Sonó el teléfono móvil.

–Sigita, ¿dónde coño te has metido? ¡Dobrovolski llega dentro de media hora y necesitamos esos números!

Era Algirdas. Algirdas Janusevičius, la mitad de Janus Constructions y su superior inmediato.

–Lo siento –se disculpó–. Acabo de salir del hospital.

–¿El hospital? –Su irritación era aún más que evidente, pero logró mostrarse convenientemente preocupado por ella–. Nada grave, espero.

–No –contestó ella–, me he caído por las escaleras. Pero me van a hacer falta unos días.

El silencio del otro lado de la línea se podía tocar con las manos.

–Lo siento –repitió.

–Ya. Qué le vamos a hacer. Pero... ¿y los números?

–En el archivador que está detrás de mi mesa hay una carpeta verde, pone Dobrovolski. La contabilidad está al principio del todo.

–Joder, Sigita. «Esos» números no.

Sabía perfectamente a qué se refería. Trabajar con Dobrovolski suponía que una parte de la contabilidad jamás se registraba en los archivos oficiales. Si Sigita había tardado tan poco tiempo en convertirse en una pieza imprescindible para Algirdas se debía a que lo tenía todo en la cabeza. Hasta el mismísimo Dobrovolski, un perro viejo difícil de manejar, había llegado a confiar en su capacidad para tenerlo todo bajo control y recordar los acuerdos alcanzados con un cien por cien de exactitud.

En esos momentos no era capaz de acordarse ni de su propio número de teléfono. Lo único que tenía en la cabeza era una bruma gris de náuseas y confusión.

–Lo siento mucho –dijo–. Tengo una conmoción cerebral.

Esa vez el silencio fue aún más evidente. Casi podía oír el hormigueo del pánico en la respiración de Algirdas.

–¿Cuánto tiempo...? –comenzó con precaución.

–Dicen que la memoria suele normalizarse después de algunas semanas.

–¡Algunas semanas!

–Lo siento. No lo he hecho a propósito.

–No... no. Claro que no. Intentaremos arreglárnoslas. Pero...

–Sí. En cuanto pueda.

–Mejórate –dijo antes de colgar.

Sigita dejó que el teléfono se fuera deslizando hasta llegar a su regazo.

Le dolía la cabeza. Era como si una enorme mano la oprimiera, no constantemente, sino a intervalos rítmicos, al compás de su pulso. Marcó el número de Darius una vez más.

–Has llamado a Darius Ramoška...

Permaneció largo rato en una de las sillas pintadas de blanco de la cocina tratando de pensar.

Luego llamó a la policía.

EL NIÑO IBA EN EL ASIENTO DE ATRÁS, inconsciente, con la mantita de cuadros echada por encima. Karin seguía sin coger el teléfono.

Nina cerró los ojos un instante e intentó concentrarse. Las 13.35. Tenían que ser las 13.35... Giró la muñeca para comprobarlo en el reloj con mano temblorosa. 13.36, ponía en grandes números digitales. *Close enough.* Sintió una oleada de alivio que lograba que pensar resultara ligerísimamente más sencillo.

Perdóname, Karin, se dijo. Pero esto es demasiado.

Colocó la manta de forma que a simple vista no se advirtiera que había un niño. Entreabrió la ventanilla para que entrase el aire. Después cerró el Fiat con llave y se alejó a grandes zancadas, tanto que casi corría.

Atajó por el vestíbulo de la estación en dirección a la comisaría. ¿Qué demonios se decía en esos casos? ¿Buenos días, me he encontrado un niño?

La agente del mostrador tenía un aire cansado. No debía de ser el mejor trabajo de Copenhague.

–¿En qué puedo ayudarla? –preguntó.

–Verá... llevo un niño en el coche que...

El crepitar de la radio de la policía la interrumpió. No oyó lo que decían al otro lado, pero la agente contestó con un apresurado «Recibido; voy para allá» y salió disparada hacia la puerta.

–Un momentito... –le gritó por encima del hombro antes de salir.

La siguió hasta el vestíbulo y la vio correr hacia la consigna del sótano junto a otro de sus colegas de uniforme. Sin ser demasiado consciente de lo que hacía, fue detrás de ellos.

El estruendo se oía incluso antes de llegar a la escalera. Todo el mundo se había quedado en suspenso en plena faena con el equipaje y algunos miraban boquiabiertos hacia la entrada del pasillo donde se encontraba la taquilla número 37-43. Sintió un cosquilleo admonitorio que le subía por la columna vertebral, pero a pesar de todo continuó adelante pegada a los talones de los policías.

Un hombre la había emprendido a patadas contra las puertas metálicas de las taquillas con una violencia espantosa. Alcanzó a entreverle la parte posterior de la cabeza, de pelo tan corto que casi parecía una tonsura, y los fornidos hombros enfundados en una reluciente cazadora marrón de cuero que le hacía parecer más grande aún. Por un instante se preguntó cómo soportaría llevarla puesta con ese calor. Cuando los agentes llegaron hasta él, se quitó de encima a la primera de un manotazo como si fuera una niña con la que no le apetecía jugar. Después pareció dominarse.

–*Sorry, sorry* –exclamó; y se tranquilizó tanto que también los agentes pasaron de inmediato de una situación de alerta a entablar negociaciones–. *I pay. Is broken, I pay.*

De pronto volvió la cabeza y la miró directamente, como si hubiese presentido que le estaba observando. Se le contrajeron todos los músculos y la furia le desencajó las facciones reduciéndole los ojos a dos rayitas alargadas. No decía nada y continuaba inmóvil, pero Nina podía sentir la violencia que aquel hombre reprimía en su interior.

¿Qué había hecho ella para merecer esa rabia? Era la primera vez en su vida que le veía.

Pero la taquilla que había destrozado a patadas no era una taquilla cualquiera, por supuesto; era la 37-43. Apenas lo vio, comprendió el origen de toda aquella furia.

Se había llevado algo que le pertenecía.

Hubo de hacer acopio de toda su sangre fría para no salir corriendo hacia el coche. No puede seguirte, se repetía. La policía está ahí. Pero también recordaba lo fácil que le había resultado quitárselos de encima, como a un perro con pulgas, y lo único que le vino a la mente fue que tenía que irse de allí, tenían que irse, ella y el niño, lo más lejos posible de aquel hombre.

CUANDO EL Nokia robado empezó a sonar en su cartera tres horas más tarde, Jan seguía sudando en la pista de aterrizaje. Esta vez no acudió ninguna azafata a impedir que contestara. El personal de cabina había renunciado hacía mucho a mantener la disciplina y al menos otras veinte personas hablaban por teléfono en un intento de explicar en diferentes idiomas por qué se retrasaban.

–Mr. Marquart.

A pesar de que la comunicación era pésima, la cólera de su interlocutor se percibía con toda claridad, no tanto en sus palabras como en el tono.

–*Yes*...

–Yo ya he hecho la entrega –prosiguió en su tosco inglés–. Como acordamos. La mujer ha venido a recoger la mercancía, pero no ha dejado el dinero. No me ha pagado.

¿Qué?

Jan protestó. Le explicó que se encontraba retenido en un avión, pero que había dado instrucciones precisas a su asistente y estaba completamente seguro de que ella había seguido al pie de la letra sus indicaciones.

–Mr. Marquart, el dinero no estaba.

Trató de imaginar qué podía haber sucedido.

–Tiene que tratarse de un malentendido –dijo–. Me ocuparé de ello en cuanto vuelva.

–Una idea estupenda –replicó el hombre antes de colgar.

Había algo en aquellas palabras tan contenidas que le puso la carne de gallina en mitad de la selva tropical de la cabina. Su elección indicaba que se trataba de un hombre que no solía necesitar de amenazas. Un hombre al que más valía no enfadar.

Marcó el número de Karin con movimientos cortantes. No contestaba. Por todo mensaje le dejó un lacónico «¡Llámame!».

Se quedó con la mirada perdida. Sudando. Bebió un poco de agua y otro poco del gin tonic templado que había aceptado horas atrás, cuando creía haber puesto en marcha un aceptable plan B. Tardó casi media hora en admitir que no le quedaba más remedio que llamar a Anne.

–¿Has visto a Karin? –le preguntó.

Y se quedó escuchando cómo la suave voz de Anne le decía que sí, que Karin había regresado, pero se había vuelto a marchar. Había subido a su casa, que estaba encima del garaje, apenas unos minutos.

–¿Llevaba algo en la mano? –la interrogó–. Quiero decir al llegar. Y al irse.

–No lo sé –contestó Anne vagamente–. ¿Estás pensando en algo en particular?

–No –respondió él–. En nada. Ya lo veré cuando llegue a casa.

Cuando al fin el vuelo se puso en marcha rumbo a la pista de despegue, se recostó en la funda azul de piel del asiento preguntándose febrilmente cómo podía haberse equivocado con ella hasta aquel punto.

Tendría que haberme ocupado yo mismo, pensaba con rabia. Pero es lo típico: haces planes al milímetro y tienes todo bajo control para que después venga una puta gaviota a joderlo todo...

EL CHALÉ DE VEDBÆK estaba situado en el lugar perfecto.

No tenía vistas al mar ni un bucólico bosque como telón de fondo, pero para quien deseara evitar miradas ajenas, aquel edificio de ladrillo de altos setos bien podados resultaba ideal. Su seguro emplazamiento en una mortecina barriada residencial hacía que fuera aún mejor, si cabe. Era muy posible que Allan lo hubiera tenido en cuenta a la hora de decidirse a aceptar un puesto de médico de familia en un consultorio del norte de Selandia, aunque Nina lo dudaba. Probablemente aquel segundo empleo ni se le había pasado por la cabeza. Volvió a echar un vistazo al retrovisor.

El niño no se había movido en todo el tiempo que llevaba dentro del coche, los pliegues de la manta de cuadros continuaban tal y como ella los había dejado al salir del aparcamiento. Había procurado que la boca quedara destapada y un mechón de pelo rubio algo mojado asomaba por el borde de la manta. No se había movido ni había hecho el menor ruido.

Toc, toc.

El sonido de un par de golpecitos en la ventanilla la sobresaltó. Era Allan. Su silueta alta y espigada le hizo de pantalla frente al sol al agacharse a escudriñar el interior del coche con los ojos entornados. Luego volvió a llamar, pero antes de que Nina alcanzara a reaccionar, él ya había pasado a la acción y tiraba inútilmente de la manilla de la puerta de atrás. Debía de haber echado los seguros, aunque no recordaba cuándo. En ese instante se dio cuenta de que seguía con los dedos aferrados al volante y le costó una décima de segundo más de la cuenta convencer a sus manos de que soltaran su presa. Después manipuló el seguro de atrás con torpeza y bajó del coche.

Allan ya había sacado al niño con cuidado y lo llevaba al hombro envuelto en la manta.

–¿Qué sabes de él?

Se dio la vuelta y se dirigió a la casa con paso tan rápido que Nina tuvo prácticamente que echar a correr para no perderle.

–Nada. O casi nada. Estaba en una maleta.

Una vez dentro, cerró la puerta y siguió a Allan, que se metió en su consulta a grandes zancadas. Las paredes estaban cubiertas de vistosos dibujos infantiles y junto al ordenador había un muñequito, una especie de payaso que debía de utilizar para animar a los pacientes más jóvenes.

Pero en aquellos momentos el payaso no servía de gran cosa. El niño de la maleta pendía del hombro del médico, desmayado y sin vida, como una de las peponas jubiladas de Ida, pensó Nina con un repentino sabor metálico en la boca que conocía muy bien. Era su personal manera de paladear el miedo. Aparecía cada vez que la adrenalina invadía todas y cada una de las células de su cuerpo y le recordaba a los campamentos de Dadaab y Nangweshi y todos los malditos agujeros en los que había vivido para cuidar de los hijos de los demás. (Y al día que murió él.)

Apartó aquel recuerdo de su mente con la misma rapidez con la que había llegado y volvió a concentrarse en Allan y el pequeño. El médico acostó aquel débil cuerpecito en la camilla con suavidad y apretó el índice y el corazón contra el cuello del niño. Tenía el rostro brillante de concentración y Nina entrevió el brillo de una gota de sudor que le bajaba por el cuello y desaparecía por la blanca camisa desabrochada. No era el momento de hacer comentarios.

El tensiómetro estaba sobre el escritorio, pero la muñequera era demasiado grande para el bracito del niño. Nina buscó una más pequeña y la montó. El pequeño no reaccionó al agudo pitido de alta frecuencia del aparato ni a la presión de la muñequera al inflarse. 90/52. Giró el monitor para que Allan viera los valores.

Con el ceño fruncido, el médico pasó una mano por el pecho del niño, apoyó el estetoscopio contra su piel lisa y blanca y lo fue desplazando con movimientos rápidos y precisos hacia el estómago. A continuación volvió a su paciente de costado con una delicadeza que envolvió a Nina unos instantes en una sensación tierna y cálida. Volvió a escuchar hasta que por fin dejó de nuevo al niño tumbado boca arriba con los brazos extendidos a los costados.

La misma inquietante falta de vida, pensó Nina. Como si no estuviera ni vivo ni muerto, como si fuera una cosa. Allan le entreabrió un párpado con precaución y le iluminó la pupila.

–Creo que está anestesiado –dijo al fin–. No sé con qué, pero no parece que su vida corra peligro.

–¿Le damos naloxona? –preguntó ella.

El médico hizo un gesto negativo.

–La respiración es buena. La presión arterial tira un poco por lo bajo y necesita líquidos, pero creo que está en condiciones de despertar por sí mismo. Además, es mejor no jugar con estas cosas hasta no saber exactamente qué le han dado.

Nina asintió lentamente y trató de evitar su mirada. Sabía lo que venía ahora.

–Tienes que llevarle al hospital. No creo que se esté muriendo, pero... –Allan se encogió de hombros y señaló hacia su colección de manuales de medicina–. Hay millones de sustancias en el mercado que cualquiera puede haberle suministrado, y no tengo la menor idea de qué le ocurre. No vas a tener más remedio que llevarle a que le vean en Hvidovre.

Nina no contestó.

Hasta ese momento no había tenido tiempo para mirar bien al niño. Al principio creyó que no llegaría a los tres años, pero ahora que le veía la cara más de cerca empezaba a dudarlo. Más bien cuatro, se dijo alargando la mano con cuidado para seguir con los dedos las suaves líneas del rostro del pequeño. Solo que era un poco bajito para su edad. Tenía el pelo muy corto y casi blanco, y a la luz que entraba por la ventana su piel brillaba con un resplandor azulado y parecía fina como el pergamino.

–No sé de dónde viene –dijo de pronto–. No creo que sea danés, y alguien le está buscando. Alguien que le necesita para algo.

Allan frunció el ceño.

–¿Pedofilia?

Ella se encogió de hombros y trató de recordar al hombre de la consigna. ¿Cómo era en realidad? Gigantesco, unos treinta años quizá, y luego estaba la cazadora marrón, demasiado gruesa. Supuso que la policía haría pública su descripción y supo de inmediato que encajaría con la de otros mil tipos. Luego imaginó al pequeño solo en un cuarto de hospital mientras un trabajador social, quizá un puericultor especializado, rellenaba un formulario tras otro en la cafetería. ¿Podrían protegerle de la furia que ella había visto en los ojos de aquel hombre? ¿Qué harían con él las autoridades danesas? ¿Y si nunca averiguaban su procedencia? Acabaría en algún internado del barrio de Amager o en un centro de refugiados. Se estremeció. El Cabronazo de Natasha había entrado en el campamento con toda la tranquilidad del mundo y se había llevado a Rina sin que nadie se enterara. Eran demasiados los niños sin familia que desaparecían de los campamentos sin dejar rastro después de unos días. Sus «propietarios» iban a buscarlos.

–Desde luego a los campamentos no le pienso llevar –aseguró tajante mientras curioseaba por la consulta–. Ni a Gribskov. Allí siempre desaparecen niños. No pienso llevarle.

Al fin encontró lo que andaba buscando. Al otro lado de los cristales mates del armario que había junto a la puerta distinguió el contorno del almacén de emergencia personal de Allan, que incluía varias bolsas de suero intravenoso con su correspondiente gotero. Llevaban un año en la consulta, desde que juntos atendieron a un anciano que había abandonado el campamento de Sandholm para instalarse en casa de unos familiares. Pretendían enviarle a un campo de refugiados de las afueras de Beirut, pero él se quedó en la buhardilla de un edificio antiguo del barrio de Nørrebro, echado en un viejo colchón. La temperatura allí arriba, justo debajo del tejado, era de al menos cuarenta y cinco grados, y en realidad no se trataba más que de una simple indisposición veraniega, pero estuvieron a punto de perderlo por no disponer del equipo adecuado. Allan adquirió varios sistemas de perfusión inmediatamente después, pero, hasta donde ella sabía, aún no había tenido ocasión de utilizarlos. Quería abandonar la red desde hacía tiempo, pero como no había una larga cola de candidatos esperando a la puerta para sustituirle, Nina había guardado su número. Por si acaso, pensó para sus adentros con una fría sonrisa. Por si se topaba con un niño de tres años metido en una maleta.

Sacó del armario el equipo de perfusión y el suero, y al verse con el instrumental entre las manos se sintió más serena. Había hecho aquello miles de veces. Abrir el embalaje de un solo tirón, liberar la palomilla del capuchón, conectar el tubo. Buscó con la mirada dónde apoyar la bolsa de suero de forma que estuviese colocada más arriba que el niño y se decidió por un estantito con juguetes que había en la pared de enfrente de la camilla. Luego cogió el brazo sin voluntad del pequeño y deslizó la aguja en una de las venas que se dibujaban claramente bajo la delgada capa de piel blanca.

Allan, que permanecía a su lado, sacudió la cabeza de un lado a otro con un suspiro.

–Si esto llega a salir a la luz, me retiran la licencia. Si le pasa algo...

–Es que no le va a pasar nada –atajó ella–. Yo le cuidaré bien. No va a ocurrirle nada.

El médico la observó con una extraña mirada insegura que Nina no terminó de saber si le agradaba. Después se volvió hacia el niño y apartó con cuidado la manta de cuadros que le cubría las piernas y la parte inferior del cuerpo.

–¿Lo encontraste así? –preguntó.

Ella asintió.

–¿Serías capaz de ver si le ha pasado algo? ¿Si han abusado de él? –quiso saber.

Él se encogió de hombros con aire pensativo y volvió a colocar al niño de costado dándole la espalda. Nina volvió a sentir aquel sabor metálico en la boca y apartó la vista hacia la ventana. Soplaba un ligero viento y desde fuera se filtraba el suave susurro de las hojas del castaño meciéndose al compás de la brisa cálida. No se oía nada más. Ni voces, ni coches, ni niños. Por lo visto, los habitantes de Vedbæk no eran tan ruidosos como los del centro de Copenhague, pensó mientras notaba que el sudor le había pegado la camiseta a la espalda.

–Bueno, a simple vista no se advierten señales de malos tratos, pero con estas cosas nunca se está seguro. La gente puede llegar a ser extraordinariamente creativa.

Se quitó los finos guantes blancos de goma con un chasquido, volvió a arropar al niño con la manta y le pasó una mano por la frente con dulzura.

–Nina, mi consejo... –dijo enfrentándola por primera vez directamente con sus ojos de acero. Parece recién salido de una novela rosa, se dijo ella mientras su mirada lo recorría de arriba abajo con una punzada de contrariedad. Estaba en forma al estilo de los ricos. Tipito de tenista y un favorecedor bronceado después de las numerosas travesías de la temporada en barco propio. Y luego esos vaqueros azules con las rodillas desgastadas de fábrica, tal y como dictaba la última moda. Un médico guapo que todo lo hacía bien y, para colmo, había corrido grandes riesgos personales para entrar a formar parte de la red. Se estaba jugando la consulta. A pesar de todo, podía sentir cómo ardía en él la llama de la desgana. Aquel tipo tan atractivo no tardaría en decirle que no podía seguir ayudándola, que no podía hacer nada por el niño. Allan lanzó un leve suspiro–. Mi consejo es que lleves a este niño al hospital de Hvidovre inmediatamente. Y si algo sale mal...

Sabía lo que iba a decir y sabía también que daba igual. Que había ganado ella. Que no iba a llamar a la policía.

–Si algo sale mal y alguien relaciona todo esto conmigo y con mi clínica, eso es lo que yo te he aconsejado. Y eso es lo que vas a decirme que piensas hacer.

Nina se apresuró a asentir.

–Voy a llevarle al hospital de Hvidovre –dijo consultando el reloj.

Las 15.09.

Llevaba en la clínica más de media hora.

Allan volvió a mirarla con esos ojos llenos de dudas que le recordaban a sus largas y agotadoras discusiones con Morten. Morten, que ya no la creía capaz de hacer nada por sí misma y menos aún con los niños. No lo decía directamente, pero ella lo notaba en su modo de pronunciar las palabras cuando le daba instrucciones sobre qué tenía que meter en la tartera de Ida y cuánta ropa de abrigo debía ponerse Anton. Había empezado a hablarle muy despacio y con mucha claridad, pronunciando todas las sílabas y tratando de retenerle la mirada como si fuese sorda, deficiente o las dos cosas a la vez. También se lo veía en los ojos cuando preparaba su cartera antes de marcharse.

No creía en ella.

Por lo visto Allan tampoco, pero no tenía intención de detenerla. A fin de cuentas, el niño de la maleta no era responsabilidad del médico y nunca lo sería. Solo por eso la dejaba marchar.

–Podéis quedaros hasta que se haya hidratado –le dijo–. Después desaparece con él. Intenta que no os vean salir y, Nina...

Volvió a mirarla a los ojos; podía percibir de nuevo la misma irritación.

–Yo he terminado con esto –concluyó–. No vuelvas.

–¿De modo que sostiene usted que su marido ha secuestrado a Mikas?

Evaldas Gužas, de la Brigada de Personas Desaparecidas, observaba a Sigita con un aire de escepticismo más que evidente.

–Estamos separados –le aclaró ella.

–¿Pero es el padre del niño?

Notó que se estaba ruborizando.

–Por supuesto.

La atmósfera de la comisaría resultaba sofocante. Una mosca desesperada, atrapada entre el cristal y la mosquitera, zumbaba en la ventana que daba a la calle. La mesa de Gužas, con aspecto de veterana de la época soviética cubierta de cicatrices, debía de sacarle unos cuantos años a su dueño. Sigita habría preferido un policía mayor, no un joven moreno que no llegaba a los treinta. El calor le había llevado a quitarse la chaqueta gris y aflojarse el nudo de la corbata de color burdeos, de modo que bien podía haber sido un turista cualquiera en un café. Le pareció poco serio.

–Y este secuestro, como usted lo denomina... ¿supuestamente habría tenido lugar el sábado?

–El sábado por la tarde, sí.

–Y no ha acudido usted a nosotros hasta ahora porque...

Dejó la frase incompleta en el aire.

Sigita sintió deseos de bajar la vista, pero se contuvo. Él lo habría interpretado como un síntoma de inseguridad que no haría sino aumentar su escepticismo.

–He estado en el hospital y me han dado de alta esta mañana.

–Entiendo. ¿Podría referirme las circunstancias exactas en las que se produjo el presunto secuestro? –le preguntó.

–Mi vecina vio a mi marido y a una mujer joven y desconocida meter a Mikas en el asiento trasero de un coche y llevárselo.

–¿El niño ofreció resistencia?

–No... por lo que vio la señora Makežienė, no. Pero compréndalo, esa mujer ha estado espiándonos al menos varios días y dándole chocolate a Mikas. ¡No es normal!

El policía apretó el botón del bolígrafo un par de veces sin dejar de observarla.

–¿Dónde se encontraba usted cuando ocurrió? –se interesó de pronto.

Esta vez no logró evitar la inseguridad.

–Yo... no lo recuerdo con claridad –contestó–. Tengo una conmoción cerebral. A lo mejor... a lo mejor me atacaron.

Aquellas palabras puestas en su boca le resultaron extrañas, estaba convencida de que Darius sería incapaz de algo semejante. Pero ¿y la mujer? A ella no la conocía.

–¿Y en qué hospital ha estado ingresada?

Le dio un vuelco el corazón.

–Vilkpėdės –respondió con la esperanza de que todo quedara ahí. Pero él levanto el auricular del teléfono.

–¿Sección?

–M1.

Sentada en su incómoda silla de plástico, aguardó frustrada e impotente a que llamara y acabara con aquella breve conversación. La mosca zumbaba y zumbaba. Gužas escuchaba más que hablaba, pero a Sigita no le costaba imaginar lo que le estaban contando.

–Señora Ramoškienė... –dijo al colgar–. ¿No cree usted que debería irse a casa a esperar a que llame su marido?

–¡Yo no bebo!

Las palabras salieron de su boca aunque sabía perfectamente que sus protestas no harían sino confirmar las sospechas de aquel hombre.

–Váyase a casa, señora Ramoškiene.

Maquinalmente se subió al 17 en T.Ševčenkos gatvė. Solo varias paradas más adelante advirtió que se le había olvidado apearse en Aguonu gatvė para hacer transbordo. Era como si la ciudad en la que llevaba viviendo ocho años de pronto fuera un lugar extraño para ella; no sabía adónde ir. Los rayos del sol le herían los ojos como alfileres. Solo una vez en su vida se había sentido así de desvalida.

Váyase a casa, señora Ramoškienė. Pero ¿a qué? Sin Mikas nada tenía sentido, ni el piso, ni los muebles, todas aquellas cosas tan limpias y tan nuevas por las que tanto había luchado.

Castigo de Dios, susurró una voz en su interior.

–Cierra la boca –dijo entre dientes; pero no sirvió de nada.

No había ido a misa desde que se marchó de Tauragė, ni una sola vez en ocho años. Aunque ella no quería creer en Dios, él parecía no estar dispuesto a dejarla escapar; el olor a cera, las viejas arrodilladas a pesar del esfuerzo que les suponía, las flores en el altar, la sensación de solemnidad que la impulsaba a permanecer quieta y callada incluso cuando era tan pequeña que las piernas le colgaban del banco, con sus leotardos blancos y sus zapatos negros de charol, porque, como decía su madre, al menos una vez a la semana tenía que ir bien guapa. Su primera confesión... se sentía tan mayor, tan importante. Ya tenía edad para «pecar». Aquella palabra surgía en su interior con su aroma a tinieblas y azufre, a culpa y perdición, pero, ante todo, a «emoción». Emoción como la de la hermana de mamá, la tía Jolita, que vivía en Vilna y de la que nadie quería hablar. Los pecadores eran mucho más interesantes que la gente corriente, lo ponía hasta en la Biblia, y aquel mundo de pecado y confesión le abrió sus puertas también a ella. Era casi embriagador formar parte del coro cuando la congregación murmuraba su *Esu kaltas, esu kaltas, esu labai kaltas*. Por mi culpa, por mi culpa, por mi grandísima culpa. Se entregaba en cuerpo y alma.

–Chssss –la reprendía su madre colocándole el pañuelo–. ¡No tan alto!

Poco a poco fue aprendiendo cuál era el nivel adecuado: ni proclamándolo a voz en cuello ni en voz tan baja que pudiera parecer que lo hacía de mala gana; un murmullo interior que llegara a los más próximos sin retumbar por la iglesia. *Esu kaltas*. Cuánta belleza, cuánta dulzura.

Hasta que el día que realmente tuvo algo que confesar, no fue capaz de decir una palabra. Al principio intentó sacar a relucir su rebeldía de adolescente negándose a ir a la iglesia. Si solo hubiera dependido de su madre, quizá hubiese funcionado, pero cuando la abuela Julija, mirándola a los ojos, le preguntó si pasaba algo malo, su tímido conato de rebeldía se vino abajo. No, no pasaba nada malo. Absolutamente nada. La abuela le dio unas palmaditas en el brazo y le dijo que era una buena chica. Le explicó que era normal tener pequeñas crisis de fe, Dios era comprensivo con esas cosas, pero que tenía que darse prisa y ponerse el vestido de los domingos si no quería llegar tarde. Por fuera todo estaba como siempre. Por dentro el mundo se había desmoronado.

El interior de St. Kazimiero estaba muy silencioso y casi vacío. Había dos ancianas limpiando. Trabajo voluntario, seguramente, como en Tauragė, pensó. Una de ellas le preguntó si podía ayudarla en algo.

–No, gracias –contestó Sigita–. Solo quiero sentarme un ratito.

Asintieron con gesto comprensivo. Cualquier buen creyente sabía lo que quería decir «sentarse un ratito». Se sintió una impostora. Ella ya no creía en nada.

Entonces, ¿qué haces aquí?, susurró la voz de su interior.

No era capaz de explicarlo. Se sentía al borde de un abismo, pero no contaba con que Dios fuera a acudir en su auxilio. Al contrario. *Yo no creo en esas cosas. Ya no.* Pero al levantar la vista hacia la imagen de la Virgen María no pudo soportarlo más. La Virgen sostenía al Niño Jesús entre sus brazos, radiante de amor, y Sigita se desplomó de rodillas en las frías baldosas y, con el brazo sano apoyado en una columna de mármol, lloró hasta llenar toda la iglesia de unos sollozos duros e involuntarios. *Esu kaltas. Esu labai kaltas.*

Apenas salió de allí, el teléfono empezó a vibrarle en el bolso. Rebuscó torpemente con las asas colgando del brazo escayolado hasta que el dinero, la polvera y las pastillas para la garganta rodaron por la acera y acabaron diseminados a sus pies. Solo tenía cabeza para el móvil. Vio que era Darius, que le devolvía la llamada.

–Pero ¿a ti qué te pasa? –preguntó con su voz cálida y alegre de siempre–. Me has llamado algo así como un millón de veces.

–Tienes que traerle a casa. ¡Ya! –exclamó furiosa.

–¿De qué estás hablando?

–¡De Mikas! Si no vuelves con él te denuncio a la policía.

Omitió el detalle de que ya lo había hecho, pero no habían querido hacerle caso.

–Sigita, cariño, no sé de qué demonios me hablas. ¿Qué le pasa a Mikas?

Los años de entrenamiento la habían convertido en una experta. Había llegado a adivinar por el tono de su voz si mentía o decía la verdad, y el desconcierto que oía sonaba auténtico al cien por cien.

Se le fue la fuerza de las piernas como el agua se va de una bañera y cayó de rodillas por segunda vez, ahora en plena acera, rodeada por el contenido de su bolso. Oía la vocecilla apagada de Darius gritarle a lo lejos:

–¡Sigita! Sigita, ¿qué ocurre? ¿Dónde está Mikas?

Ya no estaba al borde del abismo, aquella sima la había engullido hacía mucho. Porque si Mikas no estaba con Darius, ¿quién lo tenía entonces?

LAS 17.10.

¿A quién le tocaba ir a recoger a Anton? De pronto Nina no lo recordaba y sintió una punzada larga y fría en el estómago. Había pasado un brazo por la espalda del niño y tenía su cuerpecillo desnudo estrechado contra el suyo. Empezaban a aparecerle algunas marcas de sudor por el cabello. Su piel había recuperado un poco de calor y ahora que había absorbido algo de líquido parecía ir recobrando la vida lentamente. Se quejaba en sueños. Giraba una mano o movía la pierna unos centímetros. Tenía que ser buena señal, se dijo. Había sido un acierto no acudir a un hospital y, aunque había estado firmemente convencida de que era lo mejor nada más recordar al tipo furibundo de la estación, ahora sentía un alivio enorme. El niño no había muerto, estaba vivo, y la agitación de sus párpados le decía que no tardaría en salir de aquella oscuridad que le envolvía.

Pero al alivio que sentía vino a sumarse una sensación de pánico. ¿En qué estaba pensando cuando huyó de la estación?

En nada, constató secamente mientras deslizaba un veloz dedo por la correa del reloj. No pensaba en nada más que en salir de allí, llevarle a un lugar seguro. En breve se encontraría con un niño desnudo de lo más espabilado y sin saber qué hacer. Necesitaba tiempo para reflexionar. Con la mano libre llegó hasta la mochila y, tras mucho rebuscar, logró rescatar su móvil de las profundidades y marcar el número de Morten. Por suerte estaba en casa esa semana. Tendría que ocuparse él de todo hasta que...

Esperó unos segundos antes de pulsar la tecla de llamada. Se preparó lo mejor que pudo. Nunca se le había dado demasiado bien mentirle y la cosa no había mejorado con los años, aunque Dios era testigo de que había hecho cuanto estaba en su mano por mejorar su destreza en ese terreno. No es que quisiera mentirle en las cosas importantes, se trataba simplemente de pequeños escollos cotidianos que se salvaban mejor con una mentirijilla piadosa. Por ejemplo, que una blusa había costado doscientas coronas en lugar de cuatrocientas cincuenta o que no había sido ella la que se había dejado en el colegio la autorización que había que firmarle a Anton para ir de excursión. Esas cosas las hacía todo el mundo y con otras personas no le suponían la menor dificultad, pero Morten detectaba sus tristes tentativas en menos de una décima de segundo. Era como si con él le faltara la coraza, como si Morten adivinara todos y cada uno de los pensamientos que constantemente le rondaban por la cabeza. Por eso se enamoró de él en su día y por eso mismo ahora se le hacía tan cuesta arriba la convivencia. A veces le mentía y él no decía nada, fundamentalmente porque no le apetecía discutir. Dejaba que se saliera con la suya.

Paseó el dedo índice por la tecla de llamada, húmeda del calor de sus manos. Después apretó y levantó el teléfono con cuidado para no tocar al niño.

Un chasquido, después un débil zumbido y finalmente oyó a Morten manipular el teléfono con el ruido de fondo de unas voces infantiles a lo lejos. Gracias a Dios, pensó. Había ido a recoger a Anton. Puede que, después de todo, fuera su turno. Cada vez que intentaba recordarlo, el cerebro se le quedaba en blanco.

—¿Sí?

La voz de Morten sonaba enfadada y tolerante al mismo tiempo.

—¿Dónde estás?

Nina se dijo que era la voz de un hombre que creía que no se merecía un tono normal. Como si fuera una niña.

Se humedeció los labios y volvió a contemplar al pequeño que dormía entre sus brazos. Sabía que tenía que dar con algo que sonara más o menos verosímil o de lo contrario su explicación se vendría abajo a medio camino.

–Antes me ha llamado Karin –comenzó–. No se encontraba demasiado bien y necesitaba ayuda, así que me he venido con ella y así puedo llevarla a urgencias si hace falta.

Silencio al otro lado de la línea. Luego se volvieron a oír gritos y la vocecita de Anton pidiendo algo.

–No, no vamos a tomar ningún helado por el camino –dijo Morten sin soltar el teléfono.

Oyó que el niño elevaba el tono. Se estaba preparando para la gran rabieta. Toda una suerte para ella, la verdad

–Vale –continuó Morten con la cantaleta de Anton como ruido de fondo–. Pero tenía entendido que hacía ya tiempo que habíais dejado de ser uña y carne.

Ya no parecía enfadado, si acaso algo cansado.

–Hace quince años que la conozco, no se le puede dar la espalda a la gente así sin más.

Al principio él no dijo nada. Se oyó una puerta al cerrarse y el sonido del viento que soplaba al otro lado del aparato.

–No pasa nada –contestó al fin–. Pero habría estado bien que me llamaras tú para pedirme que viniera a recoger a Anton en vez de la profesora que estaba cerrando el centro.

A Nina se le encogió el estómago. Le tocaba a ella, debía de tocarle a ella; le habría preferido enfurecido. Ahora lo único que se oía al otro lado era un crujido arrítmico y el débil rastro de una discusión acalorada entre Morten y Anton. Era como si se hubiesen olvidado de ella.

–Perdona –murmuró mientras intentaba acercarse el teléfono a la oreja un poco más–. Se me ha olvidado.

–Sí, eso parece –contestó él en un tono a la vez frío y cansado–. Y yo que creía que ya no se te olvidaban estas cosas. ¿Tienes idea de cuándo aparecerás por casa?

Nina tragó saliva. El niño se volvió ligeramente, abrió una mano y se agarró a su brazo con suavidad. Seguía con los ojos cerrados.

–No creo que pueda escaparme de aquí antes de las ocho –dijo intentando sonar alegre y despreocupada–. No volveré tarde, te lo prometo.

Una vez más aquel crujido estático del viento y una conexión a punto de cortarse.

–Volverás cuando vuelvas, ya está –replicó Morten.

Luego parte de sus palabras se perdieron entre el estrépito del viento y los vehementes argumentos de Anton.

–Como si no vuelves más, tú misma.

Su voz sonó oscura y lejana. Después silencio.

Nina colgó sin hacer ruido y guardó el teléfono en el bolso que estaba en el suelo. Se levantó. El corazón le latía desbocado y con fuerza y le vino bien moverse, como si la inquietud que sentía en el pecho se le hubiera repartido por los brazos y las piernas para pasar desde ahí al resto de la estancia.

Volvió a sacar el móvil y marcó mientras paseaba de un lado a otro. El número estaba grabado con el nombre de Peter, y lo cierto es que de su dueño sabía poco más que que vivía en algún lugar de Vanløse. Era el único contacto del que tenía un teléfono, normalmente eran ellos quienes la llamaban, y no al revés. Las personas que recibían ayuda de la red no podían presentarse sin más en la consulta de un médico o en urgencias cuando enfermaban, de modo que recurrían a Nina o a Allan. Así habían sido las cosas hasta entonces. Debería preguntarle a Magnus si Allan hablaba en serio cuando decía que quería dejarlo. Aunque, por desgracia, Magnus no tenía ningún poder sobre la discreta consulta de Vedbæk.

–Hola, soy Peter –contestó una voz alegre; Nina estaba a punto de saludar y presentarse cuando la voz continuó imperturbable–: Estoy de vacaciones desde el 15 de agosto al 29, así que ¡vas a tener que apañártelas sin mí!

Mierda. Se recostó en la pared y cerró los ojos. Era la primera vez que se enfrentaba a algo así. Un niño que estaba solo. La red solía ayudar a familias y adultos, pero, hasta donde ella sabía, se trataba de personas capaces de arreglárselas solas una vez que sus contactos las dejaban instaladas en un sótano o en algún chalé aislado, o las ayudaban a pasar a Suecia. No era complicado. Pero ¿habría alguien dispuesto a ocuparse de un niño de tres años? Y si lo había, ¿cómo encontrarlo?

Volvió a abrir los ojos y observó al pequeño. Podría ser de cualquier sitio, pensó. Cualquier sitio del norte o del este de Europa. Dinamarca, Suecia, Polonia, Alemania. Le pasó una mano por el pelo corto y oscuro, mojado y pegajoso por el calor. Ya averiguaría algo cuando se despertara, pero mientras tanto tenía que localizar a Karin. Era ella la que había desatado todo aquello y no le cabía la menor duda de que sabía mucho más de lo que le había contado en la cafetería del Magasin mientras daba vueltas a su taza con nerviosismo.

Esperó hasta que el teléfono dejó de dar señal, pero en esta ocasión Karin tampoco contestó. Pasó una mano inquieta por delante del brillo apagado de la pantalla como si pretendiera apartar una invisible capa de polvo.

El niño volvió a moverse en la camilla y la punta de la manta resbaló dejando al descubierto su hombro desnudo.

Ropa, observó Nina. Inmediatamente sintió que el alivio de haber tomado una decisión práctica la ayudaba a concentrarse y pensar con claridad. Tenía que conseguir ropa para que el niño no llamara la atención más de lo estrictamente necesario. Miró de reojo hacia el suero. La bolsa no tardaría en vaciarse y al menos podrían salir de allí.

Intentó hablar con Karin una vez más con idéntico resultado.

¿Por qué demonios no contestaba?

JUČAS SABÍA que su furia era su debilidad y su punto fuerte al mismo tiempo. A veces, cuando entrenaba, se servía de ella para extraer de su cuerpo las últimas reservas, lograr aquellas explosiones que le hacían bombear sangre por todo el cuerpo y eran casi mejor que el sexo. Después de una de esas sesiones lo veía claramente. Las venas se le marcaban por encima de los músculos como tubos de goma mostrando aquel bombeo rítmico, bum bum bum, que sentía en todas y cada una de las fibras de su cuerpo. Adoraba esa sensación. En momentos como esos se sabía fuerte y se veía obligado a reprimir los deseos de subirse al banco de un salto y proclamar su invulnerabilidad a los cuatro vientos por el gimnasio como el héroe de una de esas películas de acción americanas que le gustaba ver: *You don't fuck with me, man.*

Otras veces la furia acudía en su ayuda cuando debía hacer algo que no le gustaba. Siempre estaba ahí, bajo la superficie, un poder oculto listo para conectar en cualquier momento. Los hombres se convertían en cerdos y las mujeres en brujas; entonces podía hacer lo que tenía que hacer. Pero era peligrosa, porque al conectarla perdía el control. No siempre era capaz de volver a detenerla y no podía pensar con claridad. En una ocasión golpeó con tanta fuerza al cerdo de turno que el tipo nunca volvió a estar del todo bien de la cabeza y Klimka le advirtió que si volvía a ocurrir le pondría de patitas en la calle. De manera permanente. Por aquel entonces comprendió que la furia podía matarle algún día si no tenía cuidado, así que dejó inmediatamente la andro y el durabolín, que la volvían más difícil de controlar. Acababa de conocer a Barbara.

Algunas veces, cuando estaba con ella, la furia le parecía una cosa tan lejana que estaba por creer que había desaparecido. Y quizá llegara a hacerlo, pensaba, cuando ya no tuviera que trabajar para Klimka nunca más, cuando él y Barbara viviesen en su casita de Cracovia y dedicara los días a hacer cosas normales; cortar el césped, colocar estanterías, comer la comida que Barbara cocinara para él, irse a la cama con la mujer que amaba.

Pero el dinero no estaba. Cada vez que pensaba en aquella taquilla vacía, la furia le enviaba pequeñas punzadas precisas por todo el cuerpo, como una pistola de clavos. Aplastaría a esa bruja.

Había escogido ex profeso una taquilla de un rincón porque había menos espectadores casuales y el personal del cuartito de vigilancia no veía a simple vista lo que ocurría en esa esquina. Al principio se situó en un lugar no muy apartado para ver cuándo recogían la maleta, pero apenas llevaba allí apostado diez minutos y los vigilantes ya empezaban a ponerse nerviosos. Sabía que le observaban, más o menos por turnos, primero el uno, luego el otro, después el uno otra vez. Intercambiaron unas palabras. Uno de ellos descolgó el teléfono. Mierda. Sacó el móvil y fingió hacer una llamada. Con el móvil pegado a la mejilla para ocultar parte del rostro, pasó rápidamente frente a la ventanilla de los guardias y subió las escaleras que conducían al vestíbulo de la estación.

Al final terminó apostando a Barbara en esa salida mientras él esperaba en el coche detrás de la estación y vigilaba las otras dos. No era la mejor solución. Si al menos hubiera ido el danés, como habían acordado... Pero había llamado diciendo que iba a ir una tía que Jučas no había visto en su vida. Bueno, qué más daba. Ya la reconocería por la maleta.

Pero cuando ya pasaba más de una hora del momento convenido, seguía sin aparecer ninguna mujer con una maleta a rastras. Ni en su calle ni por el lado de Barbara. La había llamado al menos veinte veces, solo para asegurarse, aunque era consciente de que con eso únicamente lograba ponerla más nerviosa. Finalmente la mandó abajo a comprobar.

Cuando regresó, se veía ya de lejos que algo malo sucedía. Caminaba con paso tenso y la cabeza encogida entre los hombros.

–No está –dijo.

Tuvo que bajar a verlo con sus propios ojos. La maleta no estaba; no sabía cómo, pero aquella mujer se las había apañado para pasar por delante de sus narices y las de Barbara. Y no había dinero. Fue entonces cuando perdió los estribos por un momento y, al ver que aquellos pigmeos daneses de uniforme se asustaban, tuvo que sonreírles y pagar para apaciguar sus corazoncitos.

Cuando estaban en pleno espectáculo la vio. A la mujer. Podría haber sido una turista cualquiera, como todos los que andaban por allí observando el incidente boquiabiertos, pero algo en la intensidad de su mirada le dijo que no. Estaba atemorizada. Había visto el número de la taquilla destrozada y eso la había asustado. Y cuando la vio girar sobre sus talones y salir huyendo, no le cupo duda alguna. Ella se había llevado la maleta. ¿A qué había vuelto? ¿A burlarse de su derrota? Ya le enseñaría él, ya. La había visto perfectamente entre las brumas de la rabia. Flacucha como un crío, morena de pelo corto, ni siquiera daban ganas de metérsela, a no ser que uno fuera maricón. Bruja de mierda. No, otra cosa le iba a meter, otra cosa.

Por supuesto, llamó al danés de inmediato. Le soltó un cuento chino de no sé qué malentendidos, retrasos e intenciones. ¿Qué hacía, creerle? No sabía. Subió la estrecha escalera que conducía a la calle con la furia aún rugiéndole por dentro y pasó junto a tres rusos que trapicheaban con drogas a plena luz del día. Idiotas. ¿Es que no podían ser un poquito más discretos? El más grande de los tres, por lo visto una especie de vigía y musculitos todo en uno, le miró de reojo con aire inquieto. Le levantó un poco el ánimo. Mira, se dijo, soy más grande que tú, chavalín.

Una vez en la calle salió a su encuentro el calor del asfalto y los ladrillos recalentados. La cazadora de cuero no había sido buena idea, pero creía que haría más frío en Dinamarca y ahora no le agradaba la perspectiva de quitársela. Sudaba mucho, era normal en la gente en buena forma, y no quería que Barbara le viera con la camisa llena de manchas oscuras.

–¿Andrius? –le llamó a través de la ventanilla bajada–. ¿Todo bien?

Se obligó a coger aire en largas, pausadas y hondas bocanadas. No consiguió llegar a sonreír, pero al menos dejó de estrujar las llaves del coche con tanta fuerza.

–Sí –bocanadas hondas; tranquilidad–. Dice que es un error. Está de camino y nos dará el dinero.

–Menos mal.

Barbara le observó con la cabeza ligeramente ladeada. La postura le hacía el cuello algo más largo, más elegante. Era la única persona que le llamaba por su nombre de pila. Todo el mundo le decía Jučas, sin más. Incluido él mismo. Desde que murió su abuela y le enviaron a Vilna a vivir con su padre porque nadie sabía qué hacer con él, no había vuelto a pensar en sí mismo como Andrius. El padre rara vez le llamaba algo que no fuera «mocoso» o «crío de mierda», dependiendo del humor que tocara ese día. Después, en el Hogar, les llamaban a todos por el apellido.

Se desplomó junto a ella en el asiento delantero del vehículo recalentado. El Mitsubishi empezaba a acusar los dos días que llevaban viviendo en él. El suelo era un estercolero de vasos de cartón, servilletas y paquetes de sándwiches de áreas de descanso alemanas, y la sillita donde habían llevado al niño apestaba a meados y restos de comida. Estudió la posibilidad de desmontarla y guardarla detrás, pero de pronto fue incapaz de soportar aquel olor sofocante un minuto más.

–¿Tienes hambre? –preguntó–. Podríamos ir a hacer algo mientras esperamos a que llame.

Una sonrisa iluminó el rostro de Barbara.

–¡Al Tivoli! –exclamó–. ¿No podemos ir al Tivoli? He fisgado un poquito por la reja y parece un sitio precioso.

No le apetecía lo más mínimo matar el tiempo rodeado de mocosos chillones, algodón de azúcar y vendedores de globos, pero la ilusión que leía en sus ojos le ablandó. Pagaron el sueldo de una jornada por entrar y después se comieron una pizza que les costó seis o siete veces más que en Vilna. Pero a Barbara le encantaba, era evidente. En tan solo unos momentos sonrió más que durante todo el largo viaje que habían hecho hasta allí y Jučas se fue tranquilizando poco a poco y empezó a tener fe en que las cosas se arreglarían. Quizá no fuera más que un malentendido. El danés estaba encerrado en un avión sin poder moverse, quizá no fuera tan extraño que todo hubiese salido al revés, después de todo. El tipo le había asegurado que iba a pagar. Y si no, sabía dónde vivía.

–Tienes orégano en la barbilla –dijo Barbara–. No, déjame a mí...

Le pasó una servilleta de cuadros rojos y blancos por la comisura de los labios y la barbilla con una sonrisa que encogió su furia y la volatilizó.

Al cabo de un rato fueron a dar un paseo por un laguito ridículo donde habían tenido la ocurrencia de meter un barco de vela de dimensiones desorbitadas que a duras penas lograría virar si a alguien se le pasara por la cabeza la descabellada idea de pretender navegar en él. Barbara introdujo dos gruesas monedas danesas en una máquina de la que salió un puñadito de comida para los peces. Apenas oyeron el chasquido de la máquina, los peces del lago empezaron a apretujarse unos contra otros hasta convertir el agua en un hervidero de pescados gordos, escamosos y coleantes. El espectáculo le revolvió el estómago, no sabía muy bien por qué. En ese instante sonó al fin el teléfono.

–Acabo de llegar a mi casa –dijo el hombre del otro lado de la línea–. No hay ni rastro de la mercancía ni del dinero. Ni de la persona a la que envié a cerrar el trato.

Bruja. Cerdo.

–Yo he hecho la entrega –contestó tan calmado como pudo–. Ahora tiene que pagarme.

Al otro lado reinó el silencio durante un rato. Luego el hombre dijo:

–Tendrás el resto del dinero cuando me des lo que te pagué para que buscaras.

Jučas se enfrentaba a dos enemigos al mismo tiempo: su vocabulario en inglés y su temperamento. Solo la mano de Barbara en su brazo le permitió vencer el combate contra el segundo.

–Usted envió a esa mujer. Si ella no cumple sus órdenes, no es mi problema.

De nuevo un largo silencio.

–Se ha llevado un coche de la empresa –dijo por fin el danés–. Todos llevan instalado un GPS y podemos localizarlos. Si te digo dónde está, ¿irás a buscarla y me la traerás? Ella debe tener el dinero, la mercancía o ambas cosas. Y si no, tiene que saber dónde están. Tráemela.

–Eso no es lo que habíamos hablado –se obstinó Jučas. Quería su dinero y salir de aquella mierda de país tan caro donde hasta los peces estaban gordos.

–Otros 10.000 dólares –se apresuró a añadir el otro–. Por coger el dinero y la mercancía, y traérmela a ella.

Los gritos de la montaña rusa estaban empezando a ponerle nervioso. Pero, al fin y al cabo, diez mil dólares eran diez mil dólares.

–De acuerdo –accedió–. Dígame dónde está.

NINA VOLVIÓ A ENVOLVER el cuerpecillo del niño en la manta, lo cogió en brazos y abandonó la consulta. Era muy ligero, casi una pluma comparado con Anton; pero claro, Anton ya iba al colegio. Ya no era un niño pequeño.

Se aseguró de que la puerta quedaba bien cerrada antes de bajar por las escaleras. Luego le metió en el asiento trasero con mucho cuidado y cerró suavemente. Eran las 18.44.

–Y ahora ¿qué? –murmuró; pero en seguida se arrepintió. Estaba muy feo eso de hablar sola. Parecía una loca, lo sabía, y prácticamente no había vuelto a hacerlo desde que al entrar en el instituto no le quedó más remedio que abandonar esa costumbre infantil si quería sobrevivir socialmente. Pero aún recurría a ello en situaciones de estrés. Cuando necesitaba concentrarse.

Arrancó el coche y lo hizo rodar por al camino de gravilla que conducía de la casa a la calle. Le temblaban las manos otra vez, comprobó con el mismo interés con que habría observado una nueva especie de ave en su pajarera. Tuvo que cerrar con fuerza los dedos en torno al volante para detener el irritante temblor que le sacudía los brazos y se le propagaba por las manos hasta las puntas de los dedos.

Karin seguía sin devolverle la llamada. Igual que no llamaba Morten, ni la policía, ni el servicio de inteligencia. Esto último habría resultado algo extraño, lo sabía, pero tenía metida en el cuerpo la sensación de que la seguían. Le parecía irreal llevar ya varias horas yendo de un lado a otro con un niño de tres años que no era suyo. Alguien le echaría de menos, aparte del tipo furibundo de la estación.

Subió un poco la radio para oír las noticias cuando comenzaran. Según la pantalla de su móvil eran las 18.46. Aminoró la marcha y logró controlar sus dedos lo bastante para volver a marcar el número de Karin.

Tras siete largos tonos, al fin una respuesta.

–¿Diga?

La voz de Karin sonaba distante y esperanzada al mismo tiempo.

Nina cogió aire. A su amiga no le costaría ningún esfuerzo colgar si arremetía contra ella con excesiva dureza. Tenía que ser cautelosa, retenerla hasta obtener las respuestas que necesitaba.

–Karin.

Se dirigió a ella con el tono más dulce y persuasivo que fue capaz de encontrar, como cuando consolaba a Anton de sus terrores nocturnos.

–Karin, soy Nina. Estoy con el niño en el coche. Se encuentra bien.

Al principio no hubo más que silencio al otro lado. Después un hondo suspiro hiposo y una respiración pesada. Karin luchaba por controlar su voz.

–Gracias a Dios. Nina, gracias por ir a buscarlo.

Otro largo silencio. Nada más. Maldijo para sus adentros. ¿Eso era todo lo que tenía que decirle? ¿Gracias por ir a buscarlo? ¿Qué tal una explicación, algo que la ayudara a seguir adelante? Por ejemplo, qué demonios hacer con un crío de tres años en el coche.

–Necesito saber algo del niño –se decidió a decir–. No tengo la menor idea de qué hacer con él. ¿Se lo llevo a la policía? ¿Sabes de dónde es?

Se dio cuenta de que estaba chillando en un tono agudo y acalorado y por un instante pensó que Karin había colgado. Después volvió a oír sus sollozos ahogados, como los de un animal herido acorralado.

–No lo sé, Nina. Creía que tú tenías contactos... que tu red podría ayudarle.

Nina suspiró.

–No los tengo –replicó sintiendo por primera vez muy al fondo del estómago cuánta verdad había en sus palabras–. Necesito que hablemos las dos con calma para ver si podemos hacernos con la situación. ¿Dónde estás?

Karin titubeó, casi se oía cómo la corroía la duda.

–En un chalé.

–¿Y dónde queda?

Permaneció muy atenta mientras su amiga jugueteaba con el teléfono.

–No quiero tener nada que ver con todo esto. Yo no sabía que iba a ser un niño.

La voz de Karin volvía a ser la de una vicetiple histérica que ya no hacía nada por contener un llanto entrecortado por hipidos que había comenzado mucho antes de aquella llamada, sospechó Nina.

–¿Dónde queda? –repitió haciendo esfuerzos por parecer lo más calmada y autoritaria posible–. Dime dónde estás, Karin, y voy para allá. Todo va a salir bien.

Oía su respiración áspera y entrecortada, y pasó tanto tiempo que empezó a plantearse seriamente la posibilidad de colgar.

–En Tisvildeleje.

La voz de su amiga era tan débil que Nina no estaba muy segura de haber oído bien.

–Mi prima me ha prestado su chalé, es...

Revolvió algo cerca del teléfono. Unos papeles, quizá.

–Skovbakken 12. Al final de la calle.

Eso fue todo. Nina se volvió hacia el niño dormido con la primera sonrisa que fue capaz de esbozar desde que abriera la maleta hacía ya casi seis horas.

–Todo bajo control –dijo; sintió que sus manos empezaban a serenarse–. Ahora vamos a averiguar qué es lo que ha ocurrido y te prometo que me ocuparé de que vuelvas a tu casa.

SIGITA ESTABA TAN DESESPERADA que le pidió que fuera.

La voz telefónica de Darius sonó cohibida.

–Sigita... ya sabes que no puedo.

–¿Por qué no?

–El trabajo.

Trabajaba para una constructora alemana. No como ingeniero, como solía ir diciendo por ahí, sino como instalador de sanitarios.

–Darius, es Mikas.

–Sí, pero...

Debería haberlo sabido. ¿Cuándo había podido contar con él? Pero Mikas... no creía que significara tan poco para él. Darius quería al niño y era capaz de pasarse una hora entera jugando con él. Y Mikas adoraba a aquel padre que siempre aparecía a horas intempestivas cargado de juguetes envueltos en celofán.

–¿De verdad te importan más los váteres ajenos que tu propio hijo? –le preguntó.

–Sigita...

Le colgó. Sabía perfectamente que no era por el trabajo. Cuando algo le interesaba de veras, un partido de fútbol o algo por el estilo, llamaba tan contento y decía que estaba enfermo. Eso era todo lo que le importaba a él el trabajo. Su carrera le traía sin cuidado. No es que no pudiera, es que no quería. Prefería permanecer en su nueva vida, y seguramente también con su nueva novia, en lugar de que lo arrastraran de vuelta a Vilna y a Tauragė, a Sigita con sus exigencias, al enojoso pasado.

Pling-pliiing. El móvil emitió la señal de que había recibido un *sms*. Era de Darius.

«Llámame cuando esté de vuelta en casa», decía.

Como si Mikas fuese un perro fugitivo que regresaría cuando le entrase hambre.

–¿Se ha hecho daño?

Levantó la vista. Un señor mayor con un traje gris la observaba apoyado en un bastón a unos metros de distancia.

–No –contestó ella–. Solo... solo ha sido... ya se me ha pasado.

La ayudó a recoger sus efectos personales de la acera y le tendió la mano amablemente para ayudarla a ponerse en pie.

–Es importante beber cuando hace tanto calor –dijo el servicial caballero–. Mi médico no se cansa de repetírmelo, aunque a mí se me olvida constantemente.

–Sí, sí; tiene razón.

Se levantó levemente el sombrero a modo de despedida.

–Adiós, señora.

Regresó a la comisaría de Birželio 23-iosos gatvė. El inspector Gužas, con aire resignado, la observó entrar.

–Señora Ramoškienė, creía que estábamos de acuerdo en que era mejor que se fuera usted a su casa.

–No ha sido él. No se lo ha llevado Darius –le explicó–. ¿No comprende que han secuestrado a mi hijo?

El joven parecía cansado.

–Señora Ramoškienė, hace un momento aseguraba que su marido se había llevado al niño. ¿Ahora dice usted que no es ese el caso?

–Exactamente.

–Pero si su vecina...

–Se habrá equivocado. Es mayor, quizá ya no vea bien. Y creo que solo ha coincidido con Darius una vez.

Clic, clic, clic. Estaba claro que tenía la costumbre de meter y sacar la punta del bolígrafo mientras pensaba. A Sigita le resultaba difícil de soportar. Ardía en deseos de arrebatarle el boli de las manos y únicamente la contenía la necesidad de parecer una persona racional y no alcohólica. Tiene que creerme, se repetía.

Al fin el policía cogió su libreta.

–Tome asiento, señora Ramoškienė. Y facilíteme su versión de los hechos una vez más.

Lo hizo lo mejor que supo. Describió a la mujer alta y rubia de la gabardina. Habló del chocolate. Pero entonces llegó al agujero, aquel agujero negro que se abría en su mente y absorbía casi un día entero.

–¿Cómo se llama la guardería?

–Voveraitë. Está en el grupo Ardillas.

–¿Número de teléfono?

Se lo dio y él llamó. Primero le pasaron con la directora, la señora Šaraškienė. En la mente de Sigita se perfiló su figura menuda y afectada, siempre tan impecable, con su chaqueta y falda a juego, medias de nailon y zapatos bajos abiertos, que parecía ir camino del consejo de administración de alguna importante empresa. Directora A. Šaraškienė, eso ponía en la puerta de cristal que conducía a su despacho. Rondaba los cincuenta, llevaba corto el pelo castaño e irradiaba una autoridad natural que hacía que hasta el juego más escandaloso se cortara de raíz apenas entraba en una de las aulas. A Sigita le daba algo de miedo.

Gužas le explicó de qué se trataba; habían denunciado la desaparición de un niño, Mikas Ramoška. Una mujer que podría estar implicada en el caso parecía haber entrado en contacto con el pequeño en la zona de juegos de la guardería. ¿Existía alguna posibilidad de que algún miembro del personal hubiera visto a esa mujer, o a algún otro desconocido, acercarse a los niños?

–El chocolate –insistió Sigita–. Acuérdese de decirle lo del chocolate.

El inspector asintió con aire ausente mientras escuchaba la respuesta de la señora Šaraškienė.

Después, sin que su presencia allí le incomodara lo más mínimo, preguntó abiertamente:

–¿Qué impresión le merece la madre de Mikas Ramoška?

Sigita sintió que el rubor le teñía las mejillas. ¿Qué se había creído? ¿Qué iba a pensar la señora Šaraškienė?

–Gracias. Me gustaría hablar con la persona responsable de su grupo. ¿Le importaría pedirle que me llame a este número cuando le sea posible, por favor? Estupendo. Le agradezco su amabilidad.

Colgó.

–Al parecer, una de las educadoras se fijó en su mujer rubia y le pidió que dejase de darles golosinas a los niños. Pero Mikas no fue el único con el que habló.

–Es posible, pero ¡sí es el único que ha desaparecido!

–Sí.

No quería preguntar, no quería, pero las palabras se le escaparon de la boca.

–¿Qué le ha dicho de mí?

El inspector insinuó una levísima sonrisa, el primer síntoma de humanidad que dejaba entrever.

–Que es usted una madre excelente y responsable. De las que pagan. Aprecia mucho su grado de compromiso.

La guardería contaba con un régimen especial de carácter voluntario que permitía realizar ingresos en una cuenta bancaria todos los meses. Los fondos se destinaban a obras de mantenimiento y mejora así como a actividades culturales para los niños, el tipo de cosas para las que no alcanzaba el presupuesto municipal. Los primeros años después de comprar la casa a Sigita le había costado sangre, sudor y lágrimas renunciar a ese dinero, pero tenía a mucha honra ser «de las que pagaban».

–¿Me cree ahora?

La observó largo rato. Clic, clic. El maldito bolígrafo.

–Digamos que ciertos aspectos de su explicación han cobrado fuerza –admitió a regañadientes.

–¡Entonces haga algo! –exclamó sin poder contener su desesperación por más tiempo–. ¡Tiene que encontrarle!

Clic, clic, clic.

–Voy a redactar un informe y a emitir una orden de búsqueda del niño –anunció al fin.

Al principio Sigita sintió un alivio inmediato al ver que la creía, al menos hasta el momento. Abrió la cartera y extrajo la fotografía de Mikas del bolsillo de plástico donde siempre la llevaba. Estaba tomada de la guardería en la fiesta de San Juan; Mikas aparecía con su mejor ropa, una corona de hojas de roble en las manos y una sonrisa insegura en los labios. Aún recordaba sus protestas por tener que ponerse algo en el pelo, «como las niñas».

–Gracias –le dijo–. Quizá esto les sirva.

Al dejarla frente a Gužas, encima del escritorio, algo le hizo comprender que era demasiado pronto para sentirse aliviada. Su modo de coger la foto, titubeando, como si no terminara de saber si serviría de algo.

–Señora Ramoškienė... ¿existe alguna posibilidad de que la pareja que se ha llevado al niño pertenezca a su círculo de amistades? ¿Quizá unos parientes?

–No... no lo creo. Estoy completamente segura de que no conozco a esa mujer. El hombre, como pensaba que era Darius, no le pregunté a la señora Mažekienė cómo era.

–¿Y no han intentado ponerse en contacto con usted, pedirle algo? ¿Hay alguien que tenga motivos para extorsionarla?

Sigita sacudió la cabeza en silencio, pero aquellas palabras habían puesto en marcha las especulaciones. ¿Tendría algo que ver con Janus Constructions, con Dobrovolski y otros clientes como él, con los números que guardaba en su cabeza? No conseguía imaginar cómo; además, no había vuelto a oír nada del tema.

Advirtió que la observaba atentamente y que los clics del bolígrafo habían cesado al fin.

–¿Qué quieren de él? –preguntó con serenidad–. ¿Por qué la gente roba a los hijos de los demás?

–Cuando se llevan un niño, puede tratarse de una cuestión personal, que necesiten precisamente a ese, ya sea por un litigio entre los padres por la custodia o porque alguien desea presionarlos por algún motivo. Pero si se trata de la otra categoría, cuando no es personal... –vaciló y ella tuvo que insistir para que continuara.

–¿Entonces qué?

–Entonces es que solo necesitan un niño. Un niño cualquiera.

Seguía sin decirlo directamente, pero Sigita sabía perfectamente a qué se refería. Sabía que vendían niños igual que venden mujeres. Un mudo lamento de desesperación se fue abriendo paso en su interior. *Esu kaltas, esu kaltas, esu labai kaltas*. Todo es culpa mía. Intentó con todas sus fuerzas eliminar las imágenes que empezaban a aparecer ante sus ojos; no podía, no quería imaginarse a Mikas en manos de esa clase de personas.

–Encuéntrele, por favor –le suplicó bañada en lágrimas una vez más.

–Lo intentaremos, se lo prometo –contestó él–. Pero esperemos que Mikas pertenezca a la primera categoría. Esos suelen aparecer.

Una vez más, no lo dijo, pero Sigita podía oír las palabras que no había llegado a pronunciar: a los otros no los encontramos jamás.

LA VERDAD es que no tenía tiempo.

No parecía el momento más adecuado para ir de compras, pero las apariencias, como es sabido, engañan, y Nina necesitaba como mínimo una camiseta blanca, unos pantalones cortos y un par de chanclas talla tres años si ella y el niño querían pasar desapercibidos y seguir tranquilos un rato más.

Recorrió con la mirada los escaparates de la calle de la estación maldiciendo a media voz. Era una zona sin apenas negocios y los pocos que había tenían ya las puertas cerradas y los ventanales mortecinos. Pero no. Algo más adelante había nada menos que dos tiendas de ropa infantil, observó, ambas de lo más exclusivo, una de ellas incluso con un nombre francés: *La Maison des Petits*. A la puerta colgaban unos buzos de bebé años setenta de lo más coloridos, el último grito, pero en el escaparate alcanzó a ver un maniquí del tamaño adecuado. Seguía abierta. Un Kvickly habría sido mucho mejor, sobre todo más barato, pero los únicos supermercados que había encontrado hasta el momento eran un SuperBrugsen y un Irma y no andaba sobrada de tiempo para continuar buscando. El niño iba en el asiento trasero como una pequeña bomba de relojería. No iba a ser tarea fácil ir por ahí con un crío de tres años vestido, y desnudo sería directamente imposible. Se trataba de volverse invisibles, controlar los detalles. Era la norma de supervivencia número uno.

Giró por Olgasvej y embutió el pequeño Fiat entre dos coches que habían aparcado encima del bordillo rebajado. Luego se volvió y se apresuró a cubrir por completo con la manta al niño, que parecía ya bastante más despierto y con un movimiento reflejo volvió a apartarla hasta quedar con el rostro al descubierto. Nina echó un vistazo a su alrededor. Era un día muy caluroso y la mayor parte de los habitantes de Vedbæk ya se habían refugiado en la playa o en sus umbrosos jardines, pero aún quedaba gente por la calle. Por la acera de enfrente pasó una familia al completo, el padre con unas piernas largas y flacas y unos pantalones demasiado cortos, la madre con un veraniego top blanco y los hombros carbonizados, y los dos hijos pequeños cogidos de la mano. Los niños estaban ocupados en mordisquear dos gigantescos helados de cucurucho y los adultos iban enfrascados en una conversación. Algo más abajo, en su misma acera, una señora mayor paseaba a un basset con sobrepeso y una pandilla de adolescentes acababa de doblar la esquina de Stationsvej y se dirigía hacia Nina.

–De acuerdo –dijo en voz alta y con el cuerpo metido en el asiento trasero–, te compro un helado, pero entonces tienes que portarte bien, ¿trato hecho?

Hizo una breve pausa estudiada mirando de reojo a la señora del perro, que se encontraba a la distancia suficiente para oírla aunque avanzaba con cuentagotas.

–Mamá vuelve en dos minutos –añadió.

Empujó rápidamente la puerta trasera, activó el cierre centralizado, giró sobre sus talones con determinación y echó a andar hacia Stationsvej a paso ligero. El grupito de adolescentes melenudos de provincias no pareció reparar en ella ni en el numerito que acababa de montar. Se apartaron lo justo para dejarla pasar de medio lado y seguir andando. A su espalda quedó su extraña mezcla de charlas y teclear de teléfonos. Esos, desde luego, no le darían problemas.

El surtido de *La Maison des Petits* era, tal y como había sospechado, un abigarrado despliegue llamado a conseguir que los niños parecieran copias en miniatura de sus padres, que a su vez habían sido niños en los setenta. Muchas de las prendas eran de lino y, por supuesto, de algodón ecológico, para proteger a los pequeños de indeseados productos sintéticos. Un detalle simpático, pero que en esos momentos iba a hacer mella en la tarjeta de Nina. Una perfumada madre que mantenía en su sitio sus hermosos cabellos recién cortados gracias a un par de colosales gafas de sol pasó sin hacer ruido con un orondo bebé echado a la cadera. Volvió a notar el sudor concentrado en una mancha húmeda en su espalda que la hacía oler mal. Pensó que también el miedo tendría algo que ver. En esos momentos su presencia en aquel idílico paisaje encajaba tanto como un San Bernardo en un estudio del barrio de Nørrebro.

A toda velocidad desenterró cinco pares de calzoncillos de un montón de artículos en oferta que había en el centro de la tienda. Después echó un vistazo a una pila de vaqueros y camisas frescas. ¿Cuánto tiempo lo tendría consigo? ¿Cuánto tiempo se quedaría con ella?

No tenía la menor idea, pero decidió ser optimista. Unos pantalones largos, otros cortos y dos camisetas de manga larga bastarían por el momento. Además, hacía mucho calor. Miró de reojo hacia los estantes de calzado mordiéndose el labio. No estaría mal comprar unas sandalias, de modo que decidió que el niño calzaría un 26. Por lo menos mientras estuviera con ella. Lo amontonó todo encima del mostrador y trató de mirar lo menos posible a la dependienta que la atendió.

–Son 2.458 coronas –anunció esta con una amable sonrisa algo condescendiente, quizá.

Nina se obligó a levantar la vista y corresponder a su sonrisa. Luego tecleó con desgana la clave de su tarjeta y recogió la bolsa blanca con un discreto cabeceo. La calle seguía siendo un horno. Consultó el reloj. Las 19.02. Exactamente dos minutos después de la hora de cierre de la tienda, llevaba doce lejos del coche. Se acercó a la esquina de Stationsvej con Olgasvej y estudió el vehículo a lo lejos. No se veía nada fuera de lo normal, ni aglomeraciones de viandantes alarmados ni miradas curiosas. Un anciano con una camiseta por fuera de los pantalones pasó junto al pequeño Fiat sin dignarse lanzarle una mirada. Nina pensó con alivio que el niño seguiría dormido y echó un vistazo calle abajo. Había un Netto casi enfrente. Si se daba prisa, todavía podía comprar unas cuantas provisiones. No es que tuviera hambre en ese preciso instante, pero llevaba sin probar bocado desde por la mañana.

Cruzó la calle principal, espejeante de calor, y accedió al supermercado por una entrada algo sucia y desaseada. La disposición era idéntica a la de todas las tiendas de saldos, de modo que no tardó mucho en encontrar dos paquetes de pan de molde, una bolsa de manzanas y dos botellas de agua. No se le ocurrió nada más hasta que, una vez en la caja, su mirada recayó en el refrigerador que había junto al estante de los detergentes. Algo frío, por supuesto, y con montones de calorías. Abrió la ventanilla, sacó un helado y lo echó en la cesta. La zona de las cajas estaba desierta con una sola excepción: una adolescente acneica enfundada en la camiseta amarilla del Netto que daba golpecitos a su caja registradora con unas larguísimas uñas cuadradas.

Al cabo de un instante, Nina caminaba al sol llevando sus conquistas en una bolsa amarilla del Netto. Echó a andar hacia el coche algo más rápidamente. Ya llevaba de compras dieciséis minutos y de pronto intuyó que era demasiado, que había vuelto a tomarse demasiadas libertades y había permitido que se le escapara de las manos un tiempo precioso. Al acercarse a la esquina de Olgasvej apretó el paso hasta casi convertirlo en una carrera.

Su Fiat pequeño y anticuado seguía donde lo había dejado, por supuesto, pero algo no andaba bien. Se dio cuenta de inmediato. Sobre la acera, a escasos metros del coche, una señora con un niño y un carrito escudriñaba intranquila calle arriba y calle abajo. Con el corazón en un puño, Nina logró ajustar el paso a lo que ella consideraba una marcha de madre ajetreada, pero responsable.

–¿Es su coche? ¿El niño que está ahí dentro es suyo?

En el mismo instante en que la vio, la voz de aquella mujer subió varios tonos de puro sofoco e indignación.

Nina no dijo nada y se limitó a asentir. De pronto le pareció que el coche estaba aún infinitamente lejos; ahora que la mujer había encontrado el objeto de sus iras, se veía como se iba sulfurando poco a poco. Era algo mayor de lo que le había parecido a distancia, una de esas mujeres que se cuidan y solo revelan su edad cuando los ojos se les llenan de arruguitas al sonreír o, como era el caso, cuando la furia las envejece y les marca los rasgos. Pensó que no la favorecía nada al tiempo que sentía sus propios músculos en tensión. Se preparaba. La mujer se había cruzado con su carrito en medio de la acera con las piernas entreabiertas y los brazos en jarras.

–Llevo aquí casi veinte minutos esperándola –chilló mientras señalaba el reloj con gesto significativo–. No se puede dejar a un niño dentro de un coche de esta manera, y menos aún con este calor. Se podría haber muerto, es un peligro.

Consideró brevemente su estrategia. La mujer no llevaba allí veinte minutos y ella se había preocupado de dejar el Fiat aparcado a la sombra de un buen castaño con todas las ventanillas entreabiertas. Era imposible que el niño muriera de calor en tan poco tiempo, Nina lo sabía mejor que nadie. Había conocido a niños que habían sobrevivido a días y más días a cuarenta y ocho grados para luego morir de hambre. Lo que tenía delante era una de esas estúpidas hipócritas que disfrutan contándole a todo el mundo lo buenas madres que son. Pero, aunque la razón estaba de su parte, en aquellos momentos de poco le servía. La cuestión era llamar lo menos posible la atención y alejarse de allí cuanto antes. Bajó la mirada y se obligó a esbozar una breve sonrisa de disculpa.

–Solo quería comprarle un helado, pero había mucha cola en la caja –murmuró atropelladamente mientras sorteaba a la madre furibunda.

–Y en la de la tienda de ropa también, ¿verdad? –replicó cortante.

Nina maldijo para sus adentros. En vista de que era difícil encontrar una explicación para la bolsa de la tienda de ropa, decidió dejarlo correr, abrir con gesto resuelto la puerta del coche y echar una ojeada al asiento trasero, momento en el cual estuvo a punto de caerse de espaldas y aplastar a la mujer y a su carrito.

El niño estaba sentado.

Seguía teniendo parte de la manta por las piernas, pero ahora se había incorporado y la observaba por la ventanilla entreabierta con dos ojos de color azul marino descomunalmente grandes.

Nina sacó fuerzas de flaqueza para no venirse abajo y empezó a repasar febrilmente todas sus posibilidades. ¿Meterse en el coche y arrancar? ¿Decirle algo al niño primero? ¿Y qué pasaría si le contestaba? De repente se acordó del helado.

En una fracción de segundo logró desviar su atención de la mirada confusa y asustada del niño y centrarla en la bolsa amarilla del Netto. Rebuscó entre el pan de molde y las manzanas y al fin consiguió dar con el helado y extraerlo de su brillante envoltorio azul celeste. No se atrevió a enfrentarse de nuevo a la mirada del pequeño al tenderle el helado a través de la ventanilla, pero estaba claro que tampoco era necesario. Vio una manita blanca que se aproximaba al borde del cristal y cogía el cucurucho.

–*Atchu.*

Aunque con voz débil, el niño pronunció aquella palabra lentamente y con esmero, como si pretendiera asegurarse de que la entendían bien.

–No –se apresuró a contestarle–, estaban agotados. Te he comprado este otro.

A continuación se dirigió al otro lado del coche a paso veloz y se abalanzó hacia el asiento del conductor; cuando dio marcha atrás, bajó de la acera y empezó a alejarse, aún se oía la voz de la mujer enfurecida a través de las ventanillas.

–Tampoco lleva sillita homologada –gritaba–. Es ilegal. No entiendo cómo una persona así puede considerarse madre, no me cabe en la cabeza.

SIGITA HABRÍA PREFERIDO quedarse en comisaría, pero Gužas la echó de allí con mucha amabilidad. Tenía su número de teléfono, la llamaría. La invitó una vez más a volver a su casa.

–Aunque quizá no sea conveniente que esté sola. ¿Y el padre del niño?

–Trabaja en Alemania, no va a venir.

–Bueno, pues algún familiar. O una amiga.

Se limitó a asentir como si aún perteneciera esa clase de personas que tienen esas cosas. No quería admitir lo sola que estaba en realidad. Lo encontraba embarazoso, como una enfermedad vergonzante.

El dolor de cabeza era tan fuerte que se había instalado en torno a su campo visual como un anillo. Y las náuseas volvían a asaltarla. Quizá debería comer algo, o por lo menos beber, como había dicho aquel anciano. *Es importante beber cuando hace tanto calor.* Le compró una cajita de zumo de naranja a precio de turista a un hombre que iba vendiendo golosinas, postales y adornos de ámbar con un carro pintado de verde. El zumo estaba caliente y no sabía demasiado bien, y la acidez de la fruta le escocía en la maltrecha garganta.

–Le encontrarán –susurró–. Le encontrarán y estará sano y salvo.

No había la menor convicción en sus palabras. Normalmente no se tenía por una persona demasiado fantasiosa. Se le daba mejor recordar números y datos que imaginar lugares en los que no había estado o personas a las que no conocía. No leía muchas novelas y solo veía las películas que emitían por televisión.

Pero en esos momentos veía a Mikas. Mikas en un coche, oculto bajo una manta. Mikas retorciéndose y llorando mientras unos extraños trataban de retenerlo. Mikas llamando a su madre sin obtener respuesta.

¿Qué le estaban haciendo? ¿Por qué se lo habían llevado?

Le temblaban las piernas. Se sentó en unas escaleras de piedra que bajaban al río. Unos años atrás el ayuntamiento había instalado allí unos bancos, pero se habían convertido en punto de encuentro de drogadictos y habían vuelto a retirarlos, con lo que solo quedaban las patas de metal galvanizado brotando del hormigón como rastrojos. El Neris discurría lento y fangoso por su lecho de hormigón, un lastimoso murmullo amansado por el estío comparado con las masas de agua invernales.

Aquel verano, el verano de Darius, el río fue su rincón secreto. Siguiendo la ribera un buen trecho desde el puente, el camino dejaba de estar asfaltado y se convertía en una angosta pista de barro por entre los cañizales. Era un auténtico hervidero de insectos, chinches y diminutas moscas negras, pero estaba despejado de gente, un auténtico lujo en Tauragė. Hasta podían bañarse. Juntos.

No conocía a otro chico como él. Los demás eran memos, siempre riéndose y dibujando pililas en los libros a la menor oportunidad. Una vez el hermano mayor de Milda le dio un pellizco en un pecho e intentó besarla, aunque en el fondo era tan bobo como Milda, solo que de otra manera.

Darius era completamente distinto. Se le veía relajado y seguro de sí mismo, y a ella le parecía infinitamente más maduro que los demás. Contaba que le habían puesto ese nombre por Steponas Darius, el héroe de la aviación, y así se llamaba también una de las calles principales de Tauragė, Dariaus ir Girėno gatvė. Ella lo encontraba muy apropiado.

No le costaba ningún esfuerzo imaginar que aquel chico acabaría haciendo algo grande.

La primera vez que intentó quitarle la blusa, al principio se puso tensa. Él se detuvo y le rodeó la cintura con las manos.

–Eres tan pequeña –le dijo– que casi puedo cogerte entera con dos manos.

Sigita sintió un estremecimiento que poco o nada tenía que ver con los escalofríos. Las manos de Darius se deslizaron bajo la blusa y le rozaron los pechos muy suavemente. Ella echó la cabeza hacia atrás y miró hacia el sol. No hagas eso, decía la voz de la abuela Julija en algún rincón de su cabeza, te quedarás ciega. Pero se dejó cegar aún un instante antes de cerrar los ojos. Sus manos se aferraron compulsivas a dos puñados de espalda de camisa mientras la lengua de Darius rozaba su lengua y después sus labios, el interior de su boca. Ya había abandonado la blusa y estaba concentrado en la falda y las bragas. Ella perdió el equilibrio y cayó al suelo y él no intentó sostenerla, sino que se dejó caer a su vez y ambos aterrizaron en medio del barro y el agua tibia del río, Darius más o menos encima y ella debajo. Su peso le hizo perder el aliento y él lo tomó como un sí.

–Eres preciosa –susurró separándole los muslos con manos ansiosas.

Podría haberle parado, pero ella también lo deseaba. Su cuerpo lo deseaba. Incluso su cabeza lo deseaba en cierto modo. Quería saber cómo era eso del pecado y le pareció fantástico no tener que hacer nada, simplemente dejarle hacer a él. Estaba preparada para que le doliera, a veces lo comentaban entre susurros en el baño de las chicas, que la primera vez costaba y podía doler.

Pero no le dolió. Casi resultaba demasiado fácil, demasiado bueno, estar allí tumbada hundiéndose en el barro, tibio de verano, bajo su peso, sentirle entre las piernas, sentirle dentro como un huésped bienvenido durante mucho más tiempo que el instante que duró.

Se desmoronó sobre ella y salió de su cuerpo. Permaneció inmóvil y en silencio unos momentos mientras parecía regresar el zumbar de los insectos, el sonido del tren cruzando el puente a lo lejos y el quedo susurro del viento entre los juncos. Una libélula descendió en picado y se detuvo en el aire junto a su hombro.

¿Eso era?, se preguntaba Sigita. ¿De veras eso era todo?

Darius rodó hasta apartarse de su lado. No había llegado a quitarse la ropa, solamente tenía abierta la bragueta. Ella en cambio cobró de pronto conciencia de lo poco elegante que debía de ser su aspecto, con las bragas en el tobillo y la falda remangada dejándola en cueros de cintura para abajo. Le había bajado el sujetador hasta la cintura y levantado la blusa por encima de los pechos sin que ella se diera cuenta en medio de todo lo que estaba sucediendo. Se apresuró a bajarse la falda y se disponía a colocarse también la blusa.

Y entonces Darius hizo lo que ningún otro chico habría hecho. Solo él. La devolvió al barro con suavidad. Le dio un beso hondo y húmedo. Y después empezó a tocarla, por fuera y por dentro, hasta hacerla jadear.

–Darius...

–Chsss –le dijo–. Tú espera.

Solo empleó las manos y la boca, y continuó hasta que la luz y los sonidos se desvanecieron. Hasta hacerla temblar de los pies a la cabeza. Hasta contraer una y otra vez algo salvaje y desconocido que llevaba en su interior y convencerla de que ya no era virgen y jamás volvería a serlo.

Sigita no sintió culpa alguna en ese instante ni pensó en la vergüenza o el pecado. Ni en las consecuencias. Eso vendría más tarde.

LA OSCURIDAD DE AGOSTO empezaba a extenderse lentamente sobre la bahía de Hesselø cuando Nina abandonó la calle principal para continuar por un negro camino asfaltado que se adentraba en una solitaria barriada de chalés. Hacía una semana que habían terminado las vacaciones y la mayoría de los veraneantes ya había desocupado las viviendas. Aún se veían vehículos de matrícula alemana aparcados a la puerta de las casas más grandes y más cuidadas, y también había unos críos jugando a la pelota cautiva con tanta energía que el poste al que estaba atada la bola se tambaleaba amenazante a cada golpe, pero exceptuándolos a ellos solo quedaban desiertas extensiones de césped agostado por el despiadado sol del final del verano. Aunque el del año anterior había sido muy lluvioso, este había traído cielos despejados y azules sin apenas interrupción desde principios de mayo, y el sol había resecado las copas de los árboles, los setos y las praderas, llenándolo todo de lánguidos matices entre verdes y amarillos. Volvió a consultar el reloj del salpicadero. Eran exactamente las 20.20.

Aparcó delante del buzón e inspeccionó el largo y sinuoso camino que llevaba hasta la casa.

Era uno de los chalés más pequeños de la calle y estaba pintado con los clásicos colores de la bandera danesa: madera roja y ventanas blancas de un diminuto y romántico barrotillo y cristales espejados. Estaba algo apartado, junto al vivero. No había rastro de Karin ni de ninguna otra persona. Aparcó en el camino de grava detrás de un Golf azul con un osado eslogan: *M-Tech, Solutions That Work*. ¿Sería de Karin? A primera vista no parecía el tipo de coche que ella elegiría, pero claro, nunca se sabe.

Abrió la puerta del coche y lanzó un vistazo maquinal al pequeño del asiento trasero. Se había vuelto a despertar al apagarse el motor y ahora la observaba en silencio con los ojos entreabiertos. Nina alargó una mano y le acarició con cuidado la muñeca. Caliente, pero sin fiebre, comprobó con gesto rutinario. No cabía la menor duda de que ya estaba plenamente consciente a pesar de que continuaba tumbado en silencio con la manta sucia enroscada a la cintura.

Intenta aislarse, pensó. Como aquel lebrato que encontró en el jardín cuando era pequeña. Ahora sabía que era lo último que se debía hacer, pero en aquel momento se agachó a recoger del suelo a aquel conejito peludo y ligero como una pluma que no pataleó ni ofreció ningún tipo de resistencia. Ella creyó que era porque le gustaba, pero cuando lo dejó en su cama el animal ya tenía la misma mirada perdida que el niño del asiento trasero. Se encerró en sí mismo hasta desaparecer y esa misma noche lo encontró muerto y flácido dentro de la cajita que le había preparado.

¿Se abandonaría igual el niño?

El fresco del atardecer que se iba filtrando por las ventanillas abiertas del coche la estremeció levemente. Cogió el móvil y unas llaves del asiento del copiloto y bajó. El niño entraría con ella, decidió mientras miraba de reojo hacia el sendero del jardín. Estaba despierto y, aunque no la conocía, ella era su mejor alternativa; mucho mejor que quedarse encerrado dentro de un coche en penumbra esperando sin saber a qué.

El pequeño no movió un solo músculo al verla bajar, pero al observar que se abría la puerta de atrás retrocedió en el asiento con un movimiento tan brusco que la manta cayó al suelo.

Nina titubeó.

No quería que tuviese miedo de ella. No le gustaba que la mirase como si fuera un monstruo de la misma calaña que el tipo de la estación, pero en ese momento no se le ocurría nada para ganarse su confianza.

–¿Qué te habrá sucedido? –susurró mientras se agachaba muy despacio e intentaba captar su atención–. ¿De dónde vienes, cariño?

El niño no contestó, se limitó a enroscarse en una bolita en el otro extremo del coche. Al observar que en el punto del asiento donde antes estaba la manta había una mancha oscura y olía mucho a sudor y a pis, la invadió la misma ternura que sentía en casa cuando Anton o Ida tenían fiebre y vómitos. En esos casos les llevaba hielo picado, jarabe y paños fríos que les ponía en la frente, y el impulso de cuidarlos era tan arrollador que en su mente no había espacio para nada más. Cuando estaban enfermos era fácil ser una buena madre, pensó. Lo complicado era todo lo demás.

Alargó la mano con cautela y la pasó por la frente empapada del pequeño. Con la otra mano señaló hacia la casa y luego apoyó la mejilla en la palma.

–Tienes que comer algo –dijo intentando sonreír–. Y tienes que dormir. Después ya veremos qué se nos ocurre.

El niño no contestó, pero al ver que se desenroscaba un poco y avanzaba unos centímetros hacia ella, Nina consideró que algo debía de haber hecho bien.

–Buen chico –le animó; en ese mismo instante recordó un artículo que había leído años atrás sobre la capacidad de supervivencia de los niños, incluso en los ambientes más brutales. Decía que eran como pequeños misiles de infrarrojos en busca de calor. Si uno de ellos perdía a su madre, buscaría al padre, y si el padre desaparecía, acudiría al siguiente adulto en la escala, y después al siguiente, a la caza de un adulto capaz de garantizarle la supervivencia y quizá hasta cariño. En aquellos momentos ella era el siguiente adulto en la escala.

Colaboró cuando le puso la camiseta nueva y los pantalones. El resto tendría que esperar, pero simplemente aquellas dos prendas le hacían parecer un niño de tres años como otro cualquiera. Lo cogió por debajo de los brazos y lo levantó. De nuevo la misma levedad en comparación con Anton. Le parecía increíble que una diferencia de tan pocos kilos pudiera notarse tanto. Ahora que estaba despierto, se negaba a apoyar la cabeza en el hombro de Nina e iba erguido y silencioso sobre su cadera izquierda mientras ella avanzaba por la gravilla del sendero que conducía hasta el porche.

–Cariño –murmuró procurando convertir cada palabra en un suave arrullo–, ya no hay por qué asustarse.

La cálida respiración del niño era muy agitada y despedía un olor acre a vómito y miedo.

Alguien se había esmerado en colocar en el porche una hilera de grandes macetones llenos de plantas aromáticas y pensamientos que brillaban con frescos matices de tonos verdes oscuros. Junto a la puerta entreabierta había unas botas de agua de color amarillo chillón y un transportín abierto de esos en los que se llevan gatos y perros pequeños. Recordó de pronto que Karin había comentado algo de un gato en aquella comida de Navidad. *Don Minino,* dijo que se llamaba. Había resuelto hacerse con un animal de sexo masculino después de decidir de una vez por todas que no le apetecía seguir a la caza y captura de marido, niños y el resto del lote.

Pero en esos momentos no se veía ni al gato ni a Karin por ninguna parte.

Alzó la mano que tenía libre para llamar a la puerta y tras el primer golpe vio con sorpresa cómo cedía y se abría a medias. La habían dejado mal cerrada. Pasó directamente a un pequeño recibidor en penumbra con un suave olor a limón y vinagre. Las oscuras siluetas de las botas y zapatos de su amiga se alineaban en una pulcra hilera junto a la puerta entornada de la cocina.

El silencio era total.

–¿Karin?

Al dar un paso más notó bajo el pie el contacto de algo blando que cedía con un leve crujido. Ahogó un grito de sobresalto y apartó de una patada aquel extraño amasijo para poder pisar bien sin perder el equilibrio.

–¿Karin? –volvió a llamar, esta vez sin esperar respuesta. Dio otro paso y se apoyó en el marco de la puerta mientras con la mano libre buscaba a tientas el interruptor. La luz del recibidor se encendió con un suave chasquido e iluminó un sándwich mordido en el suelo. Todavía estaba envuelto en plástico y, hasta donde pudo leer, era del Kvickly.

Sintió una punzada fría en el estómago. Cabía la posibilidad de que *Don Minino* se hubiera encaramado a la mesa de la cocina y hubiese arrastrado la comida hasta allí, pero aun así la casa estaba demasiado tranquila teniendo en cuenta que no hacía ni hora y media que Karin había estado llorándole a lágrima viva por teléfono.

Bajó al niño con cuidado y permaneció unos instantes indecisa delante de la puerta del salón.

–Quédate aquí –susurró al fin señalando hacia el suelo–. No te muevas.

Él no contestó, pero la miró a los ojos con gesto grave. Las negras grietas del miedo habían vuelto a surcarle la carita. Nina se secó la frente con la mano. El niño estaba aterrorizado y eso no mejoraba la situación. Decidió actuar con rapidez.

–¡Karin!

Entró en el salón. Karin había dejado encendida una lamparita verde encima del sofá. En un rincón estaba el televisor, encendido y sin volumen. Las noticias de TV2, reconocía las barras rojas de siempre y a los presentadores con corbata.

Atravesó la habitación con rapidez y se asomó a la ventana, desde donde podía ver el jardín del otro lado de la casa. Tampoco había nadie, solo los grandes abetos y un césped algo descuidado cuajado de musgo y piñas. Volvió a sacar el móvil del bolsillo con un suspiro, pulsó la tecla de rellamada y esperó el tono. La larga señal de llamada se vio seguida al instante por el característico timbre electrónico de un teléfono real que sonaba en algún punto de la casa. Echó un rápido vistazo alrededor. El sonido procedía de lo que debía de ser el único dormitorio de la vivienda y llegaba extrañamente amortiguado, como si saliera del fondo de un cubo. Miró de reojo hacia el recibidor, donde distinguió la silueta muda y erguida del niño por la rendija de la puerta. Seguía ahí.

Después lanzó otra ojeada al móvil. Eran las 20.28, de modo que el tiempo no había pasado ni muy deprisa ni muy despacio. No se había perdido nada. El parpadeo luminoso de la pantalla celeste la tranquilizó; luego volvió a guardárselo en el bolsillo y empujó la puerta del dormitorio.

Karin estaba acurrucada en la cama con las piernas dobladas y la cabeza apoyada en las rodillas, como si se tratara de una compleja postura de yoga; pero Nina la vio en el mismo instante en que la imagen se reveló en su retina.

La muerte.

Había algo muy especial en los muertos, pequeños detalles que de uno en uno podían parecer insignificantes, pero que juntos componían un cuadro que hacía que jamás dudara al verlo. La muñeca levemente doblada hacia fuera. La pierna ligeramente desviada de su posición normal. El peso excesivo de la cabeza sobre el colchón.

Notó el primer impulso de su instinto de huida, siempre alerta, pero se obligó a avanzar un paso más hacia la cama, sintiéndose desbordada de inmediato por un sinfín de nuevos detalles. Los rubios cabellos de Karin rodeaban su cabeza como una aureola de trigo ondulante entremezclado de tonos castaños y rojos. La sábana de debajo estaba empapada de sangre y, aunque volvió a su amiga de espaldas con mucho cuidado, la boca se le abrió dando paso a un pequeño torrente de sangre y vómito fresco que le cayó por la barbilla y los suaves pliegues del cuello. Observó que le faltaban dos dientes de arriba y que tenía marcas moradas por la garganta. La sangre brotaba de algún punto situado por encima de la sien que empezó a buscar tanteando con las yemas de los dedos hasta que sintió ceder el blando cráneo de Karin. La muerte no había sido instantánea, pensó, tuvo el tiempo suficiente para acurrucarse como un animal herido que se aparta de la manada para morir.

Y había muchísima sangre.

Intentó serenarse pensando que no tenía nada contra la sangre. Se le daba bastante bien, de hecho en la escuela de enfermería había sido una de las mejores a la hora de enfrentarse a los fluidos corporales. (Se le daba de maravilla desde aquel día hacía veintitrés años. O al menos desde poco después. Había decidido que se le iba a dar bien.)

Retrocedió un paso con el tiempo justo para apartarse un poco de la cama antes de empezar a vomitar a cortas y dolorosas sacudidas. Llevaba sin comer nada desde por la mañana, de modo que al suelo de madera recién fregado solo fue a parar un poco de bilis amarillenta.

Entonces oyó el grito. Agudo y desgarrador, como el de una liebre arrebatada por el zorro.

SENTADA EN la escalinata de piedra que bajaba al río, Sigita esperaba a que el dolor de cabeza y las náuseas hubieran remitido lo bastante para levantarse. Con la mano sana sujetaba el teléfono. Tenía que sonar. Tenía que sonar para decirle que habían encontrado a Mikas. O al menos para decirle que no estaba dentro de eso que Gužas había llamado «la otra categoría», los que no aparecían jamás.

No. Ni pensarlo. Ni pensar en lo que unos desconocidos podían hacerle al cuerpecito de un niño, ni tan siquiera pensar en pensarlo. Le parecía que pensándolo lo haría más real, y eso la destrozaría, la desgarraría, le arrancaría el corazón hasta dejarla incapaz de hacer nada, incapaz de actuar. Se aferraba al teléfono como un nadador exhausto se aferra a la escalerilla.

No sonaba. Finalmente marcó el número de la señora Mažekienė.

–Señora Mažekienė, ese hombre que se llevó a Mikas, ¿cómo era?

La perplejidad de la anciana resultaba palpable incluso por teléfono.

–¿Que cómo era? Pero si era su padre.

–No, señora Mažekienė, no era él. Darius sigue en Alemania.

Silencio total.

–¿Señora Mažekienė?

–Ya decía yo que había engordado mucho. Me pareció más grandote de lo que recordaba.

–¿Cómo grandote?

–No sé... Más alto y también más ancho, ahora que lo pienso. Y con el pelo tan corto que casi no le quedaba. Pero se supone que es lo que se lleva ahora.

–¿Por qué pensó usted que era el padre de Mikas?

–El coche era parecido. ¿Y quién se iba a llevar al niño si no?

Sigita se mordió el labio con fuerza para no decir algo imperdonable. No es más que una anciana, se repetía. No lo ha hecho a propósito. Pero en el fondo sabía que jamás llegaría a perdonarle que les hubiera hecho perder casi dos días.

–¿Cómo era el coche? –preguntó una vez recuperado el dominio de sí misma.

–Gris –fue la vaga respuesta de la señora Mažekienė.

–¿De qué marca?

Pero sabía perfectamente que era inútil.

–No sé mucho de coches –contestó la anciana con aire desvalido–. Era... normal y corriente. Se parecía al suyo. Al del padre de Mikas, quiero decir.

La última vez que vio a Darius conducía un Grand Vitara gris oscuro, así que probablemente se tratara de algún tipo de todoterreno gris, quizá un coche familiar. O una furgoneta. Se dijo con frustración que si la señora Mažekienė era incapaz de distinguir la figura relativamente delgada de Darius de lo que parecía ser un armario ropero medio calvo, tampoco parecía verosímil que apreciara la diferencia entre un cuatro por cuatro y un Peugeot Partner. No tenían gran cosa para empezar.

–Llevaba una especie de maletero encima del techo –dijo de pronto la anciana–. ¡Me acuerdo!

El hijo mayor del viejo Dobrovolski, Pavel, a veces llevaba un Porsche Cayenne plateado. Se parecía al Vitara casi tanto como un pony de las Shetland a un caballo de tiro y jamás había visto uno con cofre portaequipajes, pero eso le bastó para llamar a Algirdas.

–Hola –la saludó él–. ¿Va mejor?

Ella ignoró su pregunta.

–¿Qué tal con Dobrovolski? –preguntó a su vez.

–Así así. No le gustó que no estuvieras.

–Pero ¿ha habido algún... problema?

–Sigita, ¿qué es lo que quieres?

No sabía hasta dónde podía hablar. Jamás le había contado a Algirdas una palabra sobre su vida privada y resultaba extraño empezar ahora, pero... ¿y si la desaparición de Mikas tenía algo que ver con su trabajo?

–Mikas ha desparecido.

Todo lo que sabía de ella era que tenía un hijo. Lo había llevado a la fiesta para los hijos de los empleados que organizaron las últimas navidades.

–Mikas. ¿Tu hijo?

–Sí. Alguien se lo ha llevado.

Se produjo una pausa algo embarazosa. Casi podía oírle preguntarse qué tendría él que ver con todo aquello. Preguntarse si eso haría zozobrar su propio barco. Algirdas era un jefe agradable la mayor parte del tiempo, amable, informal, nada más alejado de un tirano, pero a veces Sigita consideraba que le ocurría con sus empleados lo mismo que con sus ordenadores: lo importante era que funcionaran, lo que hubiera por dentro a él le traía sin cuidado.

Ya no funciono, se dijo. Y no sabe a quién llamar para que me reparen.

–¿Tiene... tiene algo que ver con tu conmoción cerebral? –preguntó al fin.

–Podría ser. No recuerdo exactamente qué ocurrió. Creía que el niño estaba con Darius, pero no.

–Pero ¿por qué me preguntas por Dobrovolski?

–Pavel Dobrovolski tiene un Cayenne plateado y a Mikas se lo llevaron en un cuatro por cuatro gris o plateado.

Sabía perfectamente que eso era distorsionar un poco los hechos, intentar dotar a sus sospechas de más base de la que tenían en realidad, pero si había sido Dobrovolski, entonces Mikas no estaba dentro de La Segunda Categoría.

Si había sido Dobrovolski se podría averiguar lo que quería a cambio de devolverle a Mikas.

–Sigita, perdona que te lo diga, pero tú estás mal de la cabeza. ¿Por qué demonios iba Dobrovolski a llevarse a tu hijo? Además, creo que Pavel ha vendido el Cayenne. Por lo menos comentó algo de lo difícil que era aparcarlo en una cloaca como Vilna. ¿Has ido a la policía?

–Sí.

–Pues deja que se ocupen ellos.

–¡Es que no están haciendo nada! Allí lo único que hay es un pobre hombre jugueteando con un boli.

–¿Con un boli?

–Ahora dice que van a buscar a Mikas, pero no creo que consigan nada. Cuando no se trata de cuestiones personales, no los encuentran jamás.

Ella misma se daba cuenta de que sus palabras resultaban inconexas. Sabía que no estaba actuando como debía, que lo único que iba a lograr era espantar a Algirdas, distanciarlo. Intentó respirar más pausadamente y esperar a que las palabras salieran en el orden adecuado.

–Algirdas, necesito saber si tienes entre manos algo que a Dobrovolski no le guste. O si ha habido errores en alguno de los pagos.

–Joder, eso lo sabes tú mejor que yo. ¡Es ese cerebro tuyo de autista el que lo controla todo! Yo me limito a poner el dinero que dices que hay que poner.

En condiciones normales lo recordaría. En condiciones normales sabría si faltaba un solo litas.

–Además... tal como lo dices haces que parezca un gánster, y no lo es.

–Pero conoce a unos cuantos que sí lo son –prosiguió obstinada.

Por el río pasó una bolsa de basura negra que el aire atrapado en su interior mantenía a flote. Por un terrible instante no pudo evitar observar que era lo bastante grande para contener el cadáver de un niño.

–Joder, Sigita. Siento que tu hijo haya desaparecido, pero es imposible que tenga nada que ver con Dobrovolski. ¡No le mezcles en esto, por Dios!

No se despidió de él. Tuvo el tiempo justo para apagar el móvil antes de que una contracción le sacudiera los músculos del estómago y le pusiera la falda y las piernas desnudas perdidas de zumo de naranja y jugos gástricos calientes.

NINA SE VOLVIÓ justo a tiempo para ver desaparecer por la puerta la sombra del niño y oír el sonido de sus piececillos descalzos al cruzar el salón y salir a la calle a la velocidad del rayo. Tenía la sensación de que se le estaban derritiendo las piernas, y cuando al fin logró ponerse en movimiento sus rodillas y sus tobillos se bambolearon peligrosamente.

Se plantó junto a la puerta de un salto y se agarró al marco, pero al doblar la esquina del pasillo entrevió durante una milésima de segundo el pelo blanco, casi brillante, del niño por la ventana que había encima del fregadero. Se marchaba. A un ritmo frenético y atropellado atravesó el salón y el recibidor y salió al porche. Sintió en el rostro el golpe del húmedo aire nocturno y el calor que le palpitaba en el cuello y las mejillas. Los negros abetos del vivero que había detrás de la casa estaban envueltos en un velo de fulgor que parecía salido de un sueño. No se veía al niño por ninguna parte, pero sí se oía con claridad el ruido de las ramas secas que partía en su huida entre los árboles. Nina se guió por el oído y reanudó la marcha.

Las puntas de las ramas secas de los abetos le azotaban la cara. A cada paso que daba, el césped amarillo y punzante que crecía al pie de las ramas más bajas lanzaba crujidos de mal agüero, aunque ahora por fortuna intuía el pelo blanco del pequeño, que resplandecía entre los troncos en medio de la creciente penumbra. Le estaba robando terreno.

Apretó el paso y al esquivar bruscamente un tocón sintió una débil punzada en el tobillo derecho. Después cogió al niño por el hombro y le obligó a girarse, pero el pequeño volvió a soltarse y se alejó corriendo a trompicones. Por segunda vez logró agarrarlo del brazo y retenerlo.

Sin mediar palabra se sentó con él en la hierba y lo rodeó con sus brazos. Se le había levantado la camiseta y el corazón le latía acelerado y con fuerza tras las costillas desnudas; su aliento desprendía vaharadas de calor contra el cuello de Nina.

Entonces lo oyó.

Podía tratarse de un ruido sin importancia, el débil chasquido de una puerta al cerrarse con sigilo en algún rincón de la noche veraniega. En principio podía venir de cualquiera de los pequeños chalés que flanqueaban la calle al otro lado del vivero, pensó mientras se adentraba lentamente entre las oscuras y pesadas ramas de abeto con el niño. Ya no veía la casa, pero a cambio distinguía su Fiat rojo al final del sinuoso camino que llevaba hasta ella.

De nuevo el ruido, y esta vez también le pareció oír pasos. Pasos y el seco crujido de alguien o algo que avanza entre la hierba alta y seca. Imaginó al hombre de la estación, con sus ojos azules reducidos a una línea y las mandíbulas en tensión; y el sonido de aquellas patadas rítmicas contra la taquilla del sótano.

¿Habría encontrado a Karin y descargado su furia contra ella?

Miró el reloj.

Las 20.36.

Su reloj de pulsera solía ir veintinueve segundos por detrás del de su móvil, que en realidad era el más exacto. Por alguna razón no lo había puesto en hora. Quizá en el fondo le gustara esa pequeña imprecisión. Le gustaba tener que calcular qué hora sería.

Inspiró profundamente y estrechó al pequeño con fuerza contra su pecho. Su cálido cuerpecito se agitaba a pequeñas sacudidas, pero no emitía sonido alguno. Estaba mudo.

¿Debería intentar llamar a la policía?

Rebuscó torpemente en el bolsillo derecho de sus pantalones sin dejar de acechar en la penumbra. Luego pasó al otro bolsillo. Nada. Lo había perdido. El dónde y el cuándo los ignoraba.

En su mente empezaron a bullir pequeñas explosiones de adrenalina. El teléfono era su único contacto con el mundo real. Con Morten, con la red, con el trabajo y ahora con la policía. Ya solo estaban ella y el niño.

De pronto volvió a oír el ruido de una puerta al cerrarse con un golpe.

El corazón le dio un brinco y empezó a latir desenfrenadamente por debajo de la camiseta sudada. Logró ponerse de pie con el pequeño bien sujeto entre los brazos.

Luego echó a correr.

El niño se había quedado rígido y resultaba difícil de manejar, y las rodillas y las articulaciones de los pies de Nina se resintieron al tener que correr con él a cuestas. Se estaba haciendo mayor, pensó sin poder evitar el asombro que le producía lo absurdo de la idea. Se estaba haciendo mayor para huir con un crío.

Un segundo después estaba en el Fiat y abría la puerta del conductor. Veía la casa entre las hojas de los numerosos abedules y arbustos que flanqueaban el largo y sinuoso camino que llevaba hasta allí. No había el menor movimiento y eso la hizo dudar por un instante. ¿Se habría imaginado aquellos pasos? ¿Habría sido el viento al mecer la hierba o quizá *Don Minino*? ¿Debería volver en busca de su teléfono? ¿Se atrevería? De pronto sentía una irracional necesidad de proteger el cuerpo muerto y silencioso que yacía allí dentro, velarlo y defenderlo de...

Sí, ¿de qué? Era tarde. Para Karin cualquier cosa ya era tarde. Ahora debía concentrarse en el niño, y en sí misma. A pesar de todo titubeó, aún con el niño en brazos, y siguió escudriñando la casa a través de la maleza reseca. De pronto se quedó helada. La luz de la cocina se encendió dejando ver una oscura silueta que se movía de un lado a otro de la habitación. Luego vio cómo aquella sombra crecía y crecía en la ventana y se inclinaba tanto hacia delante que por un momento alcanzó a entrever el pálido y débil contorno de una cara. Después desapareció.

Lanzó prácticamente al niño al asiento del copiloto. Un segundo después tenía la llave metida en el contacto, arrancaba e iniciaba una furiosa marcha atrás a ciegas. Podía oír el susurro de la hierba alta contra los laterales del coche y en un momento dado un tocón o una rama chocaron contra los bajos. Las demás casas tenían las ventanas negras y brillantes y las cocheras vacías. Inútil recurrir a ellas en busca de ayuda. La grava del camino golpeaba el parabrisas con rítmicos chasquidos, pero ella prosiguió a la misma velocidad excesiva; entonces reparó en que se le había olvidado dar las luces.

Se le había olvidado dar las luces y el niño que llevaba al lado gritaba como si le estuvieran matando.

Cogió aire, aminoró la velocidad y encendió los faros del coche con un chasquido seco. Después miró al niño, que estaba acurrucado en el suelo con los brazos por encima de la cabeza. Sus gritos eran ya más bajos y jadeantes y, por primera vez, Nina fue capaz de distinguir algunas palabras en medio de aquel torrente de sollozos y sonidos incomprensibles.

–Mama. Noriu pas mama!

Cielo santo, se dijo. Tiene madre.

JAN DECIDIÓ pasar la noche en el apartamento que tenía la empresa en el centro, en Laksegade. Era plenamente consciente de que lo hacía por evitar a Anne, que con su particular radar no habría tardado en detectar que algo no marchaba bien. En esos momentos necesitaba mantener cierta distancia si quería averiguar en qué punto estaban las cosas exactamente. Además, era mejor terminar de aclarar la situación con Karin sin Anne como espectadora.

Compró un plato preparado en el Magasin y lo calentó en el microondas de la minúscula cocina del apartamento. Aún sentía en la boca el sabor amargo que le había dejado la traición de Karin. ¿Cómo podía haberse equivocado así con ella? Por lo visto era menos leal y más astuta de lo que creía. En el piso de encima del garaje había encontrado dos cosas, la cartera vacía y una nota con dos palabras: ME DESPIDO.

De modo que esa era su manera de agradecérselo. Solía ser más perspicaz a la hora de distinguir con quién mantenerse en guardia y en quién confiar. Karin sabía lo mucho que había en juego. Aun ahora le costaba creer que no era un malentendido, que en cuanto hablara con ella todo se resolvería, pero el lituano seguía sin llamar y eso quería decir que no la había encontrado. Sintió náuseas al pensar lo que eso representaba para él y para su vida. Cada hora que pasaba mermaba sus posibilidades de que algún día llegara a recuperar la normalidad.

Se preparó un café y trató de ver las noticias, pero no lograba estar tranquilo. ¿Y si bajara a echar unas carreras por el parque de Kongens Have? Pero no había llevado la ropa de deporte y, a pesar de que tenía el Magasin a la vuelta de la esquina, en esos momentos no le apetecía ir de compras. Ya se había procurado una camisa nueva y ropa interior. Solía hacerlo cuando el trabajo se alargaba mucho y se le hacía muy tarde para volver a la bahía de Jammerland.

Comparado con su casa, el apartamento era una caja de cerillas, pero aun así tenía algo que le agradaba. Marianne, su asistente personal, se había ocupado de la decoración y había acertado, allí se sentía a gusto. Una especie de lujo estudiantil. Viejos asientos con mantas por encima. Lámparas retro que había encontrado en diversos mercadillos. Siete tipos distintos de platos y ni dos tazas iguales. A Marianne le gustaban esas cosas. «Debe tener personalidad», decía. «Si no, da lo mismo vivir en un hotel.» Quizá le recordara un poco al piso de estudiante que compartió con Kristian en el barrio de Islands Brygge cuando el mundo era nuevo y aún soñaban con convertirse en millonarios informáticos. ¿Qué habría sido de Kristian? Hasta donde sabía, el único que había hecho realidad aquel sueño era él, Jan.

Maldito día. Al estirarse sintió un pinchazo encima de la cadera, en la cicatriz de la operación. Se rascó en un gesto reflejo. ¿Qué coño estará haciendo ese lituano?, se preguntó. ¿Y qué coño tenía Karin en la cabeza?

De pronto se oyó el agresivo zumbido del portero automático. Apartó la taza de café, se acercó a la puerta y pulsó el botón.

–¿Sí?

–Soy Inger.

Tardó un cuarto de segundo en comprender de qué Inger se trataba.

–¡Suegra! –exclamó tratando de que su voz sonara risueña–. Sube, sube.

Era delgada y rubia, como Anne, el mismo tipo. Llevaba uno de sus coloridos vestidos africanos y cuatro o cinco pulseras de ébano en los morenos brazos desnudos. Inger era especialista en ese tipo de cosas, conseguir que una combinación semejante quedara bien.

–Anne me ha dicho que estabas aquí –explicó– y se me ha ocurrido aprovechar la ocasión.

–Qué sorpresa tan agradable –dijo Jan–. ¿Te apetece un café?

–No, gracias –dijo ella–. Solo quiero hablar contigo.

–¿Y de qué, si puede saberse? –preguntó él intentando emplear un tono frívolo y divertido–. ¿Qué he hecho ahora?

Inger no mordió el anzuelo.

–Anne está triste –contestó.

–¿Te lo ha dicho ella?

–Por supuesto que no, ya la conoces. Ella nunca habla de esas cosas. Pero no es la de siempre, así que te lo pregunto a ti. ¿Es por Aleksander?

El corazón se le disparó de terror.

–No, no –respondió–. Está mucho mejor.

Su suegra le miró directamente. No tenía los ojos tan azules como Anne, sino algo más grisáceos.

–¿Entonces qué es? –le interrogó–. ¿Ocurre algo entre vosotros?

La sonrisa de Jan era tensa y artificial y estaba seguro de que resultaba más que evidente. ¿Por qué no podía hacer nada a derechas? Admiraba a Inger. Le parecía una mujer maravillosa, femenina y fuerte al mismo tiempo, una compañera digna para un hombre como Keld. Y quería agradarle también a ella a toda costa.

–Sería incapaz de hacerle daño a Anne –replicó.

Ella frunció el ceño.

–Claro –contestó–. Lo daba por supuesto. No es eso lo que te he preguntado.

Otro error. A veces era como si llevara metido en la cabeza un hombrecillo que apretaba un botón cada vez que él decía algo incorrecto y activaba un ensordecedor «oooh», como cuando la gente contestaba mal en los concursos de la tele.

–Entonces no acabo de entender a qué te refieres –dijo–. Estamos bien.

Inger movió la cabeza de un lado a otro suspirando.

–¿Sabes lo que te digo? –le preguntó–. Que no me lo creo.

Se levantó y se pasó por el hombro desnudo la correa del elegante bolsito de flecos que llevaba.

–¿Ya te marchas? –se extrañó Jan.

–Por lo visto no merece la pena que me quede –contestó ella.

Volvió a invadirle la sensación de haber suspendido un examen que no acababa de comprender.

–¿Has hablado de esto con Keld? –le salió de repente.

De nuevo una de aquellas miradas gris azuladas tan directas. Inger volvió a sacudir la cabeza de un lado a otro, pero él ya no estaba muy seguro de que aquello fuese un no. ¿Y si había estado hablándolo con Keld en su chalé de Tårbæk, en el mirador del jardín, quizá, con una copa nocturna de vino tinto y un buen queso, preguntándose si su matrimonio con Anne marchaba como debía? Se le hizo un nudo pétreo en el estómago solo de pensarlo.

–Adiós –se despidió su suegra–. Espero que arregléis las cosas.

Antes de salir le puso una mano en el brazo unos instantes; estaba seguro de haber vislumbrado compasión en aquellos ojos.

Se quedó junto a la ventana viéndola alejarse por la calle. De espaldas aún parecía una jovencita y su paso rebosaba una energía llena de encanto. En una ocasión le confesó entre risas que de niña había formado parte de un ballet durante tres años hasta que la expulsaron y que aún seguía yendo a clases de algún tipo de danza, pero nunca llegó a averiguar de qué se trataba exactamente.

Descubrió que le temblaba todo el cuerpo. Ya basta, se dijo a sí mismo. El lituano no tardará en llamar diciendo que ha encontrado a Karin. Todavía es posible. Todo va a salir bien.

Poco antes de las doce sonó el teléfono, pero no el Nokia. Era Anne llamando a su número privado.

–Está aquí la policía –dijo; en su voz se percibía fragilidad–. Dicen que Karin está muerta.

LA FAMILIA DOBROVOLSKI era rusa, pero no de la época soviética. Llevaba más de un siglo asentada en Vilna y el viejo Dobrovolski, el actual patriarca, vivía aún en una de las antiguas mansiones señoriales de madera que había tras la iglesia ortodoxa rusa de la Anunciación de la Virgen María. Sigita solo había ido allí en una ocasión en compañía de Algirdas; sentados en el porche tomaron té negro ruso en unos vasos altos y finos con tantas filigranas de oro que casi no se veía lo que había dentro.

Permanecía indecisa junto a la verja del jardín. Ahora que ya estaba allí, le costaba lo indecible imaginar a Mikas en algún rincón de aquella elegante y vieja casona de madera verde y amarilla. Además, tampoco había ningún Cayenne plateado aparcado junto al bordillo.

Si Dobrovolski tenía alguna relación con todo aquello, no sería ahí donde tendría al niño, en su casa natal, tan cerca de la iglesia que sus brillantes cúpulas de plata descollaban por detrás de los árboles. Mientras los demás derribaban y volvían a construir en cuanto disponían de dinero para ello, Dobrovolski había hecho reformas. Todos y cada uno de los ribetes y tallas del alero del tejado y los marcos de las ventanas estaban recién pintados y aunque conservaban el pozo en el jardín, ya era solo de adorno. Sigita sabía que en la casa había tres relucientes cuartos de baño nuevecitos que habían corrido a cuenta de Janus Constructions como parte de los acuerdos que tenían con el anciano.

Llevaba allí tanto tiempo que en el interior de la casa advirtieron su presencia. Los blancos visillos de blonda de una de las ventanas del salón se movieron y no tardó en salir una joven morena.

–La señora Dobrovolskaia desea saber si podemos hacer algo por usted –dijo en lituano con un fuerte acento ruso. Tenía el pelo moreno y corto y llevaba una camiseta blanca y unos vaqueros negros de Calvin Klein. Sigita pensó que quizá fuera una pariente de Rusia o una especie de *au pair*. A lo mejor ambas cosas.

Se aclaró la garganta.

–Disculpe, puede que suene algo raro, pero ¿sabe si Pavel Dobrovolski sigue teniendo un Porsche Cayenne plateado?

–¿Ha ocurrido algo? –preguntó la muchacha observando el brazo escayolado de Sigita–. ¿Un accidente? ¿Está bien?

–No, no ha ocurrido nada. Al menos... nada de eso. Me he caído por unas escaleras.

–¿Está roto?

–Sí.

–Lo siento. Espero que esté nuevo en seguida –dijo con sonrisa desmañada–. Perdón. No hablo bien el lituano todavía. Soy Anne, la prometida de Pavel. ¿De qué le conoce?

–Es más bien mi jefe el que le conoce, Algirdas Janusevičius. A veces hacen proyectos juntos. Me llamo Sigita.

Se estrecharon la mano.

–¿Y el Porsche? –preguntó–. ¿Lo tiene todavía?

Anne sonrió.

–Está en venta. Dice que es un váter con ruedas. Pero aún no lo han comprado. Si le interesa, lo tienen en el SuperAuto de Pusu gatvė. Solo está a dos calles de aquí.

El Cayenne ocupaba el lugar de honor del escaparate del SuperAuto, rodeado de rejas y cristal blindado y sin matrícula. Un letrero decía que Sigita podía ser su afortunada propietaria a cambio de seis años de salario. Algirdas tenía razón, se dijo descorazonada. Nada parecía indicar que Dobrovolski se hubiese llevado a Mikas o tuviera algo que ver con su desaparición.

Hasta que no sintió el crujido de sus uñas al partirse, no se dio cuenta de la fuerza con la que había estado aferrándose a aquel clavo ardiendo. Tenía que haber sido Dobrovolski porque Dobrovolski era una persona que ella conocía, tenía un rostro, sabía dónde vivía. Si había sido Dobrovolski, podía recuperar a Mikas.

Pero no había sido Dobrovolski.

Se dirigió a la parada de trolebús más próxima con pasos de unas piernas que ya no sentía suyas. No era algo premeditado, más bien un acto reflejo. Había vivido en ese barrio, en la buhardilla de una de las casas de madera donde el pozo no estaba de adorno. Pasó tres años subiendo y bajando por una angosta escalera descubierta todos los días con dos contenedores de diez litros de agua a cuestas. Primero uno para la anciana señora Jovaišienė, que era la propietaria del edificio, y luego otro para ella. Si quería bañarse, tenía que ir a los baños públicos que había unas calles más allá, de modo que por lo general la cosa quedaba en un lavado por partes y un producto milagroso llamado Nuvola. Bastaba rociarse con él el pelo y peinárselo bien y quedaba como recién lavado. Al menos en teoría. Una vez a la semana le estaba permitido utilizar la pequeña lavadora manual de la señora Jovaišienė, pero solía hacer la colada en el lavabo porque estaba habituada a hacerlo así cuando vivía con su familia.

La señora Jovaišienė ya habría muerto. Pasaba de los noventa. Evitó pasar por Vykinto gatvė, donde estaba la casa, aunque se atajaba un poco. No quería verla. No quería recordar aquella época en esos momentos. Mikas era lo único importante, se repetía.

Una vez en casa lo encontró todo igual. Blanco. Nuevo. Vacío. Bajó las persianas para evitar el sol de la tarde y se echó en la cama con la ropa puesta. Unos segundos más tarde estaba dormida.

El año que Sigita se quedó embarazada tuvieron un invierno prematuro en Tauragė y ya a finales de octubre cayeron las primeras nieves. Su padre acababa de empezar a trabajar como portero del edificio tras la marcha de Bronislavas Tomkus. A la hora de la verdad, eso significaba que ella tenía que ayudar a su madre a quitar la nieve con una pala antes de ir al colegio y la madre, a su vez, se ocupaba de la oficina de correos. El padre tenía «lo de la espalda», aunque siempre insistía en buscar y compartir el trabajo y hacía comentarios graciosos para mantener alta la moral de la tropa.

–Esa es el arma secreta de los rusos –decía señalando hacia la nieve–. Recién llegada de Siberia. ¡Pero mientras tengamos mujeres fuertes como vosotras, no nos harán morder el polvo!

Cada vez que alguien pasaba por la acera a medio despejar, iniciaba una burlona exaltación de Sigita y su madre como valerosas defensoras de la independencia. Era insoportable.

El frío al menos le permitía llevar gruesos jerséis sin levantar sospechas. También empezó a faltar a clase de gimnasia, pero sabía que solo era cuestión de tiempo que la señorita Bendikaitė informara al director, que a su vez pondría al tanto a sus padres.

Aunque en el centro de enseñanza primaria y secundaria de Tauragė no había clases de educación sexual, sabía perfectamente qué suponía que no le hubiera venido la regla en agosto ni en septiembre. Lo que no sabía era qué hacer. En teoría se podían comprar pruebas de embarazo en la farmacia de la plaza, pero al otro lado de la caja estaba la señora Raguckienė, que había ido al colegio con su madre. Además, ¿de qué serviría una prueba? Ella ya sabía lo que ocurría.

No le había dicho nada a Darius. A finales de agosto le habían enviado con su tío a Miami para que estudiara un año en una *high school* americana. Ella no podía dejar de sospechar que tan inaudita generosidad se debía a que la madre no la consideraba la novia más adecuada para el niño de sus ojos. Le escribió una sola carta sin mencionar una palabra de su estado, porque su propia madre clasificaba casi todo el correo que salía de Tauragė y el papel del correo aéreo era tan fino que daba miedo.

Le echaba de menos. Le echaba tanto de menos que le dolían los pechos y el vientre. Supuso que aquella añoranza formaba parte de la cada vez más larga lista de cosas que debía confesarle al padre Paulius y que no tenía intención de revelar. Poco a poco empezó a cobrar conciencia de que el dolor en los pechos no era solo amor despechado, pero escribir «estoy embarazada» o «vas a ser padre» era algo que la superaba.

Una tarde de jueves de principios de diciembre metió toda la ropa que pudo en su bolsa de deportes. Tenía que ser la bolsa de deportes porque las maletas estaban guardadas en un desván cerrado con llave y además llamaría demasiado la atención si andaba paseando por la calle principal de Tauragė con una de ellas. Hasta podrían tratar de detenerla. Tenía que ser un jueves porque era la única tarde que su padre y su madre se ausentaban de casa al mismo tiempo. Su madre siempre iba a visitar a la tía Julija los jueves y su padre aprovechaba la ocasión para jugar a las cartas con sus antiguos compañeros de la conservera.

No dejó ninguna nota. No habría sabido qué poner. Tomas, su hermano pequeño, fue el único que la vio marcharse.

–¿Adónde vas? –preguntó.

–A dar una vuelta –contestó ella. Ni siquiera fue capaz de mirarle.

–Mamá ha dicho que tenías que cuidarme.

–Ya tienes doce años, Tomas, puedes quedarte solo en casa.

Llegó a tiempo de coger el último autobús para Vilna. Tardó casi cinco horas en llegar. Era la una de la madrugada y en la gran ciudad con la que tantas veces había soñado casi todo estaba cerrado. No había trolebuses y no podía permitirse coger un taxi. Le preguntó el camino a un conductor de autobús y echó a andar por las silenciosas callejuelas haciendo crujir la nieve helada con las suelas de las botas.

Su tía se quedó estupefacta, por decirlo suavemente, al verla. Tuvo que decirle quién era, porque a primera vista Jolita no fue capaz de reconocerla.

–¡Pero Sigita! ¿Qué haces aquí? ¿Por qué no me ha llamado tu madre?

–Solo quería hacerte una visita, mamá no sabe nada.

Jolita era la hermana mayor de su madre, pero parecía mucho más joven. Tenía una media melena negra como el carbón. Llevaba unos enormes aretes de oro en las orejas y, aunque se había puesto un kimono de seda azul oscuro, aún no se había acostado. Del interior de la casa salían unos suaves acordes de jazz y olía a cigarrillos.

Las delgadas cejas pintadas de Jolita se alzaron.

–¿Que querías hacerme una visita? –repitió.

–Sí –contestó Sigita. Y se echó a llorar.

–Cielo...

–Tienes que ayudarme –sollozó–. Voy a tener un niño.

–Ay, cielo –exclamó la tía Jolita estrechándola en un sedoso abrazo con olor a tabaco.

KARIN ESTÁ MUERTA. Karin está muerta. Karin está muerta.

La idea le retumbaba por todo el cerebro a golpes rítmicos al girar por Kildevej y poner rumbo a Copenhague. Nina estaba prácticamente segura de que no la había seguido ningún coche desde el chalé. Los primeros precipitados kilómetros hacia Tibirke los recorrió mirando por el retrovisor cada dos segundos.

Karin está muerta, pensó aferrándose al volante con más fuerza aún. Había intentado limpiarse los dedos con un trozo de rollo de cocina manchado de gominola que había encontrado en la guantera, pero la sangre ya se había coagulado recubriéndole los dedos y las palmas de las manos con una fina película de color herrumbroso.

El contacto con el cráneo de Karin por debajo de la piel había sido terrible, como uno de esos lujosos huevos de pascua gigantes con su gruesa cáscara de chocolate casi negro que los padres de Morten siempre les estaban regalando a Anton y a Ida, y que invariablemente acababan cayendo al suelo con un chasquido y quedaban quebrados y aplastados bajo el papel de plata. Así había sido el contacto con la cabeza de Karin. Había sentido cómo cedían los pedacitos de cráneo a la presión de sus dedos y se desplazaban por debajo del cuero cabelludo.

Alguien la había machacado. En el más literal de los sentidos. Machacado hasta matarla.

Volvió a invadirle una oleada de náuseas y se echó hacia el volante. ¿Cómo podía nadie querer matar a Karin? Era la persona más inofensiva y dulce que había conocido en su vida. Una rubia opulenta tan maternal que siempre le hacía pensar en bollos recién hechos y leche caliente. En seguridad. Inspiraba seguridad.

Se frotó los ojos y siguió las líneas blancas del centro de la carretera que se precipitaban sobre ella a un ritmo vertiginoso.

Se unieron en coalición en la época de la escuela de enfermería. Habían ido juntas a todas las celebraciones, a todas las fiestas que organizaban los viernes en la escuela y a todas las reuniones del grupo de estudios, aunque, bien mirado, no tenían absolutamente nada que ver la una con la otra. Por aquel entonces Nina era bajita y chupada y le iba el rollo siniestro y depresivo. Karin, en cambio, parecía recién sacada de una película de propaganda del Tercer Reich. Alta, rubia, exuberante, con las caderas anchas y la piel tersa y dorada. Estaba, además, completamente libre de complicaciones. No es que fuera tonta, solo simple, y tenía un potencial inmenso para llegar a ser feliz, auténticamente feliz. Al menos así la veía Nina, que suponía que esa era la razón por la que la buscaba. Con la esperanza de que algo de ese potencial se le contagiara y también porque necesitaba estar con alguien cuyo mundo fuese tan redondo y tan perfecto como el suyo. Para Nina siempre resultó un misterio que Karin fuera la que más problemas tuviera de las dos a la hora de hacer realidad su sueño de tener unos hijos y un marido, pero por una u otra razón los hombres nunca se le acercaban. En cambio, ella había conseguido el lote completo sin pretenderlo, y en realidad eso fue lo que acabó por separarlas.

Mientras Nina tenía su primer hijo y salía por ahí a salvar el mundo, Karin trabajaba como enfermera privada para una familia danesa en Bruselas. Intentaban reunirse siempre que coincidían las dos en Dinamarca, pero cada vez resultaba más evidente que la distancia que las separaba iba en aumento.

Como cuando esperaba a Anton y ya estaba en la recta final del embarazo. La mirada casi humillada de los ojos de Karin cuando salió a recibirla a la puerta del piso que compartía con Morten en Østerbro. Por aquel entonces todo era perfecto y por primera y única vez en su vida se sentía equilibrada. Había engordado veinticinco kilos y disfrutaba de cada gramo que la hacía más redonda, más firme y más tierna al mismo tiempo.

Karin no dijo nada, ni siquiera les dio la enhorabuena. A partir de ese momento las llamadas se espaciaron, y para cuando vio a Karin en la célebre comida de Navidad con un gorrito de duende que le quedaba pequeño, ya habían pasado cuatro años desde su último encuentro.

Nina llevaba borracha desde primera hora de la tarde, pero aun así recordaba que Karin le dijo que había regresado para quedarse. Que había encontrado trabajo en un lugar más o menos cerca de Kalundborg, o algo así, ¿y qué más?

Frunció el ceño intentando hacer memoria. La mesa estaba repleta de vasitos de aguardiente de cristal soplado a mano tapados con gorritos navideños, montones de cerveza y confeti del que se pone de adorno en Nochevieja.

Karin le contó que volvía a trabajar como enfermera privada y le pagaban muy bien. De pronto lo recordaba con toda claridad porque había reparado en sus ojos fatigados. Se había excedido con el aguardiente y jugueteaba con una jarra de plástico llena de cerveza de Navidad mientras le explicaba cuánto le quedaría limpio después de descontar los impuestos. Y que ni siquiera tenía que pagar alquiler, porque el trabajo incluía un apartamento alucinante con vistas al mar. La débil luz dibujaba hondos surcos en su frente y arruguitas verticales alrededor de sus labios; por primera vez en su vida, a Nina no le gustó Karin. Ya no la reconocía; luego recordó el desprecio que sintió hacia su amiga al final de la velada. Las dos habían bebido demasiado, más que nunca, y Nina se sentía cansada, con náuseas y con mala sangre.

Quizá por eso le dijo aquellas cosas. Que seguía salvando al mundo. Que era feliz. Tenía la familia perfecta y el marido perfecto, y en sus ratos libres se ocupaba de niños, mujeres y hombres mutilados de los que nadie en toda la puta Dinamarca se quería hacer cargo.

Le habló de la red.

Lo primero era mentira, pero se dio el gusto de soltarlo. Lo otro era cierto. Dedicaba muchísimo tiempo a la red. Demasiado, en opinión de Morten. A veces le echaba en cara que lo que necesitaba era aquel chute de adrenalina, pero había mucho más: seguía necesitando salvar al mundo para no sentirse impotente.

Sacudió la cabeza y aminoró la velocidad. Aquello no era una autopista, aunque ella no era la única que conducía como si lo fuese. El niño se había calmado. Iba entre sentado y tumbado en el asiento del copiloto, con las piernas encogidas y las rodillas a la altura de la boca, y observaba los campos que pasaban con los ojos muy abiertos. Tras casi todas las vallas se veían oscuras siluetas ladeadas de caballos adormilados por el atardecer.

Pensó en esas palabras que había gritado con desesperación y habían quedado suspendidas en el aire en extrañas formaciones desconocidas. La palabra «mama» resultaba inconfundible, pero del resto no había sido capaz de identificar una sola sílaba. Ni una. Ni entendía las palabras ni reconocía el tono. Debía de tratarse de una lengua del este, pensó echando otra mirada de reojo a la piel casi transparente del pequeño. Por otra parte, estaba completamente segura de que no era polaco ni ruso, faltaban todos esos sonidos sibilantes. Maldijo para sus adentros su falta de conocimientos lingüísticos frotándose la nariz. Se sentía cansada. Tenía la sensación de llevar varios días sin dormir y no le quedó más remedio que entornar los ojos para distinguir los números del reloj del salpicadero.

Las 20.58.

¿Qué estarían haciendo Morten y los niños? Ida seguramente se habría metido en su cuarto, hipnotizada con alguno de sus juegos de ordenador. Y Morten ya le habría leído hacía rato el cuento de las buenas noches a Anton. Eso si no estaba demasiado furioso para ocuparse del Valle de las Cerezas y las palomas de Sofia. Le había pedido que no volviera, ¿o no? De pronto no recordaba sus palabras con exactitud.

¿Le había pedido que volviera?

Probablemente no. Sintió una calma limpia y fría bajándole desde el pecho al vientre.

Morten no solía enfadarse demasiado.

Lo cierto es que en muchos aspectos le recordaba a esos perros blandos y grandotes que se resignan a que les pellizquen las orejas y les tiren del rabo un día sí y otro también. Uno de esos que le tienen a uno convencido de que son los perros más simpáticos del mundo hasta que un buen día explotan y echando furiosos espumarajos muerden al insufrible crío del vecino en la pantorrilla.

Le tenía pánico a los enfados de Morten, sobre todo porque aunque por lo general las cosas empezaran en un problema con ella, su ira acababa recayendo en todo el mundo. Después de una discusión de las fuertes se mostraba frío y parco en palabras con Ida y con Anton, como si fueran una parte de ella que ya no soportaba.

En esos días, muy, pero que muy poco frecuentes, no aguantaba a Anton y le ordenaba a Ida que apagase el televisor de su habitación con el único motivo de que le molestaba que estuviese encendido.

Nina se lo imaginó solo en el sofá, con el ordenador abierto en la mesita, buscando sin cesar ofertas de empleo, equipos de *trekking* y billetes baratos a Borneo o Novo Sibirsk. Cualquier cosa que le permitiese intuir lo que era una vida sin ella.

De repente, aunque en el coche se seguía respirando un aire bochornoso tras todo un día de sol, se le puso la carne de gallina. ¿Qué podía hacer ahora? Ya no averiguaría nada de Karin que no supiera, que era lo mismo que decir nada.

Salió de la autopista de Hillerød a la altura de Farum y paró en una gasolinera de Q8. Se volvió, algo entumecida, a observar al niño. Tenía los ojos cerrados e iba enroscado como un fardo contra la puerta. Tenía que estar completamente agotado, pensó.

Se encontraba tan cerca del campamento Kulhus que podía estar allí en pocos minutos. ¿Y luego qué?, se preguntó. Acostarle en una de las camitas azules del pabellón de Ellens Gård? ¿Sentarse a velar su sueño esperando que no los encontrara el tipo de la estación?

Ya había encontrado a Karin. Estaba casi segura. A pesar de que era evidente que Karin había huido de su trabajo y su apartamento con vistas y se había ocultado en una casita roja de la costa del norte.

Cuando bajó del coche, el niño no se movió. Cerró la puerta con la mayor suavidad posible para no despertarle, rodeó un remolque de alquiler y se dirigió a la tienda. A un lado de la puerta había un palé con leña menuda y al otro un enorme cesto de metal lleno de botellas de un limpiacristales que prometía estupendos resultados con los insectos del parabrisas. En aquellos momentos le parecía absurdo que hubiera gente que pudiera concederle importancia a esas cosas.

Una vez dentro, el joven dependiente la estudió con esos ojos degollados que suele tener el personal de las tiendas veinticuatro horas al caer la noche: ¿Ahora? ¿Es ahora cuando la cosa se pone fea y peligrosa? ¿Es ahora cuando me van a poner un arma en la cabeza y me van a ordenar que abra la caja? Le tranquilizó de inmediato ver que era una mujer y ella intentó sonreírle para terminar de desarmarle, pero se dio cuenta de que no pasaba de una mueca.

Mierda, se dijo. Aún tengo sangre en las manos. Y puede que en la camiseta. Nina, ¿en qué estás pensando? Se metió las manos en los bolsillos y preguntó si había un teléfono para los clientes. ¿Y un lavabo?

La condujo amablemente hasta un pasillo que había al fondo de la tienda.

Lo primero fue el baño, donde se restregó bien las manos para eliminar los últimos restos rojizos de debajo de las uñas y de los pliegues de los nudillos. La camiseta parecía haberse librado de las manchas por arte de magia. No tenía paciencia para usar el secador, así que se frotó las manos en los pantalones.

Después el teléfono.

Marcó el número de la policía de la zona norte de Selandia, que aparecía amablemente indicado al lado del aparato junto a los de una empresa de taxis locales, el médico de guardia, emergencias y demás números de utilidad, pero en el mismo momento en que descolgaron se vio a sí misma en la pantalla de la cámara de vigilancia que había sobre la caja.

–Policía del norte de Selandia, dígame.

Permaneció inmóvil mientras las ideas más descabelladas se iban abriendo paso a través de su fatigado cerebro. Ya no existían las llamadas anónimas.

–¿Oiga? Policía del norte de Selandia, ¿en qué puedo ayudarle?

En nada, se dijo Nina. Y colgó. De nuevo tuvo la certeza de que ya no podía hacer nada por Karin. Tenía que concentrarse en el niño.

No se había movido, continuaba enroscado contra la puerta del coche. Se preguntó si sería buena idea pasarlo al asiento de atrás, pero seguía sintiéndose observada y acosada. Arrancó el Fiat y salió a Frederiksborgvej. Al menos ahora estaba más despierta y pensar con cierta coherencia ya no le parecía una gesta inalcanzable. Se incorporó a la autopista en Værløse y siguió la corriente de vehículos que se deslizaban hacia el centro en medio del cálido y denso aire de la noche.

Un plan, pensó. Posiblemente nada genial, pero mejor que nada. Porque ahora al menos una cosa estaba clara. La única clave para descifrar el enigma de la procedencia del niño era el propio niño.

LA DESPERTÓ EL MÓVIL. Era Darius.

–Sigita, joder. ¡Me has puesto una denuncia!

–No. Bueno... Les dije que no habías sido tú, que tú no le tenías.

–¡Pues ya me estás explicando a qué han venido los dos nada amables señores de *die Polizei* que me han dejado toda la casa patas arriba!

Estaba fuera de sí, lo oía perfectamente, pero ella se alegraba. Pensó que estaba haciendo algo. El tipo del bolígrafo, Gužas. Se había puesto en contacto con la policía de Düsseldorf, donde vivía Darius.

–Darius, tienen que comprobarlo. Cuando los padres están divorciados es lo primero que piensan.

–Nosotros no estamos divorciados.

–Pues separados.

–¿En serio pensabas que sería capaz de llevármelo?

Intentó hablarle de la mujer de la gabardina y de las conclusiones erróneas de la señora Mažekienė, pero él estaba demasiado furioso.

–Francamente, Sigita, ¡te has pasado!

Clic. Había colgado.

Permaneció un rato sentada en la cama, algo confusa. Había dormido menos de una hora. Seguía siendo por la tarde y seguía doliéndole la cabeza. Abrió la puerta del balcón.

La señora Mažekienė parecía llevar mucho tiempo aguardando esa señal. Ella también había salido al balcón y estaba en medio de una jungla de tomateras y begonias.

–Ah, ya has vuelto –observó–. ¿Alguna novedad?
–No.
–Ha venido la policía –continuó–. ¡He tenido que prestar declaración!
Sonaba casi orgullosa.
–¿Y qué les ha dicho?
–Bueno, les he contado lo de la pareja, y lo del coche. Y... bueno... también me han preguntado algunas cosas sobre ti.
–Ya me lo figuro.
–Si tenías otros novios y esas cosas, ahora que estás sola.
–¿Y usted que les ha dicho?
–Válgame Dios, ni que fuera una chismosa. Les he explicado que aquí cada uno se ocupa de sus asuntos.
–Pero usted sabe que no tengo novio. ¿Por qué no se lo ha dicho y ya?
–¿Cómo voy a saberlo? Ni que me pasara el día fisgoneando detrás de las puertas.
–No –suspiró Sigita–, claro que no.
La señora Mažekienė se inclinó hacia delante.
–He hecho *cepelinai* –dijo–. ¿Te apetecen?
La sola idea de aquellas densas bolas de patata amarillentas le devolvió las náuseas.
–Se lo agradezco mucho, pero no.
–No hay que dejar de comer por más que la angustia nos encoja el corazón –insistió la señora–. Mi madre, Dios la tenga en su gloria, siempre lo decía.
Yo no tengo el corazón encogido, se dijo Sigita. Lo tengo oscuro. La Oscuridad había vuelto a invadirla y no soportaba las bienintencionadas atenciones de su vecina.
–Disculpe –la interrumpió bruscamente–. Tengo que...
Se refugió en el interior de la casa, pero no le dio tiempo a cerrar la puerta del balcón. No eran las náuseas quienes volvían a hacer presa en ella, era el llanto. Le desgarraba las entrañas y le arrancaba largos y sonoros sollozos obligándola

a apoyarse con la mano sana en la encimera e inclinarse sobre el fregadero como si, en efecto, estuviese vomitando.

Tardó varios minutos en recuperar el aliento. Sabía que la señora Mažekienė seguía sus movimientos desde el balcón con mucho interés porque oía un quedo canturreo de abuela, «ya, ya, ya, ya», como si tratara de consolarla a larga distancia.

–Sí, es muy duro perder así a un hijo–, comentó la anciana al oír que los sollozos se iban apagando.

Sigita levantó la cabeza como si hubiera recibido una descarga eléctrica.

–¡Yo no he perdido ningún hijo! –exclamó furiosa; y con aire decidido se acercó al balcón y lo cerró con un portazo que hizo vibrar el cristal.

Pero aquella doble mentira cortaba como un cuchillo.

La tía Jolita trabajaba en la universidad. Era secretaria y asistente en la Facultad de Matemáticas, pero trabajaba sobre todo para cierto catedrático, el profesor Žiemys. No tenía trato con la madre de Sigita y la niña no tardó en descubrir por qué. Los lunes y los jueves el profesor visitaba la casa de Jolita. El jueves que llegó Sigita, su tía acababa de salir a la puerta a darle el beso de despedida. Aquel olor era el de sus cigarrillos.

Al principio no acababa de entender por qué aquella relación le resultaba tan chocante. Jolita no estaba casada y podía hacer lo que le viniera en gana. No estaban en Tauragė. Bien es verdad que el profesor estaba casado, pero eso era asunto suyo.

Finalmente llegó a la conclusión de que lo llamativo era que fuese tan «poca cosa». Siempre había sabido que su tía había hecho algo escandaloso, algo que no tenía cabida en el católico corazón de su madre. Había pecado, pero nadie quiso explicarle exactamente a su sobrina ni cómo ni por qué. De niña imaginaba vagamente algo de un baile sobre una mesa delante de unos borrachos. No sabía a ciencia cierta de dónde lo había sacado, probablemente de alguna película.

Además, resultaba de lo más prosaico y rutinario. Los lunes, los jueves. Un hombre con barba y cargado de espaldas que le sacaba casi quince años a Jolita y siempre se dejaba olvidadas como mínimo unas gafas si ella no se lo recordaba. Para eso podía haberse casado. Quizá en su día fuera una relación tórrida, juvenil y tormentosa, pero, en ese caso, ya había llovido mucho desde entonces.

Sigita había ido hasta Vilna para huir de la condena de Tauragė. Para liberarse de la vigilancia y de los chismes, los moralismos, la mezquindad y los juicios. De «la provincia». Desde los nueve o diez años admiraba en secreto y a distancia a su tía Jolita, que había hecho realidad lo que ella también soñaba: liberarse, construirse una vida propia en la gran ciudad, vivir a su antojo. Por eso ahora se atrevía a arrojarse así en sus brazos. Ella la comprendería, vería que sus almas, rebeldes y libres, se parecían. De manera que cuando su tía la abrazó y dejó que se instalara en su casa sin más preámbulos, le pareció que todos sus sueños se hacían realidad.

Sin embargo, al llegar los lunes y los jueves Jolita empezaba a ponerse nerviosa. Limpiaba. Compraba vino. Hacía torpes intentos de insinuarle a Sigita que no podía quedarse, que tenía que salir antes de las cinco de la tarde y no volver hasta pasada la medianoche. Parecía encontrar profundamente embarazoso que el profesor se topara con aquella desgarbada sobrina de provincias que había sido tan tonta como para dejarse preñar a la edad de quince años. Si tardaba demasiado en salir por la puerta, los movimientos de la tía se volvían más y más febriles. Hablaba con más rapidez. Le daba dinero para que pudiese cenar en algún sitio, ir al centro, al cine, estaría bien ver una buena película, ¿verdad, cielo? Le metía en el puño unos billetes sudados y arrugados y la sacaba por la puerta prácticamente a empujones. Sigita vio muchas películas aquel invierno.

Descubrió que Jolita no era ni libre ni independiente. No había conseguido su empleo acostándose con el profesor –primero vino el empleo y luego él–, pero de eso ya habían pasado más de diecisiete años y nadie lo recordaba. Si el profesor se retiraba o perdía su puesto, a su tía la pondrían de patitas en la calle al día siguiente. En la universidad, la Independencia tampoco había sido todo agua de rosas y cánticos patrióticos. Andaban escasos de recursos y las pocas plazas que había se las disputaban como hienas. La existencia de Jolita pendía de un hilo fino como una telaraña. Su trabajo, su casa, su vida entera... todo dependía de él. Lunes y jueves.

En opinión de su tía, era mejor que Sigita no estudiara.

–Ya lo harás el año que viene, cuando todo haya pasado –dijo levantando la cafetera con gesto interrogante–. ¿Más café?

–No, gracias –contestó ella con aire ausente. Ocupaba una de las dos raquíticas sillas de la angosta cocina del apartamento. No le quedaba más remedio que sentarse con las piernas separadas para que le cupiera la tripa–. Pero Jolita... es que para entonces estará el niño.

Su tía enmudeció por un instante con la cafetera en ristre a modo de arma ofensiva. La miró con semblante serio.

–Cielo –le dijo–, tú, que eres una chica inteligente, comprenderás que no te lo puedes quedar.

La clínica estaba en un chalé grande y viejo del barrio de Žvėrynas. Olía a pintura y a sintasol recién estrenado y las sillas de la sala de espera estaban tan nuevas que algunas aún iban envueltas en su funda de plástico. Sigita se dejó caer en una de ellas despatarrada como una vaca. El sudor le corría por la espalda empapando el horrible vestido amarillo de premamá que su tía le había conseguido a través de una amiga de la universidad. En las últimas cuatro semanas era prácticamente la única prenda que le cabía y la odiaba con toda su alma.

Al menos ya no quedaba mucho, se consoló. Cuando llegó la siguiente contracción, se aferró a aquella idea. Un gruñido grave escapó de entre sus labios haciéndola sentirse como un animal. Una vaca, una ballena, un elefante. ¿Cómo demonios había acabado allí? Se agarró al borde de la mesa y trató de respirar hondo, muy hondo, tal y como habían intentado enseñarle, aunque no sirvió de absolutamente nada.

–Ahhhh. Ahhhhh. Ahhhhh.

No quiero ser un animal, pensaba. ¡Quiero volver a ser yo!

Jolita regresó con una señora bajita y pelirroja que llevaba una bata de color verde claro. ¿Por qué no blanca? Quizá fuese a juego con la fresca pintura menta de las paredes.

–Me llamo Julija –se presentó tendiéndole la mano; Sigita no fue capaz de soltar el borde de la mesa, de modo que el gesto de la señora terminó en unas palmaditas en el hombro con las que probablemente pretendiera tranquilizarla–. Si puedes andar, para ti será más agradable. Tenemos lista la habitación.

–Puedo. Andar. Perfectamente –contestó ella poniéndose en pie sin soltar el borde de la mesa. Empezó a caminar contoneándose como un pato detrás de aquella señora que se llamaba como su abuela. De pronto descubrió que Jolita no la seguía y se detuvo.

Su tía permanecía junto a la silla frotándose las manos. Literalmente. Una de sus finas manos de largos dedos se restregaba una y otra vez sobre la otra como si limpiara un cristal.

–Tú puedes, cielo –le dijo–. Luego vuelvo.

Sigita se quedó completamente paralizada. No sería capaz... no iría a dejarla sola en eso. Su mano se movió por si sola hacia Jolita en un gesto suplicante que al cabo de unos segundos ya lamentaba. Su tía retrocedió unos pasos hasta quedar fuera de su alcance.

–¡Cuando vuelva te traigo unos bombones! –exclamó con una sonrisa exaltada–. Y coca-cola. Viene bien cuando estás mal.

Después se dio la vuelta y salió de allí a paso tan veloz que poco le faltaba para ser una carrera.

Era jueves.

NINA APARCÓ en la parte más estrecha de Reventlowsgade, donde unos adoquines planos y consumidos compartían escenario con los clásicos edificios antiguos del barrio de Vesterbro en una acera, mientras al otro lado de la calle, por encima del terraplén, el tráfico de la paralela Tietgensgade discurría a tirones ruidosos e irregulares.

El niño se revolvió un poco cuando le puso los pantalones, pero las sandalias parecían gustarle a pesar de que le quedaban algo grandes. Sus blandos deditos jugueteaban con los cierres de velcro y las anchas correas. Nina alargó la mano y le acarició el pelo suavemente. El pequeño dio un respingo, pero la dejó hacer sin apartar la vista de sus sandalias nuevas. Ella sacó las botellas de agua del Netto, desenroscó el tapón de una y se la tendió.

–*Atchu*.

Aceptó la botella con ojos grandes y serios y bebió ávidamente, aunque con cierta torpeza. Parte del agua le escurrió por la barbilla hasta la camiseta nueva y él se secó la boca en silencio con el dorso de la mano.

Aquel gesto tan tremendamente cotidiano logró que por una décima de segundo Nina se sintiera de camino hacia su casa con un niño cualquiera tras una larga jornada de guardería. Repitió lentamente la palabra para sus adentros. «Atchu». ¿No había dicho eso mismo cuando le dio el helado del Netto?

Tenía que ser gracias.

Reconoció los ojos bajos y el leve cabeceo con los que reaccionaban casi todos los niños de forma puramente automática. Gracias era una de las primeras palabras que aprendían a poco que los padres abrigaran siquiera una sombra de esperanza de que fueran educados, y no podía ser casual que usara la misma cada vez que le daba algo, pensó. La palabra estaba claramente diseñada para una situación en que el pequeño recibía algo de alguien, o sea, «gracias». Eso le facilitaba un poquito la tarea, porque «mama» era tan universal que no iba a servir de mucho allí en Vesterbro.

Abrió la puerta y bajó del coche. El calor seguía adherido al asfalto y a los muros de las casas y el olor a gasóleo que venía de la estación convertía el hecho de respirar en una operación pesada y sofocante. Una débil ráfaga de viento hizo dar varias vueltas sobre sí misma por la acera a una cajetilla de tabaco vacía y arrugada para luego dejarla sobre la áspera hierba amarillenta que crecía entre las baldosas.

El niño se dejó sacar del coche en brazos a regañadientes y una vez fuera insistió en que le bajara al suelo. Se le volvió rígido e ingobernable entre las manos y se obstinó en echar la cabeza hacia atrás en señal de muda protesta, y cuando al fin la obligó a ceder y dejarle sobre la acera, por un instante se adivinó en sus ojos cansados el brillo del triunfo. Aterrizó sano y salvo en el suelo con un sólido chasquido de las sandalias al contacto con el pavimento. A continuación estiró el brazo y la cogió de la mano como si fuera la cosa más natural del mundo. Nina pensó que debía de estar habituado a pasear de aquel modo. Estaba acostumbrado a ir con alguien de la mano.

Subieron por Stampesgade y doblaron a la derecha por Colbjørnsensgade para continuar por Istedgade. La manita del niño iba en la suya, leve como una mariposa, al pasar lentamente por delante del Kakadu Bar y el Hotel Saga. La calle aún estaba muy concurrida a aquellas horas de la tibia y oscura noche y, al cruzar Istedgade con el niño, observó a la gente que, vestida con ligera ropa veraniega y los dedos de los pies al aire en las sandalias, tomaba *caffe latte*, refrescos y cerveza a la puerta de los cafés. Estaba siendo un verano extraordinariamente seco y caluroso.

Las primeras prostitutas que vio eran africanas, dos mujeres de complexión fuerte con botas altas y unas faldas de colores muy ajustadas a sus muslos firmes y musculosos. No estaban ni a cinco metros una de otra, pero no hablaban. Una de ellas estaba apoyada contra la pared con un cigarrillo entre los labios apretados y de vez en cuando revolvía en su bolso con movimientos acelerados y febriles. La otra no hacía nada, simplemente estaba allí parada, en medio de todos los daneses «normales» que pasaban por allí, con la mirada clavada en los coches que circulaban calle abajo.

Nadie reparó en Nina y el niño. Le llamó la atención lo normales que debían de parecer allí los dos, de paseo. Un poco tarde, quizá, teniendo en cuenta a qué hora solían acostarse los niños, pero nada que resultase llamativo. Ni siquiera en ese barrio. En Vesterbro vivían muchas familias con hijos.

Cuando llegaron a Vesterbrogade el niño había relajado un poco el paso, pero seguía sin oponer resistencia alguna con la mano, muy tranquila en la de Nina, que escudriñaba la acera. Algo más adelante, dos mujeres rubias de rasgos marcados y piernas interminables discutían junto a un portal abierto. Finalmente una de ellas sacó del bolso una lata de cerveza y se la tendió a su amiga.

Nina se detuvo con el niño, obediente, al lado, e intentó atraer la atención de la primera, la de la cerveza. Tras unos instantes la mujer se dio por fin la vuelta y miró al pequeño.

–Hola, precioso.

Tenía una voz áspera e imprecisa, como si hablara desde el fondo de un pozo. En vista de que él no reaccionaba y Nina seguía allí parada, la observó con una mueca confusa.

–¿Sí?

Nina cogió aire mientras tomaba impulso para formular aquella pregunta imposible.

–Estoy buscando...

Intentó captar la mirada a la deriva de la mujer mientras buscaba las palabras adecuadas.

–Las chicas del este, ¿sabes dónde se ponen?

Un brillo entre decepcionado y suspicaz iluminó los claros ojos azules de la mujer de la lata y sus pupilas empezaron a moverse a pequeñas sacudidas rápidas como un rayo mientras la observaba con las comisuras de los labios hacia abajo. Nina cayó en la cuenta de lo hostil que debía de resultar a los ojos de aquella mujer.

Era más que evidente que sentía su mundo amenazado por aquella danesa «normal» tan ajena a ella. Una de esas con sueldo fijo, marido y chalé con parcela que echaban pestes de las de su clase. Quizá la tomara por periodista, por una esposa despechada o simplemente por una metomentodo que venía a curiosear los bajos fondos. Fuera como fuera, no parecía muy dispuesta a ejercer de guía práctica de la vida nocturna en Vesterbro. Al menos para alguien como Nina. Sus ojos se encendieron de pronto con un brillo atento y agresivo.

–¿Y tú para qué coño quieres saberlo?

Dio un paso hacia delante y Nina sintió una oleada de aliento cargado en el aire que las separaba.

La verdad, pensó. Le diré la verdad, o al menos un pedacito.

–El niño está sin su madre –dijo cogiéndole en brazos–. Necesito encontrarla.

La mujer titubeó unos segundos con el pecho adelantado y un brillo obstinado en la mirada antes de que aquellas palabras surtieran el efecto que buscaban. Se desinfló un poco, dio un buen trago a la cerveza y estudió al niño con renovado interés.

–¡Dios mío, precioso! –exclamó pasándole un dedo largo y flaco por la mejilla.

Él apartó la cara bruscamente y la pegó al hombro de Nina; la mujer de la cerveza movió la cabeza con aire malhumorado y tiró de su amiga en dirección a Istedgade.

–Últimamente están por todas partes –dijo al fin–. Hay algunas en Skelbækgade y en la plaza de Halmtorvet, pero seguro que también en Helgolandsgade. Están por todas partes, así que si no tienes ni puta idea de dónde se pone, vas a pasar una noche muy larga.

–¿De dónde son? ¿Lo sabes?

No estaba muy segura de que la mujer la oyera, pero antes de doblar la esquina la amiga se volvió y se quedó mirándola.

–La mayoría de las chicas blancas vienen de Rusia –dijo–. Pero las hay de otros sitios. Están reventando los precios, es una cabronada.

EL PORTERO AUTOMÁTICO EMPEZÓ A ZUMBAR y a Sigita le dio un vuelco el corazón.

–Soy Evaldas Gužas, de la Brigada de Personas Desaparecidas. ¿Podemos subir?

Pulsó el botón de apertura. El corazón le palpitaba con tal fuerza que la camisa le vibraba a cada latido. Le han encontrado, pensó. María querida, Madre de Dios, que sea eso. Que le hayan encontrado y esté bien.

Pero nada más abrirles la puerta a Gužas y a su acompañante se dio cuenta de que no eran esas las noticias que traían. A pesar de todo, no pudo dejar de preguntar.

–¿Le han encontrado?

–No –contestó el inspector–. Lo lamento. Pero puede darse el caso de que estemos tras una pista. Le presento a mi colega Martynas Valionis. Cuando le he puesto al tanto del caso, ha caído en la cuenta de una cosa.

Valionis le estrechó la mano.

–¿Podemos sentarnos un momento?

–Sí, claro –contestó Sigita amablemente mientras en su interior todo gritaba: «¡Pero id al grano de una vez!».

Valionis se sentó en el sofá blanco, colocó con parsimonia su cartera en la mesita en paralelo al borde y extrajo una funda de plástico.

–Me gustaría que viera usted unas fotos, señora Ramoškienė. ¿Reconoce a alguna de estas mujeres?

No eran buenos retratos satinados, sino copias apresuradas de una mala impresora. Se las fue pasando de una en una.

–No –dijo Sigita a la primera. Y a la segunda.

La tercera fotografiada era la señora del chocolate.

Sigita aferró el papel con tanta fuerza que lo arrugó.

–Es ella –aseguró–. Ella se llevó a Mikas.

Valionis asintió satisfecho.

–Barbara Woronska –dijo–. Es polaca, nacida en Cracovia en 1972. Al parecer lleva varios años viviendo en nuestro país y oficialmente trabaja como secretaria en una empresa de alarmas y seguridad.

–¿Y extraoficialmente?

–La primera vez que supimos de ella fue hace dos años, cuando un empresario belga se quejó de que había intentado extorsionarle. Por lo visto la empresa utiliza sus servicios como acompañante de los clientes extranjeros en sus visitas a Vilna.

–¿Es prostituta?

Jamás se le habría ocurrido algo así.

–Me temo que no es tan sencillo. Tenemos la impresión de que actúa como una especie de reclamo. Desde luego, su consumo de colirio del que solo se vende con receta resulta más que llamativo.

Sigita estaba perdida.

–¿Colirio?

–Sí. Tiene un efecto secundario: mezclado, por ejemplo, con una bebida alcohólica, provoca una pérdida de conciencia casi inmediata. Por desgracia no es nada raro que un alegre hombre de negocios con ganas de explorar la vida nocturna de Vilna amanezca en la habitación de algún hotel una vez desplumado de su Oyster Rolex, dinero en efectivo y tarjetas. Pero la señorita Woronska y sus compinches parecen haber refinado la técnica un poco más. Se las compusieron para sacar eso que tan elegantemente llaman «fotos comprometedoras» mientras nuestro hombre estaba inconsciente y después trataron de presionarle para que firmara un acuerdo de exportación en condiciones... digamos que muy ventajosas para ellos. Pero el belga se puso testarudo y después de gritarles algo así como *publish and be damned* acudió a nosotros. La señorita Woronska era una de las que aparecían en la fotografía. La otra era una niña de poco más de doce años. Es comprensible que las víctimas de una treta así no suelan recurrir a la policía.

Poco más de doce años... Sigita intentó desterrar las imágenes que acudían a su mente. Todo aquello no encajaba con la encantadora mujer de la gabardina y el pañuelo. ¿Es que a la gente que se dedicaba a... esas cosas no se le notaba nada?

Observó la fotografía. No era el clásico retrato de identificación que hacen a los detenidos. Barbara Woronska no miraba directamente hacia el fotógrafo, sino que tenía el rostro vuelto un poco a la izquierda, dejando a la vista su elegante cuello. La imagen estaba muy granulada, como si la hubiesen ampliado demasiado, y su expresión era... curiosa. La boca entreabierta, la mirada fija y brillante. Aunque no se veía más que el rostro y parte del cuello, no le cupo la menor duda de que no llevaba ropa y aquello era parte de una de las denominadas «fotos comprometedoras».

–¿Pero por qué... qué les llevó a pensar que ella podía haberse llevado a Mikas?

–Dos cosas –le explicó Valionis–. En primer lugar, cuando el belga acudió a nosotros su porcentaje de alcohol en sangre estaba por las nubes a pesar de que él insistía en que solo había tomado una copa en la arrebatadora compañía de la señorita Woronska. Hicimos que le examinara un médico y resultó tener lesiones en la garganta que indicaban que mientras estaba inconsciente le habían introducido una sonda gástrica. Así se puede verter alcohol directamente al estómago de la gente. Siempre que el riesgo de que mueran de una intoxicación etílica no suponga un problema, claro.

Sigita levantó la cabeza como una flecha.

–Pero... eso es...

Evaldas Gužas asintió.

–Sí. Lamento que nadie la creyera. Por desgracia, aún no disponemos de pruebas de que las cosas ocurrieran así en su caso, porque en estos momentos no es posible distinguir las huellas del lavado de estómago que le practicaron de un posible sondaje previo, pero todas las personas con las que hemos hablado la describen a usted como una madre responsable y sobria, de modo que... –dejó la conclusión en el aire.

El desaliento de Sigita se disipó en parte. Al menos ahora la creían. Al menos la tomaban en serio. Lo que no acababa de ver era cómo les acercaba todo aquello a Mikas.

–Pero... ¿Mikas?

–El otro dato que nos puso sobre la pista es que Barbara Woronska figuraba entre los cuatro posibles sospechosos del caso de la desaparición de una niña –le explicó Valionis mientras consultaba brevemente un bloc de notas que llevaba en la cartera negra.

A Sigita le temblaban las manos.

–¿Una niña?

Valionis hizo un gesto afirmativo.

–Hace un mes una madre desesperada denunció la desaparición de su hija de ocho años. Una desconocida se había presentado en la academia de música donde la pequeña aprendía a tocar el piano diciendo que era vecina de la familia. La profesora no sospechó nada porque la madre es enfermera, y cuando está de guardia suele enviar a otras personas a recoger a la niña. Por desgracia no fue capaz de facilitarnos una buena descripción ni de ir mucho más allá de que «quizá podría ser» una de estas cuatro mujeres.

Golpeó la funda de plástico con el dedo índice.

–Pero ¿ahora dónde está? –preguntó Sigita–. ¿No la han detenido?

–Lamentablemente no –respondió Gužas–. En su trabajo aseguran no haberla visto desde el pasado jueves, y en su domicilio oficial al parecer no vive nadie desde marzo.

–Pero ¿cómo es posible que vaya por ahí libremente? ¿Por qué no la han encerrado en la cárcel para que no siga robando a los hijos de los demás?

Valionis movió la cabeza con aire de fastidio.

–Ambos casos se cerraron. No se interpuso demanda. El belga regresó a su país de forma repentina y todo lo que conseguimos fue una carta de su abogado en la que nos informaba de que desistía de levantar cualquier tipo de acusación. Y de manera igual de repentina, la enfermera pasó a asegurar que se trataba de un malentendido y que la niña se encontraba en su casa en buen estado.

–¿No es un poco raro? –se interesó Sigita.

–Efectivamente. No cabe duda de que cedieron a algún tipo de presión –la mirada de Evaldas Gužas recayó sobre ella con toda su dureza–. Por eso me veo obligado a preguntárselo de nuevo, señora Ramoškienė. ¿Hay alguien que tenga algún motivo para presionarla así?

Sigita contestó con un mudo gesto negativo. Si no había sido Dobrovolski, no tenía la menor idea de quién podía sentir necesidad de presionarla o amenazarla.

–Si fuera así me habrían dicho algo, ¿no? –dijo–. Y yo no he oído nada.

De nuevo se sintió invadida por la impotencia. De nuevo aquella imagen dolorosa e insoportable se abría paso en su mente: Mikas en un sótano, tirado en un colchón sucio, llorando asustado. Esto va a acabar conmigo, pensó. No puedo más.

–Le suplico que no deje de llamarnos si alguien se pone en contacto con usted –le pidió Gužas–. Nos resulta imposible pararle los pies a esa gente si nadie se atreve a decirnos nada.

Sigita asintió pesadamente, pero sabía de sobra que si se veía obligada a elegir entre salvar a Mikas y acudir a la policía, la policía no tendría una sola oportunidad.

Valionis cerró la cartera con un chasquido y los dos hombres se levantaron. Valionis le entregó su tarjeta y Gužas le estrechó la mano.

–No está todo perdido –aseguró–. Julija Baronienė recuperó a su hija en buen estado.

Sigita se estremeció.
–¿Quién ha dicho?
–Julija Baronienė, la enfermera. ¿No la conoce?
–No –dijo con el corazón en la garganta–. No la conozco de nada.

Desde el balcón vio cómo los dos policías atravesaban el aparcamiento, subían a un coche negro y se alejaban. La mano derecha se le había colocado debajo del ombligo sin que ella se lo ordenara. Algunas cosas el cuerpo jamás llega a olvidarlas del todo.

En contra de lo que Sigita había oído acerca de partos primerizos, el suyo duró poco y fue brutal. Al principio no dejaba de maldecir, gritar y chillar. Después solamente chilló, durante cuatro horas. Se aferró a Julija, la enfermera que en cierto modo era su abuela al mismo tiempo, y Julija permaneció a su lado, tanto que a veces le parecía que ella era lo único que la retenía en este mundo, las manos fuertes y cuadradas de Julija, la voz de Julija y la mirada de Julija. Tenía unos ojos negros como ciruelas pasas y no la abandonó ni permitió que Sigita abandonara.

–Vas a seguir –le decía–. Vas a seguir hasta que esto termine.

Pero cuando llegó el bebé, Sigita no pudo más; se dejó llevar mientras algo fluía de su interior, algo húmedo, oscuro y cálido que solo le dejó un vacio helado.

–Sigita...

Pero la voz de Julija ya estaba lejos, muy lejos.

–Está sangrando –dijo otra enfermera–. Que venga el médico, ¡ahora mismo!

Sigita siguió precipitándose en aquel vacío oscuro y frío.

Le costó casi veinticuatro horas regresar. Se encontraba en un cuartito muy pequeño y sin ventanas, pero con dos potentes tubos de neón en el techo. Fue su luz lo que la despertó. Los párpados le pesaban como esterillas de goma y le dolía la garganta. Tenía un brazo sujeto con suaves vendajes blancos a un lateral de la cama y una solución salina goteaba lentamente hasta sus venas desde una bolsita que pendía de un soporte. Sentía el cuerpo pesado y extraño.

–¿Estás despierta, cielo?

Jolita estaba sentada junto a la cama. La luz de los fluorescentes hacía que su piel fuera más pálida y le dibujaba profundos surcos de sombra en las arrugas. Le pareció una anciana cansada.

–¿Quieres un poco de agua?

Sigita asintió. No estaba muy segura de poder hablar, pero finalmente se decidió a intentarlo.

–¿Dónde está Julija?

Su tía arqueó sus cejas pintadas.

–¿Te refieres a tu abuela?

–No. La otra Julija.

–No sé de quién me hablas, cielo. Toma, bebe. Ahora tienes que descansar y recuperar fuerzas para que podamos volver a casa.

Fue en ese instante, cuando Jolita dijo la palabra «casa». Algo inmenso y oscuro le llenó la cabeza, los pechos, el estómago. Era tan anguloso, tan cortante y maligno que parecía estar allí por más que ella supiera perfectamente que se trataba de algo que ya no estaba.

–¿Es niño o niña? –preguntó.

–No pienses en eso –contestó su tía–. Cuanto menos lo pienses, mejor. Estará bien. Es gente rica.

Sigita sentía las lágrimas corriéndole por la nariz. La abrasaban porque el resto de su cuerpo estaba helado.

–Gente rica –repitió como si quisiera comprobar si aquello espantaba La Oscuridad.

Jolita asintió.

–De Dinamarca –continuó con tono alegre, como si se tratara de algo fuera de lo común.

La Oscuridad seguía ahí.

Dos días más tarde, Sigita estaba junto a la cama vestida con una sudadera gris y unos pantalones que no le valían desde hacía meses. Esperaba. La agotaba estar de pie, pero aún no podía sentarse, y le dolía tanto al levantarse de la cama que no le apetecía volver a echarse. Por fin apareció su tía con una mujer rubia de bata blanca a la que no había visto nunca.

La mujer le tendió la mano.

–Bueno, Sigita, adiós y mucha suerte.

Resultaba extraño que una desconocida la llamara por su nombre de pila. Se limitó a contestar con un torpe cabeceo, pero le estrechó la mano. La mujer le entregó a Jolita un sobre marrón.

–Hemos deducido una pequeña parte por los días de más –explicó–. Normalmente nuestras chicas solo permanecen ingresadas veinticuatro horas.

Su tía asintió con aire ausente. Abrió el sobre marrón, estudió su contenido y volvió a cerrarlo.

–Ahora solo necesito una firma, por favor.

Jolita cogió el bolígrafo.

–¿No soy yo la que tiene que firmar? –preguntó Sigita.

Su tía titubeó.

–Si quieres –contestó al fin–. Pero también puedo hacerlo yo.

Sigita observó el papel. No se trataba de un documento de entrega en adopción, sino simplemente de un recibo por el pago de «Asist. productos naturales para elaboración de div. preparados». El importe saldado ascendía a 14.426 litas.

Esto no es una adopción, se dijo viendo de pronto las cosas con total frialdad y claridad. Es un negocio. Unos extraños han comprado a mi hijo y esta es mi parte del botín.

–¿No podría verlo al menos? –preguntó–. ¿Y conocer a las personas que se lo van a quedar?

Los pechos le latían con un pálpito pesado y doloroso. Julija se los había envuelto con una venda elástica muy ajustada que debía llevar puesta al menos una semana para cortar la leche, según le explicaron.

La mujer de la bata blanca movió la cabeza de un lado a otro.

–Se fueron de la clínica ayer, pero la experiencia nos dice que así es mejor para ambas partes.

La Oscuridad se agitó, abrió nuevas vías por su cuerpo, empezó a correrle por las venas. Podía sentir el frío bajo la piel. Ya está hecho, pensó. Ya solo queda el dinero. Extendió la mano.

–Dámelo.

–Pero cielo... –Jolita la miraba perpleja–. ¡Haces que parezca que pretendo robártelo!

Sigita aguardó en silencio. Finalmente su tía le entregó el sobre. Estaba repleto de billetes y pesaba. Lo apretó en la mano y echó a andar hacia la salida cojeando. Cada paso que daba era un tormento en los puntos.

–¡Espera, Sigita! –gritó Jolita–. ¡El recibo!

–Fírmalo tú –respondió por encima del hombro–. Después de todo la idea fue tuya.

Su tía garabateó una firma rápida y se despidió apresuradamente de la rubia de la bata. Sigita continuó andando; por el pasillo, por la sala de espera, por la puerta.

Jolita la alcanzó en la acera que la lluvia había mojado.

–Vamos a coger un taxi para ir a casa –propuso.

Se detuvo. Se volvió y contempló a su tía con toda la frialdad que llevaba en su interior.

–Vete tú a casa –dijo–. Yo me voy a un hotel. No tengo ganas de volver a verte. Nunca.

En el área metropolitana de Vilna había cuatro abonados con el apellido Baronienė. Sigita empezó a telefonear desde el primero hasta el último preguntando por Julija. Sin resultado. Después lo intentó con Baronas por si acaso la línea estaba a nombre del marido. Había ocho. Dos de ellos no descolgaron, otro tenía conectado un contestador automático que no mencionaba a ninguna Julija en su audaz presentación y otros dos se limitaron a decirle que no conocían a nadie con ese nombre. En el séptimo una mujer contestó con un cauto «¿diga?».

Sigita escuchó intensamente, pero no estaba segura de reconocer la voz.

–¿Julija? –preguntó.

–Sí. ¿Quién es?

–Sigita Ramoškienė. Quisiera...

No alcanzó a decir más. Al otro lado de la línea colgaron bruscamente el auricular.

JUČAS CONDUJO hasta la playa. Había oscurecido y no se veía a nadie. Tras él se alzaban los abetos como un muro negro. Se quitó toda la ropa menos los calzoncillos. La arena seguía tibia bajo sus pies y el agua estaba casi caliente y tan baja que tuvo que adentrarse varios cientos de metros a pie antes de poder nadar.

No había apenas oleaje ni resaca, solo un mar insulso y templado que no le proporcionó el *shock* que ansiaba desesperadamente. Quizá más allá, pensó; el frescor, la corriente, la energía. Consideró fría y sobriamente la posibilidad de seguir adelante hasta dar con algo más fuerte que él.

Barbara le esperaba en el hotel. No le había dado demasiadas explicaciones, solamente que tenía que ayudar al danés en una cosa para conseguir el dinero.

Adiós Cracovia, se dijo hundiéndose en las aguas a potentes brazadas que al fin lograron escocerle un poco en los músculos. Aún seguía viendo a aquella familia risueña, la madre, el padre y los dos hijos, pero unas enormes ratas pardas mordisqueaban la casa, que iba desapareciendo bocado a bocado, y una de ellas estaba empezando a roerle la pierna al hijo pequeño sin que ni él ni los padres dejaran de sonreír por ello.

Se detuvo bruscamente y pataleó en el agua. Sabía perfectamente de dónde venían esas ratas. Todavía recordaba cómo habían salido huyendo cuando entró en el establo con la linterna y encontró a su abuela tirada en el suelo junto al comedero. Nadie se molestó nunca en explicarle de qué había muerto, pero sí, estaba muerta, hasta un niño de siete años se daba cuenta. Y las ratas del establo también lo sabían.

Consiguió llegar a un punto donde no hacía pie, pero empezó a nadar de regreso hacia la costa con largas y metódicas brazadas. Se negaba a permitir que vencieran las ratas. Después de todo, aún le quedaba una pista que seguir.

Pensó qué hacer con la ropa y terminó empapando la manga de la camisa en el depósito del coche para encender una pequeña fogata en la playa. Tenía una idea muy vaga de lo que eran el ADN y las fibras microscópicas, pero pensó que el fuego seguramente lo borraría todo.

Lo primero que había salido mal era lo de la mujer. No era la misma que había visto en la escalera, aquel fantoche de pelo corto y cuerpo de niño. Esta otra era rubia como Barbara y tenía las tetas aún más grandes. Habría sido mucho más sencillo con la primera.

Pero trató de huir nada más verle, cosa que no habría ocurrido de haber sido inocente, ¿no? Actuó por reflejos y cuando la atrapó empezó a golpearla en los brazos y en las piernas, más que nada para que no se le volviera a escapar. Estaba aterrorizada. Le decía montones de cosas en un idioma que debía de ser danés. Luego se ve que se dio cuenta de que no la entendía y pasó al inglés. Le preguntó quién era y por qué le hacía aquello, pero en su mirada se veía que ya conocía la respuesta. Sabía perfectamente a qué había ido, y estaba tan asustada que un pis amarillento empezó a chorrearle por la pierna dejando una mancha húmeda en su vestido blanco.

¿Por qué coño no podía decírselo y ya está?, se preguntaba. ¿Qué se había creído? ¿Que si insistía un buen rato en negarse, al final le pediría disculpas por las molestias y se iría por donde había venido?

Siempre llegaba un momento en el que se daban cuenta. Algunos intentaban escapar, o chillar, suplicar y rogar. Otros simplemente se daban por vencidos. Pero siempre había un momento en el que comprendían que la realidad no era como ellos creían. Una vez que les arrancaba cuanto les había servido de protección; ropa elegante, quizá, o un hogar limpio y confortable, la cortesía y las cortinas almidonadas, un nombre, un trabajo, una seguridad o un poder ilusorios. Esto no puede estarnos pasando. Una vez que les hacía comprender que sí, que podía pasarles a ellos y a cualquiera, y en este momento te está ocurriendo a ti. Una vez que perdían la fe. Cuando solo quedaba la cruda realidad: que no se detendría hasta que le dieran lo que quería.

Con la danesa rubia le llevó su tiempo, más de lo habitual en Lituania. Quizá la capa de seguridad fuera más consistente en Dinamarca, como la capa de grasa de los peces que nadaban en el estanque del Tivoli; llevaba su tiempo arrancarla. Pero al final la rubia intentó adivinar qué era eso que tanto le interesaba.

Le preguntó por el dinero. Lo dejé allí, dijo ella. Lo tiene Jan. Repetía lo mismo una y otra vez, quizá fuera cierto.

Entonces le preguntó por el niño. ¿Quién se lo había llevado? ¿Quién lo tenía? ¿Dónde estaba?

Aquella rubia blandita resultó esconder aún un mínimo de resistencia. No quería hablar. Mentía y decía que no lo sabía. Eso le enfureció.

En cierto momento se le fue la cabeza, directamente. Le daba miedo perder el control. Haberlo perdido ya. Permaneció unos minutos en el porche respirando, escuchando el irritante zumbido de los mosquitos, como si todos ellos llevaran incorporado un motorcito tuneado para armar más escándalo. De pronto salió de entre los matorrales del otro lado del césped un gato de rayas grises. Se detuvo a observarle con un inquisitivo maullido, pero, presintiendo quizá que algo no andaba bien, en lugar de acercarse volvió a perderse entre los arbustos.

Cuando regresó a la casa descubrió que la danesa había conseguido encaramarse a la cama. Su aliento era húmedo y entrecortado; no estaba muy seguro de que aquella mujer fuera consciente de su presencia en la habitación.

–Ni-na –repetía con voz nasal–. Ni-na.

Ni siquiera sabía si esa era la respuesta a la pregunta que le había formulado o si solo llamaba a alguien que creía que podía ayudarla, pero le quitó el teléfono y comprobó si había alguna Nina. Efectivamente. Anotó el número y el apellido y arrojó el teléfono a la cama.

–Ni-na –repitió ella.

Ni sabe que estoy aquí, pensó. Entonces reparó en la mancha de sangre que empezaba a extenderse por debajo de la cabeza de la rubia.

Las llamas estaban a punto de extinguirse. Cubrió el fuego de arena con los pies y decidió enterrar los restos de la hoguera. Con un poco de suerte no los encontrarían nunca. Luego fue al coche a buscar su bolsa y sacó una camisa limpia y seca.

Intentó pensar con claridad. En esos momentos no sabía dónde estaba el dinero ni qué había ocurrido con el niño. La rubia había dicho que el danés tenía el dinero y el danés decía que lo tenía la rubia. Jučas confiaba más en la rubia que en el danés.

¿Y el niño? Quizá aquel «Ni-na» gangoso fuera la respuesta. Quizá se llamara Nina aquella bruja morena con pinta de chaval que se le había quedado mirando en la estación. ¿Y si ella tenía al crío y por eso el danés se había puesto difícil de repente e iba por ahí diciéndole mentiras y negándose a pagar? Por ese precio no era de extrañar que quisiera tener la mercancía antes de soltar la lana.

Una vez vestido, llamó a Barbara. Antes de irse la había dejado en un hotel del centro. Más gastos innecesarios, pero no podía llevarla consigo.

–¿Hay una guía telefónica en la habitación? –le preguntó.

Ella contestó que sí.

–Necesito que me busques una dirección –dijo–. Pero no llames a información ni preguntes en recepción. ¿De acuerdo?

–¿Cuándo vas a volver? –preguntó ella; en su voz se percibía la inseguridad.

–Pronto. Pero tienes que hacer lo que te diga, es importante.

–Sí, vale. ¿Qué quieres que haga?

–Coge la guía y mira a ver si encuentras a una tal Nina Borg.

HELGOLANDSGADE.

Una calle estrecha y un poco claustrofóbica. A un lado estaba el recién reformado Hotel Axel, con su luminosa fachada blanca y un sencillo adorno sobre la puerta. Una libélula, observó Nina. Se había puesto de moda dormir en Vesterbro, con vistas a las prostitutas y los carteristas.

Un grupito de chicas se había apostado justo enfrente. Nina se dijo sorprendida que parecían estudiantes. Nada de cuero, medias de malla y pelos teñidos. Eran como otras adolescentes cualesquiera arregladas para salir por el centro. A pesar de todo, no le cupo la menor duda.

Las cuatro chicas observaban de cuando en cuando la calle con aire distraído. Se apartaban unos pasos de las demás, comprobaban el móvil o se inclinaban hacia el pequeño *scooter* negro en torno al que se apiñaban. O se quedaban rezagadas mientras las otras continuaban.

Nina estrechó al niño entre sus brazos y se acercó a ellas. En medio del alboroto que armaban un par de borrachos que la adelantaron en ese instante, alcanzó a oír algunas frases sueltas en inglés.

–Diecinueve, me debes dinero.

Una de las chicas soltó una sonora carcajada y retrocedió tambaleándose sobre unos tacones demasiado altos.

Habían hecho una apuesta acerca de su edad, pero Nina no llegó a enterarse de si las demás habían apuntado muy alto o muy bajo. Se estremeció. Ida iba a cumplir catorce.

–Excuse me?

Se esforzó porque su voz sonara suave y neutra. Tenía la sensación de que a aquellas chicas no les hacía gracia hablar con nadie a menos que se tratara de una de sus relaciones comerciales de rigor.

Se volvieron hacia ella, que se asombró una vez más al ver lo jóvenes que eran. Ni siquiera el exagerado maquillaje ni el turgente brillo claro que llevaban en los labios lograban que parecieran otra cosa que niñas disfrazadas de adultas. Casi esperaba que de pronto una voz las anunciara como participantes de algún estrafalario concurso infantil de talentos y rompieran a cantar.

Una de las cuatro avanzó hacia ella con las piernas separadas y los brazos cruzados, seguramente en un intento de mostrarse poco receptiva y amedrentarla. Era bajita y chupada, y sus ojos oscuros vacilaban nerviosos a la luz de las farolas.

–Necesito que me ayudes con este niño –explicó Nina–. Necesito saber si le entiendes.

La chica lanzó una mirada escrutadora calle arriba y calle abajo y la observó dudosa.

–*Atchu* –continuó señalando hacia el niño–. ¿Sabes qué quiere decir? ¿Sabes qué idioma es?

Una luz iluminó el mohíno semblante de la muchacha. Nina casi podía verla clasificar mentalmente pros y contras en dos listas. Rápidamente se metió la mano en el bolsillo de los vaqueros y sacó un billete arrugado de cien coronas. Funcionó. La chica alargó la mano con discreción e hizo desaparecer el billete en su cazadora.

–No estoy segura, puede que lituano.

Nina asintió y sonrió con toda la dulzura de la que fue capaz. Definitivamente, acababa de quedarse sin efectivo.

–¿Y tú no eres de Lituania?

Era casi obvio, pero no tenía intención de soltar su lado de la madeja mientras pudiera.

–De Letonia.

La chica se encogió de hombros.

–Marija es lituana.

Se hizo a un lado y señaló hacia la chica alta y huesuda que se había reído y que quizá sí, quizá no, tuviera diecinueve años. Llevaba los largos cabellos oscuros recogidos en una cola de caballo y tenía cierto aire de potrilla, pensó Nina. Era muy alta y sus piernas parecían demasiado largas comparadas con su flaco cuerpecillo. Tenía las rodillas huesudas y se movía con indolencia y desmaña, como solo puede moverse una adolescente en plena edad de crecimiento.

Observaba a Nina con aire inseguro y taciturno, pero avanzó lo suficiente como para que pudiera dirigirse a ella sin levantar la voz.

–¿Conoces la palabra *atchu*? –preguntó Nina.

La chica sonrió sin querer, quizá al oír su acento.

–Se dice *ačiū*. *Ačiū*.

Alargando la *a* un poquitín, más sonaba estupendamente. Al repetir la palabra, se pintó en el rostro de la joven una expresión dulce y aniñada que dejó al descubierto unos dientes blancos y perfectos que parecían nuevos aún y demasiado grandes para aquella cara maquillada como la de una adulta.

–Es lituano –dijo llevándose la mano al pecho con una sonrisa–. Yo soy de Lituania.

Nina señaló hacia el niño.

–Necesito hablar con este niño, creo que él también es lituano.

Si la chica estaba dispuesta a colaborar, podría sacarle al niño información valiosa. Quizá lograra averiguar cómo había ido a parar a una maleta de la estación central. Tenía que conseguir que les acompañara a un sitio más tranquilo.

–¿Podrías ayudarme a hablar con él?

La chica lanzó una mirada furtiva hacia atrás y la miró con una expresión alerta. Titubeó, y al ver que un hombre rubio con una camiseta suelta cruzaba Helgolandsgade y se dirigía hacia ellas, dio un respingo.

–Cuando hablamos no ganamos dinero.

Le indicó con un gesto al hombre de la camiseta, que había apretado el paso y avanzaba directamente hacia las chicas. La lituana retrocedió y le volvió la espalda a Nina de forma que él lo viera.

–Mañana –susurró lanzándole una mirada de reojo–. Después de dormir. Doce en punto. ¿Conoces la iglesia?

Nina meneó la cabeza. Debía de haber más de mil iglesias en Copenhague y no conocía ninguna.

El hombre ya estaba casi a su altura. No le pareció mucho mayor que la chica, tipo currante: bajito, musculoso y con una serpiente negra tatuada enroscada en el antebrazo.

La lituana movió los labios como si estuviera ensayando las palabras antes de ponerles voz.

–Sacred Heart –dijo al fin.

La mano del hombre se cerró con firmeza en torno al brazo de la joven. No se dignó siquiera a mirar a Nina al pasar a su lado con la chica tambaleándose tras él, y algo más adelante llegó la primera bofetada. La cola de caballo bailó en la oscuridad mientras descargaba tres golpes que resonaron con tres chasquidos. Luego la soltó.

Nina apretó la cara del pequeño contra su hombro y echó a andar en dirección a Istedgade. Sentía el rojo y cálido latido de la rabia por todo el cuerpo, pero en esos momentos no podía hacer nada. No con el niño en brazos, y seguramente si hubiese estado sola tampoco.

Al llegar a la esquina se atrevió a volverse a medias y echar un último vistazo a Helgolandsgade. El tipo había desaparecido hacía rato entre las sombras de la calle y la chica de la coleta iba de regreso hacia el *scooter* negro. Caminaba ligeramente encorvada y con los largos y escuálidos brazos bien pegados al pecho.

Otra de las chicas le pasó una mano por el hombro. Cuando Nina se volvió de nuevo, oyó las primeras risas frías del grupo de adolescentes. Al parecer, habían puesto en marcha una nueva apuesta y la de la coleta era la que reía con más fuerza.

Cargó con el niño hasta el coche. Iba despierto, pero aquel pequeño atisbo de voluntad que había observado en él cuando se puso de pie en Reventlowsgade parecía haberle abandonado. A cada paso que daba, sus piernecillas, que colgaban como las de una marioneta, le golpeaban los muslos y la cadera. Ni siquiera una vez en el coche quiso esperar en el suelo a que le abriera la puerta trasera. Tapó la mancha oscura y acre de orina con la manta de cuadros y le dejó caer en el asiento. Después se sentó a su lado y escrutó las tinieblas de neón de la calle. Todo estaba negro y se sentía agotada. Eran las once en punto de la noche, observó. Por alguna razón, le gustaba que al mirar el reloj coincidiera con las horas en punto y con las medias.

El tráfico de Tietgensgade era algo más fluido. Se veía luz en las ventanas de los viejos edificios del otro lado de la calle. Un hombre joven estaba haciendo café en uno de los bajos. De pie con la cafetera en la mano, le gritaba algo a otra persona que había en la casa. Luego llenó varias tazas sonriendo mientras Nina no podía evitar preguntarse si la existencia de los demás sería tan sencilla como parecía. Tan feliz.

Seguramente no, pensó secamente. El psicólogo le había dicho que no era más que una más de las distorsiones de la realidad en que ya era una experta. Se había pasado la vida imaginando que los demás tenían la razón y era ella la que iba a contracorriente, aunque a cambio era la única capaz de salvar el mundo mientras ellos se dedicaban a comprar pantallas planas, instalar cocinas nuevas, hacer café y ser felices. Aquellas deformaciones la habían llevado a huir de Morten e Ida como de la peste, de modo que en los últimos años había empezado a confiar en Olau cuando le decía que no eran buenas. Que estaba equivocada.

Pero ahora las dudas habían regresado.

Echó la cabeza hacia atrás y sintió bajo los párpados los latidos del cansancio.

Le apetecía llamar a Morten. No para hablar con él, que no serviría de nada, sino para oír su voz y el telediario al fondo. Algo que le recordara que en algún lugar existía un mundo normal. Se acarició el bolsillo en el punto donde debería haber estado el móvil.

Bajó el seguro de la puerta y encendió la radio del coche. No era impensable que hablaran de la desaparición, que dijeran algo que demostrase que el niño existía y alguien le estaba buscando. Sacó el paquete de pan de molde y comieron en silencio, el niño con la vista baja y aire reservado, Nina con una mano en su cabecita rubia. Después se hizo un ovillo a su lado y ella le echó con cuidado parte de la manta por encima, se recostó en el respaldo y subió las piernas hasta apoyar las rodillas en el asiento delantero. Al cerrar los ojos sintió que el sueño la envolvía al instante en un chisporroteo. Necesitaba dormir. Aunque fuese un momento. Ya buscaría un sitio desde donde llamar a Morten por la mañana, cuando ya no le hablara con voz fría y enfadada. Para entonces ya estaría de mejor humor y quizá incluso pudiera hablarle del pequeño. Abrió los ojos una vez más y le observó. Se había quedado dormido con los párpados entornados, como si estuviera en guardia, pero tenía los labios relajados y entreabiertos, como Anton cuando dormía profundamente con la cabeza apoyada en la almohada con la funda de telaraña de Spiderman.

Se le cerraron los ojos.

AL FIN silencio en la casa. Anton había estado lloriqueando sin parar hasta las nueve y luego Morten, efectivamente, había visto el telediario mientras Ida, desafiante, jugaba con el ordenador a todo volumen en lugar de ponerse los auriculares tal y como establecía el reglamento interno de la familia. No había tenido ánimos para decirle nada. Ahora parecía haberse aburrido de hacer notar su rebeldía y los irregulares *clup-clup-patapum* del juego le llegaban a un volumen lo bastante bajo para poder ignorarlos.

Había abierto las ventanas de los dos lados, el salón y la cocina, pero aun así el aire no se movía un ápice. Era como si el día se le pegara a la piel. Contempló la posibilidad de darse una ducha, pero desde que habían llamado del colegio de los niños era la primera ocasión que tenía de sentarse con un café y el periódico. La ducha podía esperar hasta la hora de acostarse, así quizá incluso lograra conciliar el sueño, a pesar del calor.

A veces. A veces le gustaría poder aparcarlo todo en una cápsula del tiempo y abrirla uno o dos años más tarde, quizá cinco. Sería increíble poder salir a hacer algo, a buscar minerales en la tundra, volver a Groenlandia o a las Svalbard, y regresar a casa cuando se hartara de mosquitos y osos polares a retomar su vida familiar tal y como era en ese instante, con todas las piezas ocupando esa misma posición en el tablero. O casi todas. Ahora mismo le gustaría poder deshacer uno o dos movimientos. No es que le desagradara todo eso de los hijos, la casa y los gastos fijos, lo que ocurría es que también quería hacer lo demás. Hubo un tiempo en que creía que podría tener las dos cosas y pasar tres meses en Groenlandia mientras Nina le hacía frente a las cosas de la casa, pero eso fue antes de su primera huida. Porque eso había sido, no le cabía la menor duda. Una huida. Tan brusca y repentina como si le hubiera abandonado. Jamás olvidaría ese día. Lo tenía clavado como una cápsula de cianuro que de cuando en cuando se abría y liberaba un poco de veneno.

Fue cinco meses después del nacimiento de Ida. Vivían en Århus, en un desalentador pero barato apartamento junto a la circunvalación. Nina acababa de terminar sus estudios de enfermería y él estaba haciendo el doctorado en la facultad de Geología. Un buen día, al volver de la universidad, le recibieron los chillidos de Ida nada más poner un pie en el portal. Subió las escaleras de terrazo de cuatro zancadas y abrió la puerta. La niña estaba sentada en la sillita del coche, sobre la encimera, con la cara regordeta hinchada y de color escarlata de tanto llorar. No llevaba ropa y en el suelo había una bañerita de plástico verde llena de agua. Nina estaba junto a la puerta de atrás con la espalda apoyada contra el marco como si algo la hubiese arrinconado allí. Una sola mirada le bastó para comprender que no era el mejor momento para hablar con ella, que habría sido inútil hacerle preguntas o esperar algún tipo de acción o ayuda de su parte. Ignoraba cuánto tiempo llevaba así. Lo suficiente para que Ida hubiese empapado la sillita a conciencia, eso sí.

Al día siguiente le telefoneó desde una cabina de Kastrup. Iba rumbo a Londres y de allí a Liberia con una organización llamada MercyMedic. Resultó que no se trataba de un trabajo del que la hubieran avisado de un día para otro. De hecho, ahora que lo pensaba, la había ayudado Karin. Algo de un médico francés que conocía y que estaba dispuesto a hacer la vista gorda ante la falta de experiencia de Nina. Pero, a pesar de todos los preparativos que había hecho, no le había dicho una palabra, no lo habían hablado, se había ido sin más, de repente. Y ahí le dejó, con una criatura de cinco meses en brazos. *Left holding the baby*, como dicen en inglés.

No logró darle una explicación medianamente satisfactoria hasta mucho más tarde. Él sabía que le costaba dormir, que vivía pendiente de Ida prácticamente día y noche, que temía a las catástrofes reales e irreales. Había intentado tranquilizarla, pero los hechos y la racionalidad no parecían hacer mella en su convicción de que a la niña podía ocurrirle algo terrible.

–La estaba bañando –le explicó; no aquel día, sino casi un año después–. La estaba bañando y de pronto el agua se volvió roja. Yo sabía que no era roja, pero daba igual, cada vez que la miraba, estaba roja.

Solamente gracias al mayor autocontrol había logrado sacar a la niña de la bañera y sentarla en la sillita en lugar de salir corriendo de casa; le había esperado a él, que ahora sabía que había sido un milagro que se dominara así.

Había hablado con compañeros que habían estado con ella en distintos puntos del mundo. La admiraban. Decían que su frialdad y su competencia en medio de las peores crisis resultaban casi sobrehumanas. Cuando los ríos arrancaban puentes, cuando una bengala caía en medio del campamento prendiéndole fuego al hospital de campaña, cuando llegaba gente con los brazos y las piernas reventados por minas... todos confiaban ciegamente en Nina. Formaba parte de un proyecto unipersonal cuya meta consistía en salvar al mundo, pero era incapaz de comenzar por su propia familia.

Cuando Ida apareció por la puerta del pasillo reparó en que habían cesado los *patapum*.

–¿Nina va a volver? –preguntó.

Llevaba un pantalón corto de color verde fosforito y una camiseta en la que se leía una frase en inglés: *Solo voy de negro mientras inventan algo más oscuro*. La perlita de plata que le atravesaba una de las aletas de la nariz representaba una de las últimas derrotas de su padre en el frente adolescente.

Ya casi nunca la llama «mamá», observó de pronto. O «ella» o a veces «Nina».

–Sí –contestó–. Pero puede que tengamos que esperar hasta mañana.

Eso último lo añadió sobre todo para cubrirse a sí mismo y también a Nina. ¿Un resto de lealtad o simplemente que no le gustaba parecer desinformado?

–Ah.

Ida desapareció por el pasillo.

–¡Es hora de acostarse! –le gritó.

–Ya, ya, yaaa –protestó ella demostrando que Sonya la de Saxogade* no había existido en vano.

Dejó el periódico y permaneció sentado en el sofá con la mirada perdida. No podía concentrarse. Nina le había mentido, lo sabía por las pausas, la distancia que oía en su voz. Eso le había herido mucho más que el hecho de que hubiera olvidado recoger a Anton. No se había sentido con fuerzas de reprochárselo, igual que no se había sentido con fuerzas de entablar una batalla con Ida por los auriculares. Últimamente le fallaban las fuerzas.

Las cosas iban mejor. O eso creía él. No, iban mejor. Olau la había ayudado. Bueno, a los dos. Durante un control rutinario después de una experiencia algo dura en Tiflis, el psicólogo noruego había logrado que Nina aceptase que necesitaba ayuda. No tanto por lo de Tiflis, Dadaab o Zambia como por todo lo que la llevaba a pensar que no le quedaba más remedio que estar en Tiflis o en cualquier otra zona, grande o pequeña, donde hubiera una catástrofe.

Nina regresó a casa. Con el pelo prácticamente al cero y en los huesos, pero con una nueva... bueno, calma sería mucho decir. Un nuevo balance, quizá. Un frágil equilibrio que

---

* *Sonja fra Saxogade,* personaje de una serie de televisión con el mismo nombre que fue muy popular en Dinamarca en los años sesenta; cuando su madre la llamaba: «¡Sonyaaa!», ella siempre contestaba con su clásico: «¡Ya, ya, yaaa!». *(N. de la T.)*

por aquel entonces le hizo creer que aún podían estar juntos, volver a amarse. Se trasladaron a Copenhague. Empezarían de cero. Ella consiguió un empleo en el campamento Kulhus y él empezó a trabajar de *mud logger*, como dicen los geólogos, no sin cierto desdén, de quienes se dedican a analizar muestras de perforación del Mar del Norte y otras zonas no demasiado remotas. Ambos estaban de acuerdo en que lo importante en ese momento era la familia; aquellos frágiles lazos merecían una oportunidad.

En fin. Él seguía ahí y ella seguía ahí, pero esa misma tarde le había mentido. Y Morten no sabía, no tenía la seguridad de no ir a recibir una llamada al día siguiente o al otro desde Zimbabwe, Sierra Leona o cualquier otro lugar lejano y peligroso.

Vete al demonio, Nina. Dejó la taza y se levantó bruscamente. Sentía unos deseos irreprimibles de salir de aquella casa, de alejarse. Solo unas horas. Solo unos años. Si todo seguía en su sitio a su regreso, claro está.

Pasadas las cuatro le despertó el timbre de la puerta. No, Nina no se había dejado las llaves; era la policía. Un agente de uniforme y otro de paisano.

–¿Está aquí Nina Borg? –preguntó el de paisano mostrando su identificación con un gesto que hacía ya muchos años que se había convertido en rutinario.

Morten sentía la acidez del café en el estómago.

–No –contestó–. Creo que está en casa de una amiga. ¿Qué es lo que ocurre?

–¿Podemos pasar un momento? Me temo que se trata de un asesinato.

LA CASITA DE MADERA de la familia Barona constituía una isla en medio de un bosque de pisos muy parecido al que habitaba Sigita. Los bloques de hormigón estaban tan pelados que el modesto jardincillo de la casa parecía una auténtica jungla. Una bicicleta de niña roja estaba sujeta a la valla con dos gruesas cadenas.

Sigita abrió la verja del jardín y subió hacia la casa. Olía a cebolla frita; al parecer, Julija Baronienė estaba preparando la cena. Llamó al timbre, que resaltaba tan nuevo sobre el marco azul y desconchado de la puerta. Un chiquillo de unos doce o trece años abrió casi de inmediato. Llevaba una camisa blanca y una corbata, y su pelo limpio y cepillado con agua no acababa de resultar del todo natural.

–Buenas noches –saludó Sigita–. ¿Podría hablar con tu madre, por favor?

–¿Quién le digo que ha venido? –preguntó él con cautela. Parecía haber recibido órdenes de no dejar entrar a cualquiera.

–Dile que soy la señora Mažckienė, de la dirección del colegio –contestó para que la puerta no se cerrara delante de sus narices a la misma velocidad a la que habían colgado el teléfono.

El niño permaneció inmóvil largo rato y Sigita comprendió que estaba repasando mentalmente qué posibilidades había de que aquella visita se debiese a algún asunto relacionado con él. Le tranquilizó con una sonrisa.

–Bueno, pase –la invitó–. Mi madre está cocinando, pero ahora viene.

–Muchas gracias.

La condujo al salón y desapareció, presumiblemente en dirección a la cocina. Sigita permaneció de pie observándolo todo. El sofá era grande y confortable, de color beis y, evidentemente, bastante nuevo, pero el resto de objetos que había en la habitación estaban viejos. El suelo de madera había quedado oscurecido por la acumulación de capas de barniz y delante del sofá había una alfombra afgana en brillantes tonos rojos, blancos y turquesas. Tres de las paredes estaban cubiertas de estanterías empotradas que parecían construidas al mismo tiempo que la casa. Estaban repletas de libros y partituras, y en la cuarta pared, entre dos ventanas, había un piano vertical de reluciente caoba oscura con las teclas tan viejas y desgastadas que se combaban. El revestimiento de marfil era más amarillo que blanco.

La puerta se abrió y dio paso a una mujer bajita y robusta que llevaba a su hija literalmente pegada. Junto con ella entró una ráfaga de olor a comida y, cuando se dieron la mano, Sigita advirtió en aquel apretón una humedad fría, como si la señora Baronienė hubiera estado pelando patatas.

–Julija Baronienė –se presentó–. Y esta es mi hija Zita.

Zita bajó la vista y no hizo ademán alguno de saludar a la desconocida. Llevaba trenzas y una atildada raya en medio que destacaba entre el cabello oscuro.

–Disculpe –dijo su madre–. Zita es un poquito tímida; a veces es o mamá o nada.

No me ha reconocido, se dijo Sigita. ¿Y por qué habría de hacerlo? Hacía mucho tiempo, pero a ella no le cabía la menor duda. En el mismo instante en que vio los cabellos pelirrojos y el rostro redondo con los ojos cálidos de color ciruela pasa estuvo segura. Era su Julija.

–Es comprensible –contestó Sigita–, teniendo en cuenta lo que ha pasado la niña.

Julija Baronienė se puso rígida.

–¿Por qué lo dice usted? –preguntó.

Es mejor tirarse de cabeza, pensó Sigita.

–No soy del colegio –explicó–. He venido a enterarme de cómo recuperó a Zita. Compréndame... esas mismas personas se han llevado a mi niño.

La voz se le quebró al pronunciar las últimas palabras.

Zita hizo un ruido que le recordó al quejido de los gatitos cuando los ahogan. Se volvió y ocultó el rostro en el vientre de su madre.

Por un instante el aspecto de Julia Baronienė fue el de una mujer traspasada por un cuchillo. Después pareció recuperarse y se obligó a esbozar una sonrisa forzada.

–Vaya, esa estúpida historia –dijo–. No, no, todo fue un malentendido. A la niña fue a buscarla la madre de una compañera, ¿verdad, Zita?

Zita no decía nada ni soltaba a su madre. Su inseguridad la hacía parecer mucho más pequeña de lo que era.

–Me da una vergüenza terrible haberle hecho perder el tiempo a la policía de esa manera. Pero... pero, claro, lo siento muchísimo por usted y por su hijito. ¿Está segura de que no se ha perdido? ¿De que no anda despistado por algún sitio?

–Tiene tres años. Y mi vecina vio cómo se lo llevaban. Además... –vaciló, pero después prosiguió–. Además tiene que haber una relación. ¿De verdad que no se acuerda de mí?

La mirada de Julija vagó por la habitación hasta posarse en Sigita, que vio brotar en ella la luz del reconocimiento.

–¡Oh! –se limitó a exclamar.

Sigita asintió.

–Sí –dijo–. Disculpe que le haya mentido, pero me colgó el teléfono y temía que se negara a hablar conmigo si... si le decía quién era.

Julija Baronienė permaneció completamente inmóvil y en silencio, como si aquel descubrimiento la hubiera privado de la capacidad de hablar y de moverse. Al fondo se oyó el ruido de una puerta y unas voces, pero Sigita no dejó de mirarla fijamente a los ojos.

–Tan solo dígame qué tuvo que hacer –le pidió–. No iré a la policía, se lo prometo. Solamente quiero recuperar a Mikas.

Julija Baronienė seguía sin decir nada. La puerta del salón se abrió.

–Buenos días –saludó su marido al entrar–. Aleksas Baronas. Me dice Marius que es usted del colegio.

Le tendió la mano educadamente. Era algo mayor que Julija, un hombre agradable y un poco calvo con un traje marrón grisáceo que le quedaba algo grande. Tardó unos instantes en caer en la cuenta de que algo no andaba bien.

–¿Qué ocurre? –preguntó bruscamente al ver a Zita aferrada a su madre.

Julija parecía no saber qué responder y Sigita se vio obligada a explicárselo.

–Las mismas personas que se llevaron a Zita han secuestrado a mi hijo –comenzó–. Solo quiero saber qué tengo que hacer para recuperarlo.

Él se rehizo con más rapidez que su mujer.

–¡Pero qué disparate! –exclamó–. ¿No ve que está asustando a la niña? A Zita nunca la han secuestrado ni la secuestrarán. ¿Verdad que no, cariño mío? Ven aquí a darle un beso a papá. Julija, tenemos que comer ya si no queremos llegar tarde al concierto de Marius.

Lograron convencer a Zita para que dejara de apretarse contra su madre como una sanguijuela; su padre la cogió y ella le echó los brazos al cuello.

–Siento ser tan grosero –se disculpó–, pero mi hijo va a dar un concierto muy importante esta noche.

Sigita sacudió la cabeza, incrédula.

–¿Cómo pueden... cómo pueden hacer como si nada? ¿Cómo pueden negarse a ayudarme? Ustedes saben lo que estoy pasando.

Se llevó una mano al rostro como si con eso pudiera refrenar el llanto, pero no sirvió de nada.

La amabilidad del hombre comenzó a resquebrajarse.

–Váyase, por favor –le pidió–. Ahora.

Sigita volvió a mover la cabeza. Las lágrimas le corrían por las mejillas y no era capaz de detenerlas. El llanto le atenazaba la garganta hasta causarle dolor. Sacó un bolígrafo de su bolso con violencia y cogió una partitura al azar de encima del piano. Ignorando el instintivo gesto de protesta de Barona, garabateó su nombre, su dirección y su número de teléfono con letra impetuosa.

–Tomen –dijo–. Se lo suplico. Tienen que ayudarme.

Julija Baronienė también rompió a llorar y salió corriendo de la habitación con un gemido ahogado. Zita se liberó de los brazos de su padre y trató de seguirla, pero él se lo impidió.

–Ahora no, cariño. Mamá tiene mucho que hacer.

La niña levantó la vista hacia su padre. De pronto se acercó al piano y se sentó en el banco con la espalda muy erguida y los ojos cerrados. A continuación empezó a tocar una escala, lenta y mecánicamente, pero con la precisión de un metrónomo. Arriba y abajo. Ta-ta-ta-ta-ta-ta-ta, ti-ta-ti-ta-ti-ta-ti. Ta-ta-ta-ta-ta-ta-ta...

El semblante de Barona se contrajo en una mueca de dolor. Luego se aproximó a la pequeña y la cogió suavemente por la muñeca para detener aquellos dedos que tocaban mecánicamente. Miró a Sigita.

–De lo contrario es capaz de seguir así durante horas –le explicó; de repente parecía totalmente perdido.

Han destrozado a su familia, se dijo Sigita, y este pobre hombre no tiene la menor idea de cómo recomponerla.

Observó las manos de Zita, que seguían sobre las teclas como si pretendiera continuar tocando tan pronto como la soltaran. Sintió un estremecimiento y a su mente regresó la imagen de Mikas, Mikas en un sótano, Mikas solo en la oscuridad, rodeado de enormes desconocidos que querían hacerle daño.

–Márchese, por favor –le rogó el padre de Zita–. Ya ve usted que no podríamos ayudarla aunque quisiéramos.

Sigita no pudo quitarse de la cabeza las manos de Zita en todo el camino de regreso. Aquellos dedos de niña de ocho años arqueados como garras sobre las teclas amarillentas. Todos salvo el meñique de la mano izquierda, que apuntaba hacia arriba. A Zita le faltaba una uña.

JAN ESPERABA encontrar mesas de metal, fluorescentes y frías baldosas blancas, quizá hasta cajones refrigerados de esos que salen en las películas americanas, pero la luz de la capilla del Instituto Médico Forense era tenue y serena y a los lados de la camilla había dos candeleros con velas encendidas. Una sábana lisa de color blanco cubría la figura inerte que le aguardaba.

–Gracias por venir –le dijo la agente que le había indicado el camino; no acabó de entender su nombre–. Sus padres viven en Jutlandia y para nosotros es crucial llevar a cabo una identificación provisional antes de pedirles que se desplacen hasta aquí.

–Por supuesto –contestó Jan–. No faltaba más.

Sintió el sabor ácido del vómito incluso antes de que retiraran la sábana para que le viera la cara.

Era una cosa. Eso fue lo que más le sorprendió, hasta qué punto la persona había desaparecido junto con la vida. Tenía la piel cerúlea y muerta y resultaba completamente imposible imaginar que solo estaba dormida.

–Es Karin –afirmó, a pesar de que le parecía mentira. Ya no era Karin.

Conmovido hasta los cimientos. Era una de esas expresiones que se oyen o se leen, pero hasta ese momento no había llegado a comprender su significado real. Quería decir que la base había saltado por los aires dejándole suspendido sobre el abismo, como esos personajes de dibujos animados que aún no han comprendido que ha llegado la hora de caer.

–¿Hasta qué punto conocía usted a Karin Kongsted? –le preguntó la agente de la policía judicial mientras volvía a cubrirla con la sábana.

–Habíamos llegado a ser buenos amigos –contestó–. Estos últimos dos años, más o menos, ha estado viviendo en un apartamento de nuestra casa, y aunque las dos viviendas son completamente independientes nos veíamos mucho más a menudo que si solo hubiese sido una empleada que iba y venía.

–Por lo que veo la había contratado como enfermera privada. ¿Para qué necesitaba ese tipo de servicios?

–Hace algo más de dos años me sometí a una operación de riñón. Fue entonces cuando conocí a Karin. Después... bueno, siempre le hemos tenido mucho aprecio. Aún pueden surgir ciertas complicaciones, de modo que es estupendo contar con ella. Es... era una persona muy competente, y muy cálida.

Le resultaba completamente absurdo estar diciendo esas cosas junto al cadáver de Karin, pero aquella mujer no parecía tener la menor intención de dejarle marchar.

–Espero que comprenda que me veo obligada a preguntarle dónde ha pasado usted la noche. No le encontramos en su casa.

–No, no he pasado por allí más que un momento y después he tenido que ir al despacho. Dirijo una empresa bastante grande.

–Entiendo.

–He estado allí hasta eso de las siete de la tarde. Después he seguido trabajando en un apartamento de la empresa. Tenía intención de pasar la noche allí.

–¿En qué calle está?

–En Laksegade.

–¿Podríamos vernos allí algo más tarde? Es necesario tomarle declaración de manera oficial.

Lo pensó rápidamente. Todavía llevaba el teléfono Nokia en la cartera, y la cartera estaba en Laksegade.

–Creo que debería ir a casa con mi mujer –dijo–. Está muy agitada. Quizá podría ir yo a la comisaría, o adonde suelan hacer ustedes ese tipo de cosas. ¿Qué le parece mañana por la mañana?

Mostrarse colaborador. Era importante.

–Se lo agradeceríamos –contestó ella–, pero la investigación está en manos del Departamento de Homicidios de la Policía del Norte de Selandia.

Sacó de su bolso un folletito con el apasionante título de *Los ciudadanos y la reforma policial* y se lo tendió después de trazar con el bolígrafo un círculo en torno a una dirección.

–¿Podría estar ahí mañana a las 11?

Se preguntó si le estarían vigilando. El taxi avanzaba entre el tráfico nocturno como un tiburón en un banco de peces, pero le resultaba imposible saber si les seguía algún coche.

No te pongas paranoico, se dijo. Aún no habían determinado la causa de la muerte y no podían seguirle la pista a todos aquellos que hubieran tenido más o menos contacto con Karin. Aun así no pudo evitar echar una rápida ojeada alrededor al bajar del taxi. Al alejarse el vehículo, la calle quedó desierta. Era como entrar en un túnel del tiempo: los adoquines, las farolas cuadradas con forma de farolillos, hasta la oficinas centrales de Den Danske Bank, que desde donde él se encontraba parecían más una fortaleza medieval que la sede de una moderna empresa.

Se encerró con llave en el apartamento y cogió rápidamente la cartera. Nadie había llamado al Nokia en su ausencia.

Al cabo de veinte minutos ya iba en el coche camino a casa. Esta vez se sentía razonablemente seguro de que no le seguían; no había apenas coches en la autopista, y cuando se detuvo en un área de descanso entre Roskilde y Holbæk su Audi era el único vehículo del aparcamiento.

Sacó el Nokia y marcó un número. Tardaron en contestar, tanto que creyó que había llamado inútilmente, pero al fin descolgaron.

–¿Sí?

–Nuestro acuerdo ha concluido –dijo Jan todo lo tranquilo que pudo.

–No –se limitó a contestar su interlocutor.

–¡Ya me has oído!

–El dinero no estaba –dijo el lituano–. Dijo que se lo había devuelto.

–No me mientas –replicó Jan–. Se lo llevó ella.

Había visto la cartera vacía en la habitación de Karin con sus propios ojos. Vacía salvo por el recibo del banco y aquella nota infame: ME DESPIDO.

–Se lo llevó y ahora está muerta. ¿La has matado tú?

–No.

Jan no le creía.

–No te acerques a mí ni a mi familia –dijo–. No quiero tener nada que ver contigo. Se acabó.

Una breve pausa.

–Cuando pague –replicó el lituano. Y colgó.

Jan intentó respirar con normalidad. Luego estrelló el teléfono contra el asfalto varias veces hasta estar seguro de que ya no funcionaba. Entró en los hediondos lavabos, extrajo la tarjeta SIM y la tiró por el inodoro del servicio de caballeros. Limpió el móvil a conciencia con una par de toallas de papel, lo echó en el cubo de basura de la puerta y hurgó con un palo hasta que desapareció al fondo de la bolsa entre mondas de manzana, bolsas de patatas fritas y demás desperdicios.

¿Qué más?

No le quedaba otro remedio. Primero la cajita de plástico transparente. No medía más de dos centímetros por dos y apenas unos milímetros de grosor. No era mucho mayor que la tarjeta SIM, pero las gotas de sangre que contenía eran portadoras de códigos mil veces más complejos que el ADN electrónico de esta.

Ahora la foto. La sacó del billetero y la miró por última vez. Se despidió de ella y de todo lo que significaba. Encendió el mechero Ronson e hizo que su delgada llama prendiera en la fotografía antes de dejarla caer en el cubo.

Después volvió a sentarse al volante del Audi y aguardó a que las manos se le tranquilizaran lo bastante para poder continuar.

EL TELÉFONO DE SIGITA empezó a sonar en el mismo instante en que abrió la puerta de su casa vacía. Aquel timbre la sacudió como una descarga y se apresuró a vaciar el bolso sobre la mesita del sofá para no perder tiempo buscándolo.

–¿Diga?

Pero no era Julija Baronienė tras un cambio de opinión ni tampoco una voz desconocida para darle instrucciones de cómo recuperar a Mikas.

–La LTV quiere ocuparse del caso –anunció Evaldas Gužas–. Sobre todo si está usted dispuesta a salir en antena y realizar un llamamiento público a los secuestradores.

Se quedó muda. Unas horas atrás habría dicho que sí, pero ahora... Recordó a Julija Baronienė y a su familia, su más que evidente temor. A Zita, con su dedo sin uña.

–¿No será peligroso para Mikas? –preguntó.

Al advertir el titubeo del policía, casi le pareció estar oyendo los chasquidos de su bolígrafo mientras pensaba.

–¿Ha tenido noticias de los secuestradores?

–No.

–Es decir, ya han transcurrido más de cuarenta y ocho horas sin que nadie haya tratado de ponerse en contacto con usted –dijo Gužas–. ¿Estoy en lo cierto?

–Sí.

–No es normal. Por lo general, actúan con más rapidez para asegurarse de que los padres no acuden a las autoridades.

–Julija Baronienė fue a la policía.

–Sí, pocas horas después de la desaparición de la niña. Pero menos de veinticuatro horas más tarde retiró la denuncia.

–¿Y usted cree que lo hizo porque la habían amenazado?

–Sí.

–De modo que sí es peligroso.

–Tiene sus pros y sus contras –contestó él–. Hemos enviado la orden de búsqueda de Mikas y de sus presuntos secuestradores a todas las comisarías de Lituania. También nos hemos puesto en contacto con la policía de Alemania, que es donde reside ahora el padre del menor. Asimismo, estamos en contacto con la Interpol aunque no tenemos razón alguna que nos lleve a creer que su hijo ha salido del país. Al contrario, la relación con el caso de la señora Baronienė nos induce a suponer que se trata de un delito local. Todo ello sin resultado. Por eso estoy considerando la posibilidad de pedir la colaboración ciudadana.

La colaboración ciudadana. El mismo nombre le producía a Sigita una sensación de malestar.

–Yo no sé...

–Como le he comentado, la LTV tiene intención de ocuparse del asunto en la última edición de las noticias de esta noche. Estas cosas suelen dar pie a una gran cantidad de llamadas telefónicas, algunas de ellas de utilidad para el esclarecimiento de los casos en cuestión. Sobre todo del nuestro, puesto que además podemos mostrar una fotografía de al menos uno de los presuntos secuestradores, con lo que creemos que tendrá un efecto altamente positivo en la investigación.

Siempre habla como si acabara de tragarse un informe, pensó Sigita, quién sabe cómo sonará cuando no esté de servicio. La distrajo la imagen de Gužas con su gorrito, su chaleco y su trucha recién pescada. «La dirección de la corriente inducía a suponer que sería posible localizar truchas en el margen derecho del área de investigación», aseguraba aquel Gužas fuera de servicio que solo ella veía.

Estoy muy, muy cansada, se dijo. O puede que sea la conmoción cerebral. Era como si esa imaginación que normalmente lograba mantener a niveles satisfactoriamente bajos le borboteara de pronto por la conciencia como gas de los pantanos. Se sintió incómoda.

–Lo hemos consultado con su marido y está conforme, pero nos gustaría que hiciera usted un llamamiento en directo frente a las cámaras. Sabemos por experiencia que este tipo de cosas ejercen efecto sobre personas que en condiciones normales no se dirigirían a la policía. Sobre todo cuando hay niños de por medio.

Se pasó la mano sana por la cara. Estaba agotada. Apenas había comido y bebido en todo el día. El dolor de cabeza era tan persistente que casi había llegado a habituarse a él.

–No lo sé... ¿De veras serviría de algo?

–Si se hubiera producido algún tipo de contacto por parte de los secuestradores, no le estaría proponiendo dar este paso; si existiera algún resquicio para negociar con ellos o presionarles. En esas circunstancias, hacer público el caso únicamente aumentaría la presión sobre los secuestradores y podría poner al niño en peligro. Pero no se ha producido tal contacto, ¿cierto?

Me está poniendo a prueba, analizó Sigita. Sigue sin creer en mí.

–No –contestó–. Pero si es peligroso para Mikas no quiero hacerlo.

–Tiene sus pros y sus contras –repitió él–. No estoy diciendo que no sea peligroso, pero consideramos que hoy por hoy es nuestra mejor opción para encontrar a Mikas.

Sigita oía su propio pulso. ¿Cómo tomar una decisión así cuando le parecía llevar puesta la cabeza de otra persona?

–Podemos llevar a cabo la búsqueda sin su colaboración –dijo Gužas al fin en vista de que el silencio se prolongaba demasiado.

¿Qué era aquello? ¿Una amenaza? De pronto se puso furiosa.

–No –replicó–. No quiero participar en esto. Y si, a pesar de todo, continúan adelante, yo...

No sabía cómo seguir. ¿Con qué podía amenazarle? Él tenía todas las armas.

Oyó un suspiro al otro lado de la línea.

–Señora Ramoškienė, yo no soy el enemigo –dijo.

La furia la abandonó.

–Sí –admitió–, lo sé.

Pero después de colgar tampoco consiguió dejar de darle vueltas. ¿Qué sería más importante para un policía joven y ambicioso como Gužas, detener a los criminales o salvar a las víctimas?

La blusa se le pegaba a la espalda y decidió darse una ducha rápida con la escayola envuelta en una bolsa de plástico. Descubrió lo complicado que era lavarse la cabeza con una sola mano. No le quedaba más remedio que rociarse el pelo de champú directamente en lugar de irlo dosificando con la mano, y después tampoco pudo hacerse el clásico turbante con la toalla. A la hora de la última edición de las noticias encendió el televisor con nerviosismo. A pesar de lo que había dicho Gužas, no hubo ninguna sobre el pequeño Mikas Ramoška de tres años. Después, claro, llegaron las dudas. ¿Debería haberlo hecho de todos modos? ¿Habría alguien por ahí que hubiera visto a su niño? ¿Alguien que pudiera echar una mano?

Cuando sonó el teléfono, quiso cogerlo tan deprisa que se le cayó al suelo. Lo buscó a tientas con la mano sana y pulsó «Sí» a «¿Aceptar la llamada?» aunque el número no le resultaba conocido.

–¿Diga?

–Soy yo.

–Ehhh... ¿quién?

–Tomas.

Estaba a punto de preguntar quién una vez más cuando cayó en la cuenta de que era su hermano pequeño. Jamás había oído su voz de adulto, solo con la incipiente ronquera de la pubertad. Tenía doce años cuando ella huyó de Tauragė y no habían vuelto a hablar desde entonces.

–¡Tomas!

–Sí.

Una pausa. Sigita no sabía qué decir. ¿Qué se le dice a un hermano con el que no se ha hablado en ocho años?

–Nos hemos enterado por la madre de Darius de que a Mikas le han... de que ha desaparecido –explicó.

–Sí.

Se le hizo un nudo en la garganta y no pudo decir más.

–Lo siento mucho –continuó él–. Y... bueno... había pensado que... si puedo hacer algo...

Invadida por una oleada de ternura que la cogió totalmente desprevenida y le arrebató las escasas energías que le restaban en los brazos y las piernas, se desmoronó en el sofá con el teléfono en el regazo y las mejillas arrasadas por el llanto por enésima vez en el mismo día.

–¿Sigita?

–Sí –alcanzó a sollozar–. Gracias. Mil gracias. Y gracias por llamar.

–Bueno, de nada. Espero que le encuentren.

No podía contestar y su hermano pareció darse cuenta, porque se oyó un débil chasquido que indicó que había colgado. Pero había llamado. Todo lo que había sabido de los suyos eran algunas noticias esporádicas, y tras su ruptura con Darius su única fuente fidedigna de información sobre Tauragė se había secado hasta quedar reducida a unas gotas mezquinas. Descubrió que había mil cosas que quería saber. Qué hacía Tomas ahora que había acabado el instituto. Si seguía viviendo en casa. Si tenía novia. Cómo estaba. Si había podido perdonarla.

Quizá sí. Al fin y al cabo había llamado.

Sigita intentó acostarse, pero era inútil. La repulsiva imaginación que parecía haber desarrollado de repente no cesaba de proyectarle imágenes en la cara interna de los párpados, y no había manera de apagarla.

Si le hacéis algo a mi niño, pensaba, os mato.

No se trataba de un arrebato, como cuando dos borrachos se gritan «¡Te voy a matar, cabrón!» y cosas por el estilo. Era una decisión. Tomarla la tranquilizó, como si pensara que los secuestradores percibirían de algún modo que ese era el precio por tocar un solo pelo de la cabeza de Mikas. Por el simple hecho de que ella así lo había decidido. Era un disparate, claro está, y su parte racional lo sabía perfectamente, pero no por eso dejaba de ayudarla: si le hacéis algo, os mato.

Finalmente se sentó en el balcón. La pared de hormigón aún irradiaba el calor que había absorbido durante el día y no era necesario echarse ropa de abrigo encima del camisón. Pensó en Julija Baronienė, que había recuperado a su hija. Pensó en Gužas, y en Valionis. ¿Se habrían ido a su casa o seguirían trabajando? ¿Lo valía Mikas? ¿O había tantos niños desaparecidos que no se podían dedicar las veinticuatro horas del día a buscar a uno más?

Querían que saliera en la televisión, se dijo entonces. No me lo habrían pedido si no le consideraran importante. Recordó a esa niña inglesa que desapareció, pero no consiguió recordar el nombre. Habían hablado de ella en los periódicos y en la tele durante meses, hasta el Papa había intervenido. Y a pesar de todo no la habían encontrado.

Pero Mikas va a volver, pensó con firmeza. Si creo lo contrario no podré soportarlo.

Un taxi se metió en el aparcamiento que había frente al edificio. Sigita consultó el reloj. Pasaban de las dos de la madrugada, qué extraño. Una mujer bajó del taxi y miró a su alrededor como si buscara algo. Resultaba evidente que se trataba de una visita poco familiarizada con la zona. Luego se encaminó hacia el portal de Sigita.

Es ella, saltó de pronto. ¡Es Julija!

Se incorporó de la silla a tal velocidad que se aplastó el dedo gordo del pie contra el marco de la puerta. Le dolía, pero le daba lo mismo. Saltó a la pata coja hasta el portero automático y pulsó el botón al mismo tiempo que empezaba a sonar el timbre. Cojeó por el rellano mientras seguía con la mirada toda la ascensión de Julija Baronienė por las escaleras.

Al ver a Sigita, Julija se detuvo.

–Tenía que venir –dijo–. Aleksas no quería ni oír hablar del tema y he tenido que esperar a que se durmiera, pero tenía que venir.

–Pase –la invitó.

QUÉ EXTRAÑO sentirse en la obligación de decir «siéntese» y «¿le apetece un café?» incluso en un caso de vida o muerte por el que daríamos hasta la última gota de sangre que corre por nuestras venas, pensó Sigita.

–¿Puedo tutearte, Sigita? –preguntó Julija removiendo nerviosamente el café–. Siempre te recuerdo como eras entonces, aunque ya seas una mujer.

–Claro –contestó ella. Estaba sentada en la silla, o mejor dicho, al borde de la silla. Apretaba el puño derecho con tal fuerza que las uñas se le clavaban en la palma de la mano, pero parecía consciente de que no convenía apremiar a la mujer del sofá. De repente le vinieron a la memoria las palomas mensajeras de su abuelo, que a veces aterrizaban en el tejado y no querían entrar al palomar, con lo que registraban una marca mucho peor de lo que podría haber sido.

–De nada sirve atosigarlas –decía el abuelo–. Siéntate en el banco, Sigita, cuando vengan vendrán.

El abuelo murió en 1991, el año de la Independencia. A la abuela Julija no le interesaban las carreras de palomas, de modo que le vendió algunas a un vecino y dejó a las demás abandonadas a su suerte hasta que el viento se llevó el palomar durante una tormenta cinco o seis años después.

Observó a Julija y se obligó a aguardar en silencio.

–No puedes decírselo a la policía –dijo al fin Julija–. ¿Me lo prometes?

Se lo prometió. Pero no fue suficiente.

–Se puso furioso porque lo contamos. Dijo que no le dejábamos otra alternativa que hacerle daño a Zita por haberlo contado, que la culpa era nuestra.

La mano con la que sostenía la taza le temblaba.

–No diré nada –aseguró Sigita.

–Prométemelo.

–Sí. Lo prometo.

Julija la miró sin pestañear. Después apartó la taza con gesto brusco, se llevó las manos a la nuca y se quitó una cadena sacándola por encima de la cabeza. Una cruz, observó Sigita. No, un crucifijo. De la cruz negra de madera negra pendía una figurita dorada de Jesús; su reducido tamaño no impedía leer la expresión de dolor de su semblante.

–¿Crees en Dios? –preguntó Julija.

–Sí –respondió; no era el momento más indicado para entrar en disquisiciones acerca de la fe y la duda.

–Entonces jura por Él. Tócalo. Y prométeme que no le contarás a la policía lo que te diga.

Sigita apoyó la mano con cuidado en el crucifijo y prometió una vez más. Ignoraba si la cruz confería más importancia a su promesa, pero era evidente que a Julija la tranquilizaba.

–Nos entregó un sobre. Para que viésemos con nuestros propios ojos lo que le habíamos obligado a hacer, dijo. Dentro del sobre estaba una de sus uñitas. Estaba segura de que era suya porque el día anterior le había dado permiso para jugar con mi esmalte –a Julija le temblaba la voz–. Dijo que si después íbamos a la policía volvería a llevarse a Zita, y que esta vez se la vendería a unos tipos que conocía. De esos a los que les gusta el sexo con niñas muy pequeñas, dijo.

Sigita tragó saliva.

–Pero Julija –objetó–. Si le meten en la cárcel no podrá llevarse a Zita.

Julija sacudió la cabeza de un lado a otro enérgicamente.

–¿Crees que puedo correr ese riesgo? La gente que está en la cárcel termina por salir. Además, sé que no está solo.

Era un auténtico milagro que esa mujer se hubiera presentado en su casa.

–Yo no sabía lo que iba a hacer –susurró Julija como si le estuviese leyendo el pensamiento–. Yo no sabía que iba a llevarse a tu hijo.

–Pero recuperasteis a Zita –replicó ella–. ¿Cómo?

Julija permaneció en silencio tan largo rato que Sigitá empezó a creer que no iba a contestar.

–Te entregué a ti –susurró al fin–. Él quería saber tu nombre y yo se lo di.

Sigita la miraba sin comprender.

–¿Mi nombre?

–Sí. Compréndelo, jamás registramos a las chicas. En la clínica, quiero decir. No figuran en ninguna parte porque a los padres –los nuevos padres– se les entrega una partida de nacimiento de modo que parezca que el niño es suyo.

Sintió un dolor en el vientre. Yo tenía razón, pensó cegada. Es un castigo de Dios. La culpa es mía por vender a mi primogénito. Había una negra lógica en todo aquello que nada tenía que ver con la luz del día y la racionalidad.

–Pero... ¿por qué? ¿Qué quería de mí?

Julija hizo un gesto negativo.

–Él nada. Él no es más que el brazo ejecutor. Tiene que ser el otro, el danés.

–¿Qué quieres decir?

–Vino a la clínica hace unos meses. Quería saber quién eras y estaba dispuesto a pagar muchísimo dinero, pero la señora Jurkiene no se lo pudo decir porque no figuraba en ningún sitio. Sin embargo, me reconoció, porque fui yo quien le entregó al niño aquel día. Tu niño. Me preguntó si lo recordaba. Y vaya si lo recordaba; estuviste a punto de morirte entre mis brazos y te cuidé varios días. Pero le dije que no me acordaba de nada.

Hablaba sin cesar de llorar, un llanto extraño y silencioso, como si simplemente le lagrimearan los ojos.

–No me creyó e intentó darme dinero a cambio de información. Le acompañaba aquel hombre que siempre permanecía en segundo plano con los brazos cruzados; era evidente que estaba allí para proteger al danés y todo su dinero. Ya sabes, un guardaespaldas. Por eso tampoco quise decirle nada, no me gustaba. Y no entendía por qué quería encontrarte después de tantos años. Al final se marchó y creí que eso había sido todo, pero no.

–El danés –Sigita trataba de dominar sus ideas inconexas–. ¿Fue él quien...?

–Sí, el que se llevó a tu hijo. Al primero –dijo Julija con la mirada brillante y sombría–. Creíamos que era lo mejor, para las chicas y para los niños. Siempre eran personas ricas porque resultaba caro hacerse con un bebé de aquel modo, y creíamos que los trataban bien y los cuidaban como si fueran sus propios hijos. ¿Por qué si no iba a ser tan importante que nadie supiese que eran adoptados? Ellas siempre eran tan felices... Lloraban sin parar y estrechaban a los pequeños en sus brazos. Pero con el danés fue distinto, fue él quien vino a buscar al niño, nunca vi a la mujer. He pensado mucho en ello todo este tiempo.

–Dices que creías que los trataban bien... ¿es que ya no lo crees?

–Sí, al menos en la mayoría de los casos. Pero lo he dejado, ya no quiero seguir trabajando allí. No va a ser fácil porque el sueldo era bueno y Aleksas es maestro y no gana mucho, pero no quiero seguir allí.

–Pero no lo entiendo. ¿El danés se llevó a Zita?

–No exactamente. Fue el guardaespaldas, no sé cómo se llama. Había pasado más de un mes y ya casi no me acordaba de lo del danés. El tipo no se creía que no recordara nada, de modo que le dije que te llamabas Sigita, pero no fue suficiente. También quería tu apellido y tu dirección. Y yo no pude dárselos. Dijo que lo sentía por Zita, porque tenía muchísimas ganas de volver a casa con su madre. Acabé bajando a los archivos y buscando hasta que lo encontré. El recibo de tu dinero. No aparecía tu nombre, sino el de tu tía, pero se ve que le bastó, porque entonces Zita volvió.

Asist. productos naturales para elaboración de div. preparados. 14.426 litas.

Sí, Sigita recordaba perfectamente aquel recibo. Pero de todo lo demás no entendía una palabra.

–¿No crees que si tú también haces lo que te dicen –preguntó Julija– te devolverán al niño?

–Pero es que yo no sé qué quieren que haga –replicó desesperada–. No se han puesto en contacto conmigo.

–Puede que haya salido algo mal –apuntó Julija–. A lo mejor el guardaespaldas no localiza al danés, o algo así.

Sigita hizo un gesto negativo.

–Sigue sin tener sentido –se lamentó; de pronto la miró a los ojos–. Has dicho que las chicas no quedaban registradas, pero ¿y los que se llevan a los niños? ¿Tenéis sus datos?

–Sí, claro. Si no, no podríamos hacer las partidas de nacimiento.

–Estupendo. Entonces dame su nombre.

–¿El del danés?

–Sí. Julija, me lo debes. Y su dirección, si puedes.

Julija parecía asustada.

–No puedo.

–Sí que puedes. Lo hiciste para salvar a Zita, ahora tienes que ayudarme a salvar a mi hijo. Si no... –tragó saliva porque lo que estaba a punto de hacer no le gustaba, pero lo único importante era Mikas–. Si no tendré que ir a la policía de todas formas.

–¡Me lo prometiste! ¡Lo juraste sobre el cuerpo de Jesucristo!

–Sí. Y nada me apenaría más que verme obligada a romper esa promesa.

Julija parecía un animal enjaulado. Resultaba doloroso verla así.

–Lo intentaré mañana por la mañana –dijo al fin–. Antes de que llegue la secretaria. Pero ¿qué ocurrirá si no lo encuentro?

–Lo encontrarás –contestó Sigita–. Tienes que encontrarlo.

El teléfono sonó pasadas las nueve de la mañana siguiente.

–Se llama Jan Marquart –dijo Julija–. Y esta es la dirección.

A NINA LA DESPERTÓ el sonido seco y rítmico de unos golpes en la ventanilla y apenas tuvo tiempo para distinguir una figura encorvada que pasaba junto al coche haciendo eses y continuaba rumbo a la estación. En algún punto por encima de las farolas que jalonaban la calle, el cielo de Reventlowsgade empezaba a aclararse y adquirir un pálido tono grisáceo.

El dolor que sentía en el cuello le recordó vagamente la batalla contra el peso de su propia cabeza que había librado en el transcurso de la noche. No había logrado dar con una buena postura, pero la incomodidad no había bastado para mantenerla en vela. Bajó las piernas del respaldo delantero con cuidado. Al abrir la puerta y estirarse en la acera, un doloroso pinchazo le recorrió tendones y músculos.

El niño seguía dormido. Se había movido durante la noche y ahora estaba tumbado con los brazos extendidos y las palmas de las manos hacia arriba. Se le había olvidado donde se encontraba, pensó Nina con envidia. El sueño no se había mostrado tan clemente con ella, que se sentía prácticamente igual de cansada que la noche anterior.

Se levantó muy despacio, estiró las piernas rígidas y dio unos pasos alrededor del coche. Faltaban más de seis horas para su cita con la chica de Helgolandsgade y dos para que el sol transformara todo el barrio de Vesterbro en un maloliente horno de gasoil. Tenía que encontrar otro sitio donde esperar con el niño, a ser posible uno donde pudiera lavarse. Cada vez que se movía, la envolvía un olor acre y penetrante a sudor rancio y se sentía agotada y pegajosa. El pequeño se movió, medio dormido, se estiró y permaneció largo rato tumbado con los ojos clavados en el asiento gris que tenía delante. Después volvió la cabeza y la observó con una mezcla de reconocimiento y decepción. En menos de una décima de segundo, la plácida expresión del sueño se borró de su rostro y quedó reemplazada por el habitual mohín de resignación, aunque a Nina le pareció vislumbrar un atisbo de cambio en la mirada. Había desaparecido la hostilidad. Quizá todo lo que habían pasado juntos la víspera había hecho nacer un pequeña semilla de solidaridad. La mirada vacía y opaca de Karin y aquellos nauseabundos grumos de sangre recién cuajada por las sábanas. La caótica huida hacia el coche, las prostitutas de Helgolandsgade y las rebanadas secas de pan de molde.

El pequeño sabía con quién le convenía estar en esos momentos, lo que ignoraba era por qué.

Nina insinuó una débil sonrisa, de más no fue capaz. Solo eran las 5.43 y la perspectiva de pasar un largo y solitario día con el niño de la mano la dejó sin energías. Totalmente inasequible.

Podía ir a casa.

Casi parecía una herejía después de todas las horas de huida de la víspera, pero la conversación con Morten había quedado muy atrás y parecía flotar perdida en el último rincón de su conciencia. Quizá no estuviera demasiado enfadado. Quizá comprendiera por qué había cogido al niño y desaparecido con él. Al menos si le explicaba las cosas como es debido. Siempre podía decir que la habían llamado de la red y que se estaba ocupando del pequeño hasta que pudieran enviarlo a Inglaterra con sus padres, que lo de Karin se lo había inventado para que no se enfadara.

A Morten no le hacía ni pizca de gracia que trabajara con los solicitantes de asilo rechazados. Apoyaba sus actividades con ellos por una cuestión de principios, siempre había sido así. Era acérrimo enemigo de la política de inmigración del gobierno y le enfurecía oír en las noticias todas aquellas grotescas historias de expulsiones y familias rotas. Sus problemas con la red y con el compromiso de Nina con su labor eran de carácter puramente personal. Lo encontraba perjudicial para ella. Le parecía que con ello huía de sí misma, de sus hijos y de lo que debería haber sido su vida familiar. Cuando estaba de buen humor, decía que era una yonqui de adrenalina. Cuando se enfadaba no decía gran cosa, pero su oposición a la red había ido creciendo a la par que la cantidad de tardes y noches que Nina pasaba en cualquier sitio menos en su casa del barrio de Østerbro.

En ese preciso instante era el lugar donde más le apetecía estar de todo el mundo. Podía escabullirse escaleras arriba con el niño en brazos, poner agua a calentar para hacer un café y dejarle quizá delante del televisor mientras ella hacía una escapadita al microscópico cuarto de baño y apartaba la cortinilla de pulpos que tapaba el hueco de la puerta. Se quedaría bajo el chorro de agua caliente con su bote de champú de etiquetado ecológico, de esos sin perfumes añadidos que tienen un aroma fresco y limpio, y después iría a la cocina a preparar un desayuno a base de cereales, pasas, azúcar y leche. Los niños tenían que ir al colegio y el pequeño podía comer con ellos y quizá dormir en la cama de Anton hasta la hora de volver a Vesterbro a buscar a la chica de Helgolandsgade.

Lo haría. Iría a casa. El alivio que le proporcionó solo pensarlo era casi físico, como si alguien le acabara de quitar un peso real de los hombros; al abandonar Reventlowsgade y continuar en dirección a Åboulevarden, volvió a sonreírle al niño por el retrovisor. Todo se veía distinto por las mañanas. Morten la ayudaría, por supuesto. ¿Cómo podía siquiera haberlo puesto en duda?

MORTEN HIZO CAFÉ para el inspector y para él. El agente de uniforme prefirió tomar un refresco de cola. Sus movimientos eran mecánicos, un conjunto de rutinas ensayadas que se iban desarrollando por sí solas. Llenar de agua el hervidor, encenderlo, enjuagar los grumos de la cafetera, enroscar la tapa del bote de café, etcétera.

No tienes la menor idea de si está viva o muerta, susurró una voz cínica en algún rincón de su interior, y estás ahí haciendo café.

–¿Leche o azúcar?

–Un poco de leche, por favor.

Abrió el frigorífico y contempló con mirada ausente paquetes de fiambre, pepinos y frascos de remolacha. Las cuatro y media de la madrugada. Podía oler el sudor de la cama en su propio cuerpo y se sentía disfuncional y poco aseado al mismo tiempo.

–Me dijo que Karin estaba enferma, o que no se encontraba bien, no recuerdo sus palabras exactas. Pero tenía que ayudarla.

–¿Y cuándo fue eso?

–Ayer, pasadas las cinco. Le tocaba ir a recoger a Anton, nuestro hijo menor. Tenía que haberle ido a buscar a la salida de las actividades extraescolares, pero se le olvidó.

–¿Ocurre con frecuencia?

Movió la cabeza en un gesto que tenía más de inseguridad que de negación.

–Una vez, pero no más. Ella... Yo creo que le pasaba algo, que estaba estresada o preocupada, quizá por Karin.

Son viejas amigas, estudiaron juntas, aunque creo que hace ya tiempo. Que no se veían, quiero decir.

Dejó la cafetera sobre la mesa. Las tazas. La leche en la jarrita de Stelton que les habían regalado sus padres.

Podría estar muerta, tan muerta como Karin.

–¿No la han visto? –preguntó.

–No. Un vecino oyó un grito y encontró el cadáver.

–¿Un grito? ¿De Karin?

–Creemos que no. En ese momento probablemente ya estaba muerta. No sabemos quién gritó. Nuestro testigo no vio a nadie, solamente oyó un coche que se alejaba, no sabemos qué coche. No sabemos si era su mujer u otra persona. Varias patrullas de perros continúan rastreando la zona. Así fue como encontramos el teléfono móvil de su mujer.

Se había sentido inseguro otras veces, cuando pasaba mucho tiempo sin dar señales de vida y en las noticias contaban cosas inquietantes, pero esto era peor. Más concreto. Más cercano. Sentía que iba incubando una extraña rabia. Aquello no era Darfur, joder. No podía estar ocurriendo ahora que ya había vuelto a casa.

El inspector saboreó el café.

–¿Cuánto mide su mujer? –preguntó de pronto.

–1,69 –respondió automáticamente; y detuvo la taza a medio camino de los labios sin saber si se lo había preguntado para poder identificarla.

Entonces se dio cuenta de que existía otra posibilidad.

–¿No creerán... o sea, que ella... que tiene algo que ver con el crimen?

–Esperamos el informe de la autopsia, pero parecen golpes asestados con mucha fuerza. Nos inclinamos a pensar que ha sido un hombre.

Su respuesta no supuso ningún alivio.

De repente apareció Anton por la puerta. Tenía el flequillo empapado en sudor y el pijama de Spiderman, que le quedaba algo grande, caído por el hombro.

–¿Ha vuelto mamá? –preguntó frotándose la cabeza con el dorso de la mano.

–Todavía no –contestó Morten.

El pequeño frunció el ceño y pareció despertarse lo bastante para advertir la presencia de los dos desconocidos. El uniforme le hizo abrir los ojos de par en par. También se le abrió la boca, pero no dijo nada. Morten se sentía paralizado e incapaz de darle una explicación que encajara en el universo de un niño de siete años.

–Anda, vete a la cama otra vez –dijo intentando aparentar normalidad. Anton cabeceó, una sola vez. Después se oyó el ruido de sus pies descalzos corriendo a todo gas por el pasillo y entrando en su habitación.

–Si aparece su mujer, dígale que se ponga en contacto con nosotros, por favor –dijo el agente–. Podría ser un testigo de importancia.

–Por supuesto –respondió Morten con una creciente sensación de impotencia.

«Si» aparece.

EL TRÁFICO DE JAGTVEJEN empezaba a animarse a la grisácea luz de la mañana, pero las callejuelas de los alrededores de Fejøgade continuaban desiertas. Quizá por eso viera el coche patrulla de inmediato. No llevaba las luces de emergencia encendidas y a primera vista parecía más bien un taxi blanco. Estaba aparcado en una extraña diagonal, como si el conductor no hubiese tenido ganas de arrimarlo al bordillo y dejarlo bien colocado; el tipo de chapuza que Morten no soportaba. Nina iba pensando que se enfurecería al verlo cuando bajara con los niños, pero entonces vio las luces azules apagadas encima del coche y la ventana encendida de su salón en el segundo piso. No era normal que se hubiese levantado a esas horas, ni siquiera estando solo con los niños. Cuando no se encontraba en las plataformas tenía unos horarios de trabajo bastante flexibles, de modo que no tenía más que conseguir que Anton se vistiera y procurar que el desayuno estuviese en la mesa antes de las siete y media. Y en esos momentos eran las 5.58.

Pasó de largo por delante del portal sin alterar la velocidad. Siempre entraba dentro de lo posible que los policías hubiesen parado allí porque necesitaban hacer una pausa para tomar un café en una de las tranquilas bocacalles que salían a Jagtvej. Pero entonces ¿por qué había luz en casa? ¿La estarían buscando? Y ¿sería por Karin o por el niño?

No acababa de creérselo. La idea de tener que renunciar a su ducha caliente, a su café matutino y a la sensación, por breve que fuera, de formar parte de una frenética mañana familiar como otra cualquiera la dejó físicamente exhausta. Aparcó el Fiat con cuidado en una plaza libre que había calle adelante y aguardó largo rato con las manos en el volante y el pie en el embrague.

Notaba que una parte de ella deseaba acabar con todo aquello de una vez por todas.

En principio, el hecho de entregar el niño a la policía no tenía por qué ser algo traumático. No había motivo alguno para que el pequeño se asustara y, haciendo un pequeño esfuerzo, podía hasta convencerse a sí misma de que estaba haciendo lo mejor para él, de que en un centro de acogida del barrio de Amager estaría a salvo y el hombre de la estación pasaría a ser tan solo un mal recuerdo de una infancia por lo demás feliz y segura. En los servicios sociales tenían intérpretes, no les hacía falta perseguir a prostitutas lituanas con cola de caballo y piernas de potro. Si el niño tenía una madre buena y cariñosa en algún lugar, la encontrarían.

Dios sabe cuánto deseaba creerse todo aquello. Nina entrenaba todos los días para que el mundo le resultara indiferente. Bueno, quizá indiferente no. Lo que pretendía en realidad era llegar a un compromiso civilizado y favorecedor que pudiera dejar en el perchero cada vez que volvía a casa con Morten y el resto de la familia y que le permitiera explicar sus motivos con objetivas y hermosas frases racionales y humanistas, pero en esos momentos se sentía más bien como esas salvajes mujeres de voz cascada y ojos poseídos de la protectora de animales. Desesperada. Por fortuna atravesaba también períodos buenos, pero cada vez que llegaba a creer que la calma era permanente aparecían una Natasha y una Rina, o una Zaide, o una Li Hua, y daban al traste con todo. Y la realidad volvía a arañarle la cara como papel de lija.

Hurgó en su agotado cerebro sin perder de vista la sólida puerta marrón de su portal. Se le había presentado la ocasión de hacer lo que habría hecho cualquiera en su situación, coger al niño de la mano, subir las escaleras y saludar a la policía en el total convencimiento de que había hecho todo lo que humanamente se puede esperar de una persona adulta y responsable. Después llegaría el momento de confesar ante Morten. La familiar discusión sobre las prioridades de la vida en familia, su preocupación por cómo se encontraba, y al fin, al fin las lágrimas redentoras y el acercamiento. La mano de ella alisándole las profundas arrugas de la frente y bajándole por los pómulos marcados hasta llegar a la nuca húmeda.

Todo eso podría tener si estuviese dispuesta a tragarse lo que a los demás no parecía costarles creer: que Dinamarca era un puerto seguro para todos los destinos torcidos de este mundo.

Bajó del coche, cerró la puerta con cuidado y observó la ventana del segundo piso. Alguien paseaba de un lado a otro a tirones, como un león encerrado en una jaula demasiado pequeña. Reconoció la alta y casi atlética silueta de Morten con una punzada de mala conciencia. Apareció otro hombre algo más corpulento que gesticulaba con movimientos serenos y tranquilizadores.

Un profesional, pensó concentrada; su desgana iba en aumento. Morten tenía en casa a uno de esos policías que han hecho cursos de cómo calmar a familiares en situaciones de estrés.

Seguro que le estaba diciendo cosas del tipo de «hacemos cuanto está en nuestra mano, y somos buenos» o «confíe en nosotros; la policía danesa es muy profesional y puede contarnos tranquilamente dónde está Nina».

Lo mismo que le dirían a ella cuando les entregara al niño: «haremos cuanto esté en nuestra mano para averiguar qué ha ocurrido».

Morten se dio la vuelta y se acercó a la ventana; ella retrocedió de forma instintiva. ¿La habría visto? Ya había bastante luz, pero se encontraba a cierta distancia y el coche estaba tapado por otros vehículos. Permaneció inmóvil recortándose contra la ventana iluminada como una silueta oscura hasta que al fin volvió la cabeza proporcionándole a Nina la décima de segundo que le hacía falta. A la velocidad del rayo se abrió paso hasta el coche, entró, cerró la puerta y arrancó. El Fiat salió a la calzada prácticamente de un salto y se detuvo. Se le había olvidado el freno de mano. Lo quitó entre maldiciones y volvió a meter la marcha. Su instinto de supervivencia le decía que huyera y ya no había vuelta atrás.

¿La habría visto? Y si era así, ¿se lo diría a la policía?

Recordó que la primera vez que Morten y ella hicieron el amor, hacía ya mil años de eso, él le puso suavemente una mano en la barbilla y le acercó el rostro. Entonces sí habría confiado en ella, pero ahora ya no estaba tan segura de si la dejaría marchar. Creía que sí. Esperaba que sí.

Echó una ojeada rápida por el retrovisor y al girar a la derecha para salir de Fejøgade comprobó que el coche patrulla continuaba vacío y con las luces apagadas. La voluminosa silueta gris de un cuatro por cuatro que acababa de aparecer detrás de ella le tapaba casi todo el campo de visión gracias al enorme portaequipajes blanco que llevaba en el techo. Sin embargo, por el espejo lateral alcanzó a ver que el coche patrulla seguía sin moverse y experimentó, en primer lugar, alivio al pensar que había escapado de allí con el niño en el asiento trasero. En segundo lugar sintió también un traicionero hilillo de esperanza ante la idea de que Morten la hubiera visto y quizá hasta le hubiera hecho un discreto y casi invisible gesto de ánimo desde la ventana del segundo. Quizá siguiera allí, esperando que lo que fuera que se traía entre manos saliese bien; quizá confiara en ella por una vez y aguardara pacientemente a que regresase con él y con sus hijos a aquella casa, donde los garabatos de Anton estaban colgados bajo la ventana de la cocina que daba al patio e Ida empezaba a llenar el cuarto de baño de planchas para el pelo y brillantes pintalabios baratos. Quizá cuando todo aquello pasara, esa casa y todo lo que contenía le bastaran también a ella. Tenía que bastarle.

Se incorporó a Jagtvej cuando el semáforo se ponía en ámbar. El tráfico de la mañana aún no había empezado a compactarse en la parte más ancha de dos carriles, pero aun así oyó por detrás los rugidos de un par de claxons y el chirrido de unas ruedas sobre el asfalto. El cuatro por cuatro gris debía de haber llegado al semáforo demasiado tarde y ahora estaba atravesado con otro monstruo de similares características cruzado por delante bloqueándole el paso, a él y a todos los demás vehículos que se dirigían hacia el barrio de Nørrebro.

No pudo reprimir una sonrisa maliciosa cuando metió la cuarta y siguió adelante sin estorbo alguno. A aquellos dos cerdos ambientales les aguardaba un interesante intercambio de números de teléfono, insolencias y arañazos en sus patéticamente grandes parachoques. Una especie de justicia cósmica, pensó satisfecha: cuando ocupas demasiado, tarde o temprano acabas por chocar con algo.

EL TIPO DEL LAND ROVER no paraba de gritar en danés, enfurecido, mientras señalaba a Jučas con un dedo acusador. Jučas no entendía una palabra de lo que decía aquel idiota y lo cierto es que le traía sin cuidado. Mantenía los brazos extendidos con el aire más pacífico que se pueda imaginar, y si se contenía y no le soltaba un cabezazo en la cara era solo porque sabía que la policía estaba a menos de doscientos metros. Ni siquiera era rabia, solamente frustración. Pero, joder, qué gustazo sería aplastar el puño contra aquella jeta presuntuosa y trastornada hasta sentir el crujido del cartílago de la nariz.

Se esforzó por sonreír.

–No daños –dijo en un inglés macarrónico mientras señalaba hacia la delantera intacta del Land Rover–. No daños para ti. Mi coche no tan bueno, pero bien. Que tienes buen día.

Había pedazos blancos del faro delantero del Mitsubishi esparcidos por todo el asfalto, pero ya no tenía remedio. Debía salir de allí antes de que desapareciese la bruja y ya no pudiera volver a encontrarla. Ignorando las continuas protestas del hombre del Land Rover, ahora en inglés, montó en el coche y dio marcha atrás para sacarlo.

–... por ahí conduciendo como un memo, ¿qué te crees que son las luces rojas, adornos de navidad?

Jučas se limitó a saludar con la mano y alejarse. La bruja había girado a la derecha algo más adelante, ¿no?

–¿Has visto hacia dónde iba? –le preguntó a Barbara.

Tardó un poco en contestar.

–No –dijo al fin.

La miró un instante. Estaba extraña, distante, como si aquello ya no fuera con ella. Quizá solo estuviera impactada por el choque.

–No ha sido nada –la tranquilizó–, solamente el faro. Si encontramos una estación de servicio puedo cambiarlo yo mismo.

No respondió. Y él no tenía tiempo para andar sonsacándola hasta averiguar qué ocurría. Al llegar al punto donde creía que la bruja había girado, puso el intermitente derecho y buscó con la mirada el Fiat rojo, pero claro, antes tuvo que cederles el paso a varios cientos de ciclistas. ¿Qué le pasaba a la gente de esa ciudad? ¿Es que no podían pagarse un coche? La mitad de la población parecía empeñada en arrastrarse sobre dos ruedas y entorpecer el tráfico.

Hasta el siguiente cruce. Más bicicletas. Ningún Fiat. Titubeó sin saber si torcer a la izquierda o a la derecha. Se decidió por la izquierda y fue a parar a un infierno de sentidos únicos, «áreas reservadas» y floreros que por lo visto no tenían otro sitio mejor donde estar plantados que en mitad de la calzada. Dio marcha atrás con agresividad y trató de regresar a la calle principal, pero fue en vano. Tres o cuatro sentidos únicos más tarde hubo de reconocer que había perdido la batalla.

–¡Me cago en la leche!

Golpeó el volante con ambas manos y frenó bruscamente. Permaneció inmóvil unos instantes mientras respiraba en un intento de contener la furia.

–Llevaba al niño –dijo Barbara de repente.

–¿En serio? –Jučas le lanzó una mirada penetrante–. ¿Estás segura?

–Sí. Iba en el asiento de atrás. Le he visto el pelo.

Tal como estaban las cosas, habría preferido el dinero, pero, evidentemente, el crío era mejor que nada.

–Dijiste que querían adoptarlo –continuó ella.

–¿Qué? Sí. Eso quieren.

–¿Entonces por qué iba en ese coche? Creía que habían ido a recogerle.

–Yo también. Pero esa tal Nina Borg se metió en medio.

–¿Por qué no podía salir con ropa? –preguntó–. En la foto.

Jučas se llenó la boca de aire y lo expulsó lentamente. Tranquilo ahora.

–Para que no sea tan fácil seguirle la pista –le explicó–. Y déjalo ya. Con tantas preguntas solo empeoras las cosas.

Odiaba la forma en que le estaba mirando, como si ya no confiara en él.

–¡Joder! –bufó–. Yo no soy uno de esos cerdos pervertidos, ¿vale? Si eso es lo que piensas, entonces...

–No –se apresuró a decir ella–. No lo pienso.

–Menos mal. Porque no lo soy.

Dio vueltas con el coche de acá para allá, pero el Fiat no aparecía por ninguna parte. Finalmente regresó y aparcó en los alrededores de la casa.

–Quédate en el coche –dijo–. Tarde o temprano volverá por aquí. Llámame cuando se marche la policía o si la ves a ella con el niño.

–¿Y tú adónde vas? –le preguntó mirándole de nuevo, aunque esta vez su expresión era completamente distinta.

Jučas sonrió. Todo iba bien. Seguía necesitándole. Seguía queriendo que cuidara de ella, y eso era justamente lo que se proponía hacer.

–Tengo que resolver un par de asuntillos –le explicó–. No tardaré mucho.

ERAN LAS 7.07 y la piscina de Frederiksberg llevaba abierta exactamente siete minutos. Nina alquiló dos toallas de baño en la taquilla y subió con el niño por la amplia escalera marrón que conducía al vestuario femenino.

Estaban prácticamente solos entre los armarios vacíos y las tres mujeres que había en el vestuario doblaban su ropa en silencio dándose la espalda unas a otras con aire reservado. Por lo que pudo ver, una era joven y las otras dos de mediana edad, de las que entrenan con constancia. Ninguna les miró, ni a ella ni al niño, que tiritaba encogido sobre las baldosas húmedas y resbaladizas.

Le acompañó al lavabo, donde orinó obediente de pie con la cintura echada hacia delante y las manos enlazadas detrás de la nuca. Recordó que Anton hacía lo mismo de pequeño, seguramente porque pensaba que así no tendría que lavarse las manos después. Puede que fuera una especie de lógica universal de los niños pequeños, se dijo sin poder reprimir una sonrisa ante la idea.

Cuando salieron, las tres mujeres ya habían desaparecido en el retumbante recinto cubierto que rodeaba la piscina. Nina se desnudó con movimientos pesados. Aún sentía cierta rigidez en músculos y tendones, como los últimos coletazos de una gripe ya pasada, de modo que se tomó su tiempo. No había ninguna prisa. Sentó al niño en el banquito de madera que había atornillado a la pared, abrió el grifo y se volvió de espaldas mientras los cálidos chorros le bañaban el pecho y el estómago.

No estaba comiendo bien últimamente, lo notaba en el modo en que se le marcaban las costillas. Siempre había sido delgada, demasiado delgada, pero desde que tuvo hijos parecía que nada se le quedaba dentro del cuerpo. El rostro se le había vuelto chupado y anguloso y había perdido la poca carne que tenía en las clavículas, los hombros y las caderas. Para colmo, a veces se le olvidaba comer. Solía ocurrir cuando estaba sobrecargada de trabajo o cuando Morten iba a Esbjerg. Perdía el apetito, sin más.

–Después comeremos algo –dijo volviéndose a mirar al pequeño–. Un gigantesco desayuno inglés, ¿qué dices a eso?

Él no contestó, pero la observó con los ojos muy abiertos llenos de curiosidad y balanceando las piernas. Nina empezó a enjabonarse con el líquido del dispensador que había en la pared. Su aroma dulce y perfumado resultaba casi extravagante en aquellas duchas grises y decidió tomarse su tiempo y disfrutar el lujo que suponían aquellos momentos de calor y buen olor. Tenía la piel suave y ardiente y el vapor la envolvía empañando espejos y baldosas. Amasó el jabón hasta formar una nueva porción de espuma mórbida y blanca y se lavó el pelo con movimientos rápidos y enérgicos. Acababa de cortárselo bastante; tampoco como Sinnead O'Connor, pero casi. Morten no entendía por qué, pero no era él quien tenía que pelear con aquella mata de pelo fuerte y casi crespo. Le llegaba a la altura de los hombros cuando decidió cortárselo y supuso un alivio inmenso. Sobre todo en el trabajo, donde al fin podía dejar de darle vueltas a cuál sería el peinado más políticamente correcto. Muchos de los habitantes masculinos del campamento Kulhus consideraban a las empleadas una combinación de servicio público y carceleras, cosa que les hacía sentirse superiores y humillados al mismo tiempo. Se lo había explicado uno de los psicólogos del campamento y puede que no le faltase razón. Independientemente del motivo, el caso era que los conflictos estaban siempre a flor de piel y por eso mismo Nina intentaba en todo momento mostrarse lo más neutral y asexuada posible. Cuando optó por empezar a llevar el pelo corto notó un curioso alivio mutuo en el contacto con los internos, como si al adoptar aquel peinado corto y oscuro de hombre les hubiera hecho a todos un gran favor. Resultaba evidente que junto con el pelo había desaparecido buena parte de la provocación, y Nina no echaba en falta ni lo uno ni lo otro. Morten sí, pero hacía ya tiempo que ella había dejado de arreglarse de acuerdo con sus gustos.

Se pasó una mano mojada por el ombligo y los marcados músculos del vientre, que habían sobrevivido a dos embarazos y, tras aquel velo de vapor de agua, conferían a su cuerpo un aspecto de muchacho delgado. Pobre Morten.

Se sacó de la cabeza aquellos pensamientos a la deriva y empezó a llenar una de las bañeritas blancas que había en las duchas. El niño se dejó quitar la ropa y meter en la bañera. Se agachó a enjabonarle con cuidado, pero a fondo, los hombros, la espalda y los pies. Evitó conscientemente tocarle otras zonas y se conformó con dejarle sentado en el agua con el chorro caliente de la ducha cayéndole por los hombros y la nuca hasta que se le aclaró todo el jabón. Él se lo tomó con una calma pasmosa. Sus deditos confiados seguían los hilillos de agua que le corrían por el pecho y la tripa, y cuando una pompa de jabón salió por el borde de la bañera como por arte de magia y fue a parar a las baldosas mojadas, le regaló a Nina una sorprendente sonrisa de entusiasmo. La primera desde que comenzaran su viaje juntos.

Sintió en el vientre un sentimiento nuevo y cálido. No podía saber nada con certeza, por supuesto, y Dios era testigo de que no entendía nada de pedofilia ni abusos sexuales –esos asuntos no eran competencia de su departamento–, pero no parecía probable que el pequeño hubiese tenido malas experiencias en ese aspecto. Se habría comportado de otro modo, pensó. Con más miedo.

Ignoraba por qué sentía un alivio tan grande, quizá porque el niño seguía entero. Aún tenía salvación.

Cerró el grifo y le secó con delicadeza con una de las toallas. Después se secaron en silencio y Nina le peinó rápidamente con los dedos.

¿Quién era?

Le observó pacientemente mientras él insistía en meterse la camiseta por la cabeza solo. Podía tratarse de un niño introducido ilegalmente en el país para algún tipo de abuso o prostitución, pero ¿le habrían dejado entonces dentro de una maleta en la estación? No sabía gran cosa de ese tipo de delitos. Veía su ración de degradación humana y brutalidad en los centros de asilo, pero allí normalmente los motivos se adivinaban de inmediato y los métodos eran tan simples que hasta el criminal más estúpido los entendía. No hacía falta haber ido a la universidad para sacarle a golpes lo poco que le quedaba a un padre de familia iraquí que ya había pagado la mayor parte de sus ahorros a los traficantes que le habían dejado en la frontera. Tampoco resultaba particularmente complicado atraer a jovencitas de Europa del Este y venderlas en Skelbækgade. Una paliza, una buena violación en grupo y un pedazo de papel con la dirección de sus padres en un pueblecito de Estonia bastaban para que la mayoría obedeciese, y lo más bonito para los cínicos que se aprovechaban de ese mundo era que a la mayoría de las personas normales les daba exactamente igual. No había mucha gente que se preocupara por quienes llegaban de manera ilegal. Nadie les había pedido a todos esos refugiados, putas, aventureros y huérfanos que se presentaran en tropel a las puertas de Dinamarca. Nadie les había pedido que vinieran y nadie sabía cuántos eran. No significaban nada, y los crímenes que se cometían contra ellos no tenían relación alguna ni con las personas ni con los conceptos de derecho normales. Solo los estúpidos anormales como Nina eran incapaces de abstraerse.

Sobre todo cuando se trataba de niños. Entonces la piel se le volvía quebradiza y frágil como esa costra rosada y fina como el pergamino que recubre las heridas anchas y profundas. Las cosas no habían sido fáciles después del nacimiento de Ida, pero con el de Anton su sensibilidad ante los niños del campamento llegó a adquirir proporciones monstruosas. Aunque todo era fruto de su imaginación, en ocasiones sentía sus miradas clavadas en ella, como si aquellos pequeños advirtieran que no llevaba protección. Le arrancaban el alma.

Analizó que los niños que llegaban solos solían ser mayores que el de la maleta. Los más pequeños rondarían los diez años. A algunos, sobre todo los de Europa del Este, los vendían sus propios padres y después otras personas les enseñaban a mendigar, robar y escapar de los centros de asilo por si alguna vez les recogían de la calle. Permanecían en los campamentos hasta que les sonaba el móvil y desaparecían. Cogían un tren de cercanías hasta el centro y volvían a ser absorbidos por el palpitante infierno del que procedían. Otros continuaban hasta Suecia o Inglaterra. Los empleados de Kulhus apenas llegaban a conocerlos superficialmente antes de que se esfumaran. Algunos iban a reunirse con sus familias que aguardaban en algún lugar del globo. Otros estaban solos en el mundo y acudían a Dinamarca con el fin de conseguir dinero para sus propietarios.

Sin embargo, el niño de la maleta era demasiado pequeño para resultar de utilidad incluso para las bandas más faltas de escrúpulos. Podría ser una especie de rehén, o quizá servir como señuelo para acceder a ciertos servicios sociales. No sería la primera vez, aunque ese tipo de cosas eran más habituales en Inglaterra.

De pronto se le ocurrió que era muy guapo. No sabía si eso importaba demasiado entre los pedófilos, pero en cierto modo hacía que le costara menos imaginar a un pervertido encargando un pequeñín europeo para una o varias noches de placer sin compromiso. Al verle allí, con la camiseta puesta del revés y las sandalias cuidadosamente ajustadas a los piececitos, la idea de que pudiera acabar en una cama de matrimonio con un desconocido le resultó nauseabunda e insoportable.

Se esforzó por sonreír.

¿Dónde iría a parar si lo entregaba a la policía y las pistas conducían a un callejón sin salida? ¿A un orfanato lituano, quizá a casa del pariente que acababa de venderlo al mejor postor? ¿Con un padrastro alto con la cabeza afeitada, unos hombros de oso algo cargados y unas manazas enormes con las que había matado a Karin? Se estremeció.

Abrió la puerta de las duchas y cogió al niño de la mano con firmeza. Tenía que conseguir algo para desayunar y después averiguar qué significaba eso de Sacred Heart. Había que encontrar a la chica de Helgolandsgade.

ERA UNA DIRECCIÓN de Dinamarca. Claro. Sigita no sabía cómo podía haber sido tan tonta como para creer que el danés vivía en Lituania. Observó las letras mientras decidía qué hacer.

Gužas había llamado media hora antes que Julija para preguntarle si había cambiado de idea con respecto al programa de televisión y si los secuestradores habían intentado ponerse en contacto con ella. Le dijo que no. Y no le contó nada de lo de Julija, Zita y el danés.

He de ir a Dinamarca, pensó. Debo encontrar a ese hombre y preguntarle qué tengo que hacer para recuperar a Mikas.

Pero una idea la carcomía por dentro como un gusano. ¿Y si no había nada que hacer? ¿Y si el danés ya había obtenido lo que quería y ella le daba lo mismo?

Colecciona a mis hijos, se dijo con una gélida sensación de espanto. Ya tiene dos.

El otro hijo se le había aparecido en sueños durante las pocas horas que había logrado dormir. Había surgido de la oscuridad, del tamaño de una persona, pero con la cara de un feto, ciego y sin pelo y con un cuerpo desnudo y asexuado. Le tendía los brazos abriendo una boca desdentada e incompleta.

–Mamá –susurraba–. Mamááááááááá...

Ella se apartaba de aquel engendro, pero de pronto descubría que aquella criatura llevaba algo en los brazos. A Mikas. Sus largos brazos azules relucían con el brillo de la placenta y Mikas se debatía entre ellos como un pez atrapado por una anémona.

–Mikas... –gritaba.

Pero el niño feto estaba ya muy lejos, se adentraba en las tinieblas llevando consigo a Mikas.

Se había despertado tan empapada en sudor que tenía el camisón pegado al cuerpo.

Llamó al aeropuerto. Había un vuelo a Copenhague a las 13.20. Un billete de ida costaba 840 litas. Intentó recordar cuánto le quedaba en el banco. Suficiente para el billete, quizá, pero ¿y el resto? Era difícil sobrevivir en un país extranjero sin dinero. Además, sabía que fuera todo era más caro.

¿Le daría Algirdas un adelanto?

Sí, a lo mejor. Pero haría preguntas. Se mordió el labio. Tengo que marcharme, se dijo. Con dinero o sin él. Si no habrá que llamar a Gužas y dejárselo a él, y puede que eso afecte a Zita. Pensó en aquella pequeña familia destrozada, en los dedos de Zita arqueándose sobre las teclas, en el miedo de Julija, en su desesperación. No soportaba la idea de empeorar su situación. Y quizá Zita no fuera la única afectada. Podían hacerle algo a Mikas. No conseguía sacarse de la cabeza aquella uña que le habían enviado a Julija en un sobre blanco. Y eso no era nada, nada comparado con lo que ese tipo de personas eran capaces de hacer.

Las 13.20. Faltaban muchas horas.

Decidió hacerle una visita a su tía Jolita por primera vez en ocho años.

Bum, bum, bum, bum. La monstruosa máquina amarilla incrustaba los cimientos en el suelo con un estruendoso ruido; algo más adelante había una grúa gigantesca elevando hasta su sitio una estructura prefabricada de hormigón. Por lo visto, alguien había decidido que había espacio de sobra para levantar un nuevo complejo de apartamentos en el cuadradito verde que quedaba entre los viejos bloques grisáceos de la época soviética. Había polvo, ruido, fango y humo por todas partes, y Sigita sintió una punzada de compasión en solidaridad con los habitantes de los bloques originales. Pašilaičiai, el barrio donde ella vivía, era una zona de nueva construcción, y no hacía demasiado que habían restablecido una vez más comodidades tales como aceras y alumbrado después de la última hornada de obras. Fue un auténtico alivio entrar en el portal y dejar atrás el estruendo, al menos un poquito. Fue subiendo lentamente por las escaleras hasta el segundo piso y llamó a la puerta.

Salió a abrir una mujer flaca y canosa y Sigita tardó unos instantes en descubrir que era su tía. Jolita se quedó contemplándola unos segundos que se le hicieron eternos, pero no tuvo dificultad alguna en reconocerla.

–¿Qué quieres? –le preguntó.

–Solamente preguntarte una cosa.

–Pues pregunta.

–¿No puedo pasar?

Su tía lo meditó unos momentos. Después se hizo a un lado y la dejó entrar al pasillo.

–Pero no hagas ruido –dijo–. Tengo un inquilino que trabaja de camarero. Vuelve a casa a las cuatro o las cinco de la mañana y se pone como una furia si le despiertan antes del mediodía.

Resultó que el camarero vivía en lo que antes era el salón. Jolita la precedió hasta la pequeña y alargada cocina. Sentada a la mesita cuadrada con su hule había una señora mayor tomando un café. Había otras dos tazas sin usar, con el plato encima, como lo ponía su madre, para protegerlas del polvo y de las moscas. Una reluciente cafetera nueva que borboteaba en un rincón despedía un agradable aroma a café. Sobre la mesa había también una botella de jerez y una fuente con pastelillos de mazapán.

–Te presento a la señora Orlovienė –dijo su tía–. Greta, esta es mi sobrina Sigita.

La señora saludó con un discreto cabeceo.

–La señora Orlovienė tiene alquilado el cuarto –continuó Jolita–, así que no puedes instalarte aquí, si es lo que tenías en mente.

–No –contestó Sigita algo sorprendida–. No he venido por eso.

¿Qué había sido de la Jolita que ella conocía? De sus cabellos negro azabache, de aquel maquillaje lleno de color, del jazz y de los cigarrillos del profesor? Lo único que quedaba de ella eran los aretes de pirata que aún le colgaban contra el cuello arrugado, y parecían más absurdos que exóticos. ¿Cómo se podía envejecer tanto en ocho años? Daba miedo.

–¿No habrás venido a pedirme perdón? –se asombró su tía.

–¡¿Qué?!

–No, claro; era solo una idea. Lo decía por si con los años te habían entrado remordimientos por haber pisoteado y escupido a una familia que nunca ha querido otra cosa que hacerte bien.

Sigita estaba tan paralizada que al principio fue incapaz de decir algo en su defensa.

–Tú... vosotros... yo... –balbució–. ¡Yo nunca le he escupido a nadie!

–Ocho años sin una palabra. ¿Eso no es escupir?

–Pero...

–Al principio me diste lástima. Tener tan mala suerte, y tan joven... Quise ayudarte. Pero hiciste conmigo exactamente lo mismo que habías hecho con tu padre y con tu madre, irte sin mirar atrás, sin la menor muestra de agradecimiento.

Sigita estaba boquiabierta. Observó a la menuda señora Orlovienė, que, con los ojos brillantes y los labios entreabiertos, no perdía ripio del drama, como si fuera un serial de televisión.

–Tu abuela Julija ha muerto, ¿lo sabías? –dijo Jolita.

–Sí –logró contestar–. Mamá... mamá me escribió una carta.

Catorce días después del entierro. Le había hecho mucho daño, pero no tenía la más mínima intención de contárselo a su tía.

–¿Café? –ofreció la señora tendiéndole una de las tazas limpias; y señalando hacia la escayola añadió–: ¿Se lo ha roto?

–Sí –respondió Sigita en un gesto mecánico–. Y no, gracias. Jolita, ¿ha venido alguien preguntando por mí?

–Sí –contestó su tía sin pestañear–. Hace varias semanas vino un hombre. Quería saber cómo te apellidabas y dónde vivías.

–¿Y se lo dijiste?

–Sí, claro –dijo con toda la calma del mundo–. ¿Por qué no se lo iba a decir?

–Educadísimo –intervino la señora Orlovienė–. No exactamente un buen mozo, quizá, pero educadísimo.

–¿Qué aspecto tenía? –continuó Sigita, aunque creía conocer la respuesta.

–Era grande –contestó la señora–. Como esos... ¿cómo se llaman?

Levantó los dos brazos e imitó las poses de los culturistas.

–Y llevaba el pelo muy corto. Pero era educadísimo.

En la mente de Sigita las ideas empezaron a alinearse formando ordenadas hileras en lugar de estar amontonadas unas encima de otras sin orden ni concierto. Sabía que Jolita jamás habría admitido inquilinos en su casa voluntariamente. Estaba claro que ya no venía ningún profesor los lunes y los jueves, y seguramente tampoco tenía trabajo. Y aun así, había jerez y dulces de confitería sobre la mesa y una cafetera nuevecita.

–¿Te dio dinero? –la interrogó.

–¿Es asunto tuyo?

De modo que sí. Sigita giró sobre sus talones y se hizo con la vieja lata de café donde su tía solía guardar los fideos. Los fideos y otras cosas.

–¡Sigita!

Jolita intento adelantarse, pero su sobrina había sido muy rápida. Se apretó la lata contra el pecho con el brazo escayolado y empezó a desenroscar la tapa con la mano derecha. Su tía intentó arrebatársela, pero el resultado fue que la lata acabó estrellándose contra el suelo con cierto estruendo y sembrando el desgastado linóleo de estrellitas. Sigita se apresuró a poner el pie encima del sobre marrón que había caído al suelo.

–¿En qué demonios estabas pensando? –gritó fuera de sí.

–¡*Chsss!* –le ordenó Jolita–. Le vas a despertar.

–Viene un perfecto desconocido ofreciéndote dinero a cambio de que le digas dónde estoy. Parece un gorila. ¿En qué coño estabas pensando? ¿Te das cuenta de que se ha llevado a Mikas?

–¡No es culpa mía!

–Pero le pusiste las cosas más fáciles, eso desde luego –replicó con voz trémula–. Me vendiste. Sin avisarme siquiera. ¡Y ahora se han llevado a Mikas!

La señora Orlovienė estaba con la boca abierta y a punto de tirar el café. En ese instante la puerta de la cocina se abrió de par en par dejando paso a un joven en camiseta interior y calzoncillos visiblemente enfadado. Llevaba el pelo teñido de azul, y entre los distintos mechones de punta se adivinaban los restos de varias capas de gomina seca.

–¡¿Qué es todo ese puto ruido?! –aulló.

Las dos mujeres enmudecieron de golpe. La señora Orlovienė se hundió un poco en la silla como si ser una cabeza más baja pudiera servirle de algo. Jolita trató de mantenerse firme, pero sus manos habían empezado a hacer ese gesto nervioso que tan bien conocía su sobrina. Una frotaba la otra sin cesar. El joven le lanzó a Sigita una mirada colérica.

–¿Y tú quién coño eres? –preguntó.

–Es mi sobrina –contestó Jolita–. Se ha presentado así de repente, de visita. Pero ya se marcha.

–Eso espero, joder –dijo el camarero–. A ver si se puede dormir en paz.

Se retiró y cerró con un portazo. Dos segundos después oyeron que golpeaba la puerta del salón con más fuerza si cabe. La pared tembló ligeramente.

Sigita se agachó a recoger el sobre. Contenía ocho billetes de quinientos litas y varios billetes más pequeños que no se tomó la molestia de contar.

–Cuatro mil litas –dijo–. ¿Ese fue el precio?

–No –contestó la señora Orlovienė–. Al principio solo quería darnos tres mil, pero le hicimos subir a cinco.

Jolita hizo un gesto brusco para indicarle que cerrara la boca.

–No entiendo a santo de qué te escandalizas tanto –le dijo de pronto a su sobrina–. Si un idiota está dispuesto a pagar cinco mil litas a cambio de algo que cualquiera puede buscar en la guía, ¿por qué voy a decirle que no?

–No sabía mi apellido hasta que tú se lo dijiste –replicó Sigita sacando del sobre tres mil litas.

–¡¿Qué estás haciendo?!

–Es tu aportación –contestó–. Me hacen falta para recuperar a Mikas.

Dejó caer al suelo el sobre con el resto del dinero. La señora Orlovienė se agachó a recogerlo a la velocidad del rayo. Jolita observó a su sobrina, inmóvil. Después sacudió la cabeza de un lado a otro.

–Te sientes una víctima, ¿verdad? –dijo–. La pobre Sigita, que lo ha pasado tan mal. Pero ¿te has parado a pensar alguna vez cómo lo pasó tu madre cuando te escapaste? Sin decir una palabra, sin dejarles ni una nota. Perdió una hija. ¿Lo has pensado alguna vez?

Aquella acusación la golpeó en el vientre como una bola lanzada con mucha fuerza.

–Siempre ha sabido dónde estaba –se defendió–. Fueron ellos los que me volvieron la espalda, y no al revés.

–¿Y tú cómo lo sabes? ¿Se lo has preguntado alguna vez?

–¿Qué quieres decir?

–Te quedas ahí, en tu bonito apartamento, esperando a que ellos vayan a ti, ¿verdad? Pero fuiste tú la que te largaste. A lo mejor deberías ser tú también la que diera el primer paso si algún día decides regresar.

Ahora no, se dijo Sigita. No puedo ocuparme de todo esto ahora. Miró el reloj. Faltaban menos de dos horas para que saliera el vuelo.

–Adiós –se despidió. Y se quedó esperando sin saber muy bien a qué.

Jolita suspiró.

–Llévate ese maldito dinero –dijo–. Espero que encuentres a tu niño.

SACRED HEART era en realidad la iglesia del Sagrado Corazón de Jesús y estaba en Stenogade, comprimida entre una tienda de ropa y un colegio privado.

Nina se lo preguntó a una señora mayor en la tienda de Istedgade donde compró el desayuno para ella y para el niño. Le llevó algún tiempo averiguar la traducción exacta de Sacred Heart. Ella misma adivinó que se trataba de una iglesia católica y el conocimiento que la señora tenía de la zona hizo el resto. Después llamó a Magnus desde un pequeño bar sucio y destartalado de la plaza de Halmtorvet. El camarero del Grotten, como se llamaba el local, le dejó usar el teléfono y los lavabos sin cobrarle nada, pero había que reconocer que la conversación con Magnus había sido insatisfactoriamente breve.

–¿Dónde coño te has metido? El turno de guardia tiene más huecos que un colador y Morten lleva llamándonos desde las siete de la mañana. La policía quiere hablar contigo. ¿Tiene algo que ver con Natasha?

La voz de Magnus había adquirido el tono cantarín de su Escania natal y disparaba las palabras a tal velocidad que Nina aún no le había llegado a contestar cuando el sueco ya se estaba interrumpiendo.

–No, espera. En realidad prefiero no saberlo, Nina. No necesito que me digas nada. Solamente... si estás bien. Morten me ha encargado que te pregunte si estás bien.

Respiró hondo antes de responder.

–Estoy bien –dijo–, pero no creo que vuelva hoy. ¿Querrás decirle a Morten que estoy bien y que no se preocupe, por favor?

Al principio Magnus no contestó. Se podía oír la pesada respiración que entraba y salía de su ancho pecho de tonel.

–Me ha pedido que si no estabas muerta te dijera... –titubeó y bajó tanto la voz que Nina empezó a dudar que siguiera ahí– que te dijera que esta es la última vez. Que si vuelves a casa con vida esta es la última vez.

Nina sintió un pequeño chasquido en el pecho y se apartó el auricular del oído por un instante mientras intentaba recuperar el control de su voz.

–Con vida... –soltó una carcajada demasiado breve e inconsistente–. Morten siempre tan dramático. ¿Y por qué no iba a volver con vida? Estoy estupendamente. Tengo que resolver un asunto, eso es todo.

Magnus gruñó un poco y por primera vez sonó enfadado de veras.

–Muy bien, Nina. Si no quieres ayuda no la tendrás, pero Morten estaba aterrado. Dice que la policía tiene tu móvil.

Sintió un zarpazo frío y pegajoso por toda la espalda al oírlo.

Colgó tan deprisa y con tanta fuerza que el camarero del Grotten la miró con una expresiva subida de cejas e intercambió una risita cómplice con los dos parroquianos del fondo del bar. A ella le trajo sin cuidado. Tiró con impaciencia del brazo del niño, que estaba enfrascado en un viejo futbolín que había junto a la puerta y protestó enérgicamente cuando, medio en brazos, medio a rastras, le llevó hasta el coche; pero tenía otras cosas en que pensar. Arrancó, salió de Halmtorvet y torció por Stenogade sin perder de vista el segundero del reloj: 13, 14, 15.

Advirtió con fastidio que movía los labios mientras miraba el reloj. Contaba en voz alta, ¿se podía ser más subnormal?

No, subnormal no era la palabra adecuada. Loca sería más correcto. Loca, o por lo menos un poco chiflada. (De esta no te libras. Igual estás tan chiflada que lo has hecho a propósito.)

Consiguió meter el coche entre otros dos justo enfrente de la iglesia. El niño iba en el asiento trasero asomado por la ventanilla y se negaba a mirarla. La complicidad que había surgido entre ellos durante el baño de la mañana se había esfumado; era evidente que no le perdonaba que le hubiera tratado con dureza.

La luz del sol que iluminaba los números digitales del salpicadero la cegó cuando se recostó en el asiento con una botella de agua y un panecillo en la mano. No tenía hambre, pero reconocía la misma debilidad de los largos e inapetentes días del tórrido campamento de Dadaab. Si no comía algo, no tardaría en ser incapaz de concebir una sola idea coherente.

Fue dando pequeños bocados, masticando a conciencia y tragando con la ayuda de un par de buches de agua templada de la botella que había en el suelo del coche. Luego abrió la puerta y bajó a la acera hirviente.

Iglesia del Sagrado Corazón de Jesús, Sacred Heart, Sacre Coeur. La traducción al inglés y al francés aparecía debajo en letra algo más pequeña en el discreto cartel de la pared. Un pomposo nombre típicamente católico. Paladeó las palabras, hermosas y banales a un tiempo. La chica lituana debía de ser católica, de lo contrario no habría conocido la iglesia de Stenogade.

Observó que había misa a las 17.00, pero en ese momento las puertas estaban cerradas y la llave de la verja de hierro negra de la entrada sólidamente echada.

Volvió a meterse en el coche y contempló el edificio con una vaga sensación de desagrado. Se parecía a las demás iglesias de Copenhague. Ladrillo rojo, un par de torres esbeltas y el robusto cuerpo del templo, todo ello aprisionado entre bloques de viviendas. Había más espacio alrededor de la catedral de Viborg (donde le enterraron), igual que en las blancas iglesitas rurales de aquella zona.

(Y ahora id y excavad mi sepultura.)

Con los ojos entornados miró en dirección a Helgolandsgade. Si la chica aparecía, intentaría comprarle unas horas de su tiempo. Volvió la vista hacia el asiento de atrás, donde el niño se negaba a cualquier tipo de contacto. El reflejo de un rayo de sol en una ventana del otro lado de la calle iluminó la cara del pequeño obligándole a cerrar los ojos.

(Oh, el mundo es un lugar frío y su luz no es sino sombras.)

Nina sintió un escalofrío y le echó la manta por los hombros con cuidado; en ese instante la vio. La chica de Helgolandsgade tenía el rostro pegado a la ventanilla de atrás y su pálido contorno parecía estar demasiado cerca. Sobresaltada, la saludó con un gesto y le abrió la puerta del copiloto.

–Te lo pago –se apresuró a decir–. No tienes más que decirme cuánto necesitas y adónde podemos ir.

Eran las 12.06.

La lituana se sentó y echó un vistazo en dirección a Stenogade antes de cerrar la puerta. Olía mucho a perfume y a algo dulzón y químico. Suavizante, quizá. Luego hurgó en su bolso y sacó un paquete de chicles.

–Son quinientas coronas por una hora y tres mil por ocho –dijo en su inglés algo torpe–. ¿Cuánto vamos a tardar?

Miró un momento hacia el asiento de atrás y luego a Nina sonriendo de medio lado.

–Qué pequeñito –añadió–. Qué mono.

De pronto la chica le tendió una mano que ella estrechó sorprendida.

–Marija –dijo lentamente; Nina asintió.

–Te pago las ocho horas –le ofreció mientras le rezaba mentalmente una plegaria a su banco. La última vez que consultó un extracto de su cuenta estaba al límite del descubierto, pero no recordaba si eso había sido antes o después de cobrar ese mes. Nunca se le había dado demasiado bien eso del dinero.

Giró la llave en el contacto y permaneció largo rato con las manos agarradas al volante. ¿Adónde podían ir? ¿A un MacDonalds? ¿A un café? Entonces giró a la izquierda con decisión y se dirigió hacia Amager. Seguro que a los tres les venía bien un poco de aire fresco.

A TRAVÉS DE las amarillentas persianas se veía la carretera, el aparcamiento y la fachada renegrida de hormigón de una especie de nave industrial. Cada veinte minutos pasaba un autobús. Jan lo sabía porque ya llevaba casi cuatro horas allí sentado mirando de reojo por la misma ventana.

No había imaginado que el aburrimiento llegaría a ser un factor a tener en cuenta, pero en cierto modo era como presentarse a un examen, largar todo lo que se sabía del tema en los primeros diez minutos y no tener otro recurso que repetirse hasta el infinito. Y, aunque el trasfondo de todo aquello era repugnante y en principio uno no debería aburrirse de hablar de un allegado brutalmente asesinado, eso era exactamente lo que estaba empezando a ocurrir. Parecía que los labios se le hinchaban cada vez que le hacían repetirlo y la boca se le secaba. Las palabras se iban desgastando. La concentración fallaba. Cualquier naturalidad se esfumaba.

–Conocí a Karin Kongstad hace dos años y medio en Berna; trabajaba en la clínica donde me intervinieron del riñón. Nuestro contacto era estrecho porque ambos éramos daneses en un país extranjero, suele ocurrir. Yo iba a necesitar bastante control y cuidados después de la operación, pero quería encajarlo de modo que afectara a mi negocio lo menos posible, así que la mejor solución era que Karin regresara conmigo a Dinamarca y trabajara para mí.

En esos momentos le estaba contando la historia a un oficial de la policía judicial entrado en años, un tipo tranquilo, casi flemático, cuyo origen jutlandés aún era perceptible en su forma de hablar. Se llamaba Anders Kvistgård y era el más formal de todos ellos, siempre tratándole de usted, y llamándole Mr. Marquart. Con su camisa blanca y su suéter azul marino, habría encajado mejor como funcionario de ferrocarriles en alguna oficina del centro de la capital. Hacía el número tres. El primero había sido un joven que le había tanteado con estilo desenfadado, como si jugaran en el mismo equipo de fútbol o algo semejante, y luego una mujer demasiado joven y femenina a los ojos de Jan. Y ahora Kvistgård, el maquinista. Siempre tocaba volver a comenzar desde el principio: disculpe, pero le importaría repetir cómo fue, podría decirnos, cómo describiría...

–Enfermera privada. ¿No resulta un poquito extravagante...?

–Mi tiempo es lo más preciado que tengo, no puedo permitirme perder varias horas en la sala de espera de un hospital cada vez que necesito hacerme un análisis de sangre. Créame, el sueldo de Karin ha sido una inversión de lo más sensata.

–Ya veo. Y aparte de eso, ¿cómo era su relación con Karin Kongstad?

–Muy buena. Era una persona muy cálida y cordial.

–¿Cómo de cálida?

Jan salió bruscamente de su letargo. Esa pregunta era nueva.

–¿Qué quiere decir?

–¿Mantenía usted una relación con ella? ¿Un poquito de sexo con la enfermera cuando su mujer no estaba en casa? Entiendo que vivían bajo el mismo techo.

Jan observó boquiabierto a aquel sesentón con pinta de ferroviario. Era extraño, su expresión no había variado ni un milímetro.

–Es... No. ¡Joder, que estoy casado!

–Como muchísima gente. Lo que no impide que alrededor del setenta por ciento se busque algo fuera de casa. Pero usted y la señorita Kongstad no, ¿verdad?

–¡Ya le he dicho que no!

–¿Está completamente seguro?

Jan sintió un sudor frío en las palmas de las manos y en el nacimiento del pelo. ¿Sabrían algo? ¿Sería mejor admitirlo que tratar de sostener una mentira? ¿Sabrían algo o no era más que un farol?

Advirtió que había vacilado demasiado tiempo.

–Fue algo pasajero –reconoció–. Creo que me cogió desprevenido... no sé. ¿Se ha sometido alguna vez a una operación de gravedad?

–No –respondió el maquinista.

–Es posible que el hecho de seguir con vida le vuelva a uno arrogante.

–Y en uno de esos ataques de arrogancia inició usted una relación con Karin Kongstad, ¿es así?

–Yo no lo llamaría así, no fue una relación. Creo que los dos nos dimos cuenta de que se trataba de una equivocación. Además, ninguno de los dos quería hacerle daño a Anne.

–¿Entonces su mujer no estaba al tanto de la relación?

–Por favor, si no fue una relación. Como mucho... Bueno, sé que suena mal decir que fue una aventura, pero ya me entiende.

–No estoy yo tan seguro, Mr. Marquart. ¿De qué estamos hablando? ¿Una vez? ¿Una semana? ¿Unos meses? ¿Cuánto tiempo tardó usted en descubrir que era «una equivocación»? Y ¿está seguro de que la señorita Kongstad tenía igual de claro que aunque mantenía relaciones sexuales con usted no debía ir por ahí pensando que se trataba de una relación?

Jan intentó tomárselo con calma, pero aquel hombre parecía capaz de acribillarle con agujas de acupuntura con la mayor precisión sin inmutarse.

–Lo está tergiversando todo –protestó–. Karin es... Karin era, como ya le he dicho, una mujer cálida y muy femenina, pero estoy completamente seguro de que entendía lo que mi matrimonio significa para mí.

–Menuda suerte. ¿Su mujer también lo sabe?

–¡Por supuesto! O... No, no le he hablado a Anne de... del episodio con Karin. Y apreciaría mucho que usted tampoco lo hiciera. Anne es muy vulnerable.

–En ese caso esperemos que no sea necesario. ¿Puede decirme por qué Karin Kongstad abandonó ayer la casa de forma repentina?

–No. Yo... no estaba. Pero se fue al campo, es posible que solo necesitara descansar un par de días.

–¿Intenta darme a entender que no ha visto esto?

Kvistgård sacó una funda de plástico y la dejó encima de la mesa. Dentro estaba la nota de Karin con sus dos sobrias palabras: ME DESPIDO.

Jan hizo un esfuerzo por sonreír.

–No me lo tomé en serio. En realidad creo que no era más que una broma. Se quejaba de que hacía demasiado calor para trabajar... como le he dicho, pensé que simplemente se había tomado unos días libres y que había escogido un modo un poco... poco convencional de avisarme.

–Su mujer nos ha contado que Karin Kongsted parecía agitada por algún motivo cuando salió.

–Ah, ¿sí? No sabría decirle. Como le he explicado, yo no estaba.

–No. Pero hizo usted una llamada a SecuriTrack para que localizaran el coche en el que se marchó. ¿Por qué hizo eso, Mr. Marquart?

La sangre se le subió a las orejas. Procuraba mantener aquella sonrisa que se le había congelado en la cara, pero también era consciente de que cualquier probabilidad de aparentar naturalidad se había desvanecido hacía rato. No podía tomarlo a la ligera, restarle importancia, fingir que no pasaba nada, que era pura rutina cuando desaparecía uno de los coches de la empresa, esas cosas. No era capaz. Aquel maldito ferroviario había hecho que el suelo se tambaleara bajo sus pies lanzándole a una caída libre y sin red.

–Veo que necesita un poco de reflexión –dijo Anders Kvistgård–. ¿Quiere llamar a un abogado, quizá? Porque me temo que debo informarle de que a partir de este momento sus derechos en este interrogatorio pasan a ser los de un acusado.

CASI NO había bañistas en Strandparken a pesar de que el calor seguía envolviendo a Copenhague en una nube de bochorno. Al parecer, tantas semanas seguidas de calor y tiempo seco habían acabado por saciar la sed de vida playera y quemaduras de primer grado de los urbanitas, pensó Nina. En el trocito de arena que escogió no había más que unos estudiantes apáticos tumbados sobre unas toallas demasiado pequeñas con los libros abiertos, pero aparte de eso solamente habían visto a un patinador, un chico joven y sudoroso con una camiseta de tirantes que dejaba al descubierto unos hombros quemados por el sol; había estado a punto de arrollar al niño.

Se sentaron en sus flamantes toallas nuevas a contemplar el espejear del agua. No había un soplo de brisa ni un cabrilleo en el mar. Las olas, planas, rompían junto a la orilla con un chapoteo casi mudo; el silencio de los tres empezaba a resultar algo llamativo. El pequeño, mudo y cabizbajo, veía cómo la arena se le escurría mecánicamente entre los dedos. Marija, medio sentada, medio tumbada, ocupaba la toalla de al lado con los ojos entornados tras unas gafas oscuras recién compradas y el rostro vuelto hacia el ardiente sol de la tarde. Había dejado sus ajustados vaqueros en la arena y ahora su camiseta ceñida se prolongaba en dos piernas blancas y flacas. No había dicho gran cosa desde que montó con ellos en el coche. Le parecía bien ir un rato la playa, pero entonces quería toalla, protector solar, gafas y bikini como parte del trato. Nina, que por un instante tuvo la sensación de estar en negociaciones con su malhumorada hija adolescente, llegó a un acuerdo con ella que lo redujo a la toalla, la crema y las gafas, y al llegar a Amagerbrogade encontraron una perfumería de la cadena Matas que pudo proveerles de todo. Al pequeño le compró un polvoriento juego de playa rojo y amarillo con pala, tamiz y cubito, además de un helado cuando iban camino de la orilla. Marija, que le llevaba de la mano, señaló hacia el cartel de los helados diciendo algo y, para alivio de Nina, el niño le contestó y señaló hacia el cucurucho más grande de todos. Aunque parecían haber roto el hielo, después solo hubo silencio entre Marija y el pequeño por más que ella se afanara en formularle algo que sonaba a preguntas dulces y cautas. Él se sentó dándole la espalda mientras sus manos trabajaban sin descanso en la arena blanca y caliente.

Nina lanzó una mirada de reojo a la lituana y decidió romper aquel silencio, al menos el que había entre ella y Marija. ¿De qué hablar con una chica como ella? De su trabajo en Helgolandsgade, de su vida antes de recalar en Copenhague. De sus sueños y esperanzas, si es que le quedaba alguno. El hecho de haber comprado su presencia en igualdad de condiciones que los hombres que se arremolinaban a su alrededor por las noches las separaba como un extraño e impalpable malestar.

–¿Cuánto tiempo llevas en Dinamarca?

Pensaba preguntarle también si le gustaba, pero se contuvo.

Marija levantó la vista y la miró con una leve sonrisa amable y distante al mismo tiempo.

–Siete semanas –contestó señalando con la cabeza hacia la ciudad que se extendía a sus espaldas–. Es una ciudad bonita.

Nina le observó las piernas largas y delgadas y los pies que había enterrado a medias en la arena. Dos pequeñas cicatrices redondas destacaban en rojo sobre la blancura de su muslo izquierdo, justo encima de la rodilla. Cigarrillos, observó automáticamente, y de inmediato le vino a la mente la imagen del tipo musculoso y bajito con la serpiente tatuada de la víspera. Pero no tenía seguridad alguna de que aquellas quemaduras fuesen obra suya. A fin de cuentas, Marija apenas llevaba allí siete semanas y las marcas estaban todo lo cicatrizadas que ese tipo de heridas pueden llegar a estar.

Al reparar en su mirada, la lituana se cubrió discretamente el muslo con la mano. De pronto se levantó e hizo un gesto con la cabeza en dirección al agua.

–Voy a nadar. Un baño rápido.

Nina asintió sonriente mientras Marija se quitaba la camiseta descubriendo un suave sujetador blanco de algodón de tirantes anchos. Otra imagen inoportuna se abrió paso en su recuerdo, esta vez la de Ida en su minúscula habitación una noche de la semana anterior.

Se había comprado un sujetador, uno de esos modelos ajustadísimos que se usan para hacer deporte, una idea de lo más sensata. Tenía que ocurrir tarde o temprano y en cuestión de pechos su hija estaba siendo bastante más precoz que ella. Lo cierto es que Nina y Morten habían bromeado alguna vez con el hecho de que Ida ya los tenía más grandes de lo que su madre los había tenido en toda su vida, pero con eso y con todo le había sorprendido verla allí de espaldas con un sujetador nuevo que había ido a comprarse ella sola. Sin pedirle permiso ni consejo.

Sacudió la cabeza. ¿Para qué se suponía que tenía que pedirle permiso? ¿Para hacerse mayor?

Marija se dio la vuelta y echó a correr hacia el agua en ropa interior. Se lanzó hacia delante dibujando una curva perfecta en el aire con el cuerpo y los brazos y se zambulló en el mar con las manos extendidas. Reapareció varios metros más allá y dio un par de brazadas rutinarias antes de volverse de espaldas y empezar a patalear enérgicamente.

–Ven tú también –le gritó sonriendo de oreja a oreja por vez primera–. *Ateik čia.*

El niño había abandonado su labor con la arena y la seguía con ojos curiosos; de repente algo pareció liberarse también en su expresión. Le lanzó a Nina una mirada inquisitiva que hizo que algo se derritiera en su interior. Le estaba pidiendo permiso.

Ella asintió rápidamente y tiró de él para acercarle y ayudarle con la camiseta y los pantalones. Luego le soltó y vio como cruzaba a todo correr la arena húmeda y firme de la orilla y metía con cautela los dedos de los pies en las olas susurrantes. El pequeño lanzó un largo alarido de entusiasmo al sentir que una ola algo mayor le empapaba los pies y los tobillos; después, envalentonado, avanzó otro par de pasos, tropezó y cayó sentado con una mezcla de miedo y regocijo en la mirada. Marija se reunió con él dando un par de zancadas y le ayudó a levantarse; oyó que hablaban. La lituana le dijo algo y él contestó con la típica voz llorosa que ponen los niños cuando necesitan algo. Sonriente, le alborotó con la mano los cortos cabellos blancos, que quedaron mojados y de punta. Después le dijo algo más y en menos de un segundo le cogió de las manos, le levantó ligeramente y empezó moverle por el agua. Él soltó una risotada que dejó al descubierto sus blancos dientecillos de leche y Marija también rompió a reír con una risa sonora y aniñada. Volvió a mirar a Nina y la saludó con la mano.

–Ven –la invitó–. Muy buena.

Nina le devolvió el saludo y, sonriendo, rechazó su invitación con un gesto. Quería dejarles solos un rato. Era evidente que el pequeño echaba en falta alguien a quien entendiera y que también le entendiera a él. Quizá Marija también, pensó mientras observaba a aquella chica alta y delgada que brincaba en el agua. Lo más seguro es que no tuviera posibilidad de oír su idioma todos los días, y no había razón alguna para entrometerse ahora. Ella ya sabía lo que tenía que hacer: ganarse la confianza del niño y tratar de averiguar de dónde era. Nina le había explicado que le valía todo, su nombre, su ciudad, una calle; cualquier cosa la ayudaría a arrancarle del universo vacío en el que flotaba y dar con el lugar del mundo del que venía.

Marija no le preguntó por qué y ella supuso que estaría acostumbrada a que fuera mejor no saber demasiado acerca de nada; era un auténtico milagro que hubiese accedido a ayudarla a pesar del hombre con el tatuaje de la serpiente.

Y aún había un pequeño prodigio más a punto de ocurrir delante de sus narices.

Marija le dijo algo al niño y él, entre chillidos y risas, se liberó de su abrazo hasta quedar erguido con los pies enterrados en la arena mojada; entonces le gritó algo y Nina comprendió por instinto lo que era mucho antes de que él repitiera la palabra.

–Mikas.

El niño se llamaba Mikas.

Cuando Marija y aquel niño que se llamaba Mikas regresaron junto a Nina, el pequeño ya tenía los labios morados de frío y los dientes le repiqueteaban como castañuelas. La larga melena oscura de Marija le colgaba, húmeda y pesada, por los hombros; cuando se dejó caer en la toalla y se estiró para que le diera la mayor cantidad posible del ardiente sol de la tarde, aún tenía los ojos risueños.

Nina echó la otra toalla por encima del niño y le secó con cuidado los estrechos hombros blancos, la espalda, el pecho y las piernas. Después le volvió a poner la camiseta y los pantalones y dejó que sacara el cubito y la pala de la bolsa que había detrás de ella. El pequeño se lanzó a la tarea con un ardor y un entusiasmo que les hizo intercambiar una sonrisa pícara, como si fuesen un matrimonio disfrutando de su prole. Marija se levantó de pronto y se quedó mirando a Nina con la frente surcada por una arruguita de preocupación.

–Ya sé cómo se llama –dijo–. Mikas, y el apellido de su madre es Ramoškienė. Le ha venido a la cabeza cuando le he preguntado si se acordaba de cómo la llamaban los profesores de la guardería.

–Así que normalmente va a una guardería –observó Nina sin acabar de comprender por qué le sorprendía tanto. No sabía nada de Lituania, pero al parecer se había hecho una vaga idea de un lugar lleno de guetos soviéticos de hormigón, hospitales infestados de tuberculosos y una mafia gélida donde las guarderías no terminaban de encajar. Al oír las palabras de Marija, entrevió de repente el mundo del que procedía Mikas. De modo que iba a la guardería. ¿Y qué más?

La joven le lanzó una mirada al pequeño y le preguntó algo. Su respuesta fue breve y precisa; él no apartó la vista del cubo y la pala ni por un segundo.

–Es de Vilna, estoy completamente segura –anunció Marija–. Le he preguntado si le gusta montar en trolebús y me ha dicho que sí, pero que en invierno no, porque debajo de los asientos resbala.

Sonrió triunfante ante su hallazgo.

–Dice que a veces le dejan tocar el timbre de la parada, pero tiene que esperar a que el conductor diga Žemynos gatvė.

Nina cogió el bolso y sacó un bolígrafo y un cuadernillo ajado que había al fondo.

–¿Me lo puedes escribir?

Le tendió el cuaderno a Marija, que no tuvo inconveniente en anotar el apellido y el nombre de la calle en el papel de cuadros. Nina volvió a observar al niño mientras se preguntaba cuál sería el mejor modo de seguir adelante. Tenía el nombre del pequeño y sabía de dónde venía, pero en cierta forma no bastaba. Lo que necesitaba averiguar era algo muy distinto.

–Pregúntale por su madre –dijo de pronto–. Pregúntale si vive con su madre y por qué ahora no está con ella. ¿Lo sabe?

Marija volvió a fruncir el ceño. Nina supuso que trataba de concentrarse en encontrar las palabras adecuadas y en ese mismo instante sintió una nueva punzada de rabia al recordar el torcido destino de la joven, al pensar que unos tipos daneses, alemanes y holandeses se creían en todo su derecho de tirarse en serie a una chica un mes detrás de otro hasta acabar con su dulzura de niña y su desmaña. ¿Qué se dirían a sí mismos y unos a otros? ¿Que aquello estaba bien porque ella misma lo había decidido? ¿Que le estaban ofreciendo la posibilidad de acceder a una vida mejor? Sintió la fría punzada del sarcasmo al pensar en aquellos magnánimos daneses.

Con tantos hombres entregados en cuerpo y alma a la tarea de mejorar las condiciones de vida de todas esas chicas, cualquiera diría que había llegado el momento de organizar una grandiosa colecta en favor de las jovencitas del este de Europa y África.

Marija se había aproximado al niño y le ayudaba a volcar el cubo lleno. Deslizó un dedo por aquella montañita de arena de bordes irregulares y le dijo algo sonriendo con cautela.

Mikas se retorció visiblemente ante la nueva pregunta. Continuó llenando el cubo sin orden ni concierto, pero desistió después de un par de paladas, arrojó la herramienta y se apresuró a buscar con la mirada un lugar donde esconderse. Después miró a Marija a los ojos y respondió algo.

Ella asintió y le cogió con delicadeza por la barbilla para retenerlo un momento. Volvió a preguntarle algo, pero esta vez fue como si algo helado desbordara al pequeño. Su rostro se cerró con la misma rapidez con la que se había abierto poco antes y dijo algo. Su voz sonó diminuta, apenas un hilillo. Escapó de la suave presión de Marija y echó a correr hacia el agua.

La joven observó a Nina con algo muy parecido a un reproche en la mirada, como si de algún modo la culpa fuera suya. O de la pregunta que le había obligado a formularle.

Nina se levantó apresuradamente y siguió al pequeño con largas zancadas veloces. Lo atrapó al borde del agua y lo cogió con cuidado entre sus brazos. Al principio pataleó furioso con los pies desnudos contra las piernas de Nina, pero después abandonó la lucha y se dejó llevar, flácido y pasivo, echado a su hombro de vuelta a las toallas arrugadas. Marija estaba en pie poniéndose la ropa con movimientos rápidos y agitados.

–¿Su madre?

La pregunta quedó suspendida en el aire entre las dos mientras la joven se abrochaba los vaqueros ajustados sin levantar la vista.

–Marija.

Nina le puso una mano en el brazo y ella renunció a seguir luchando con el pantalón y le devolvió la mirada.

–Lo siento.

Marija respiró hondo.

–Se ha puesto muy triste. No me gusta.

Señaló hacia Mikas y después hacia sí misma, como si ese gesto pudiera explicarlo todo. Nina movió la cabeza de un lado a otro.

–¿Qué ha dicho de su madre?

–No lo he entendido todo. Los niños solo contestan lo que les apetece –se disculpó–. Pero ha dicho que vivía con su madre, que es muy buena, pero que no podía despertarla.

Nina frunció el ceño y le lanzó a la joven una mirada llena de duda.

¿Estaría enferma la madre de Mikas? ¿O inconsciente? ¿Tendría algo que ver lo que les había contado con aquel viaje forzoso a Dinamarca? Hasta donde ella recordaba, los niños de tres años tenían una percepción del tiempo algo confusa; maldijo su impotencia lingüística.

Quería averiguar si le había vendido la madre. Sabía que esas cosas ocurrían.

–¿Cómo se separaron? ¿Te lo ha dicho?

Marija enarcó sus cejas depiladas.

–Me ha contado que la señora del chocolate se lo llevó. No sé muy bien a qué se refiere.

–¿Echa de menos a su madre? ¿Quiere volver con ella?

La joven se detuvo en seco un instante. Después le lanzó una mirada descarnada.

–Claro que echa de menos a su madre. No es más que un niño.

«SUNNY BEACH Sol y Wellness», se leía en la puerta acristalada que conducía al sótano. «Tubos nuevos». En el interior había una especie de recepción donde una mujer morena hablaba por teléfono. Jučas no estaba muy seguro de qué idioma era ese. Desde luego, lituano no; claro, que habría sido un poco extraño. Llevaba una bata blanca, como si fuese enfermera, auxiliar de clínica o algo semejante; le pareció demasiado vieja para ser prostituta. Quizá fuese cierto que era un sitio para tomar el sol.

La mujer dejó el teléfono un momento y le preguntó algo que no entendió.

Bukovski –respondió–. *I have to see Bukovski.*

–*Wait* –dijo ella–. *Name?*

Se quedó mirándola. Ella empezó a moverse más aprisa y con mayor nerviosismo y desapareció en la trastienda para regresar al cabo de unos instantes.

–*You go in* –le invitó a pasar.

Los locales eran pasmosamente grandes. No tenían ventanas, pero un potente sistema de ventilación mantenía el aire frío y casi fresco. Había unas cuantas bicicletas estáticas y dos cintas de correr, pero la mayor parte del espacio lo ocupaban unas máquinas TechnoGym bastante usadas y la zona de pesas. No era un gimnasio en tonos pasteles para cuarentonas con pánico a la grasa y tipos de mediana edad con la ilusión de «llevar una vida sana», no. Era una sala de musculación. El raído fieltro gris del suelo estaba impregnado de testosterona y le hizo sentirse como en casa nada más entrar.

Dimitri Bukovski salió a su encuentro con los brazos abiertos.

–*My friend* –le saludó–. *Long time no see.*

Se abrazaron al estilo masculino, palmeándose la espalda, y Jučas se resignó a que su amigo le plantara un sólido beso en cada mejilla, *Russian style.* Dimitri era producto de una combinación de pueblos del Este, algo polaco, algo ruso, algo alemán y una pizca de lituano. Ya debía de haber rebasado los cincuenta y estaba bastante calvo, pero aún parecía capaz de levantar doscientos kilos sin sudar demasiado. Pectorales y bíceps rebosaban por debajo de su camiseta sin mangas. Años atrás, en un gimnasio similar de Vilna, le había enseñado a Jučas qué quería decir entrenar en serio. Ahora vivía en Copenhague, y de sus tres contactos en Dinamarca era el único que no llamaría a Klimka nada más verle aparecer por la puerta.

–Buen local –comentó Jučas.

–Sí, no está mal –dijo el otro–. Lo llevamos como un club. Aquí solo viene gente que quiere entrenar en serio. ¿Tienes ganas?

–Sí, pero tiempo no –contestó sinceramente apesadumbrado.

–Claro –dijo Dimitri–. Imagino que estás trabajando. ¿Aún con Klimka?

–Entre otras cosas –le respondió vagamente.

–¿Ah, sí? Bueno, tampoco es asunto mío. Pasa a mi oficina.

La oficina medía poco más de seis metros cuadrados, el espacio justo para una mesa y un sillón de piel marrón lleno de arañazos. Las paredes estaban cubiertas de fotografías enmarcadas, la mayoría de ellas de Dimitri junto a diversos personajes famosos, sobre todo actores y cantantes, pero también algún que otro político. El lugar de honor en el centro de una de las paredes lo ocupaba una imagen de un sonrientísimo Dimitri estrechando la mano de Arnold Schwarzenegger.

–*Home Sweet Home* –observó el retratado extendiendo los brazos por la habitación.

Jučas se limitó a asentir.

–¿Has encontrado algo? –preguntó después.

–Sí.

Dimitri abrió una cajita que estaba fijada a la pared justo debajo de la foto de Schwarzenegger.

–Puedes escoger entre una Glock y una Desert Eagle.

Colocó las dos armas frente a él encima de la mesa.

Las dos estaban usadas, pero en buen estado. La Glock era una 9 mm, la clásica Glock 17 negra. La pistola Desert Eagle era una calibre .44, pesada, de un plateado reluciente y aspecto algo más nuevo que la Glock. Jučas las cogió de una en una. Sacó el cargador y comprobó que la recámara estaba vacía. Quitó el seguro. Apuntó hacia una de las fotografías de la pared y apretó el gatillo. El de la .44 iba algo más duro que el de la Glock.

–¿Cuánto? –preguntó–. Y ¿están limpias?

No quería un arma que pusiera a la policía tras su pista y acabara involucrándole en un delito que no había cometido.

–Amigo mío, ¿por quién me tomas? ¿Crees que te vendería una pistola sucia? Dos mil por la Glock y tres por ese monstruo de pistola. Dólares, se entiende. Por quinientos más, te llevas munición extra.

–¿Con cuál te quedarías tú?

Dimitri encogió sus compactos hombros.

–Depende. Una Desert Eagle es bastante difícil de ignorar. Buen efecto intimidatorio. Pero si piensas dispararle a alguien de verdad, llévate la Glock.

Compró la Glock. Además, era la más barata.

NINA DEJÓ A MARIJA en Vesterbrogade a las 16.47. Se fijó en la hora exacta porque su reloj no coincidía con el del arco de Axeltorv. El suyo marcaba dos minutos más y no pudo evitar preguntarse cuál de los dos iría bien.

La muchacha se quedó un poco encorvada junto al bordillo, como si no tuviese del todo claro hacia dónde ir. Nina observó que aún llevaba arena entre los cabellos húmedos, pero eso era todo lo que quedaba de la chica de la playa. Ya no sonreía.

La siguió con la mirada por el retrovisor hasta que la vio volverse y echar a andar en dirección a Stenogade con los hombros encogidos hasta las orejas, como si tuviese frío. Al sentir el aliento denso y corrosivo del humo de los coches y el asfalto caliente que entraba por la ventanilla, tuvo que luchar un rato contra la imperiosa necesidad de dar la vuelta, ir tras ella y volver a meterla en el asiento del copiloto, pero ni Marija le había pedido ayuda ni ella se la había ofrecido. Había anotado su nombre y su número de teléfono en una hoja de papel cuadriculado y había ido a un cajero de Amagerbrogade a sacar su dinero. En esos momentos no podía hacer más.

Se le ocurrió que lo más probable era que la policía vigilase los movimientos de su tarjeta y dónde la usaba, pero decidió que daba igual. Ya daba igual.

En cierto modo, lo supo en el instante mismo en que el niño gritó llamando a su madre en aquel chalé. La única diferencia era que ahora lo sabía con certeza.

No venía de un orfanato de Ucrania o de Moscú. No era huérfano ni estaba solo en el mundo. Tenía una madre y, por lo que había dicho Marija, todo parecía indicar que le habían secuestrado. Ni vendido, ni prestado ni regalado; secuestrado. Y, no se sabía cómo, había ido a parar a las garras del tipo que había matado a Karin. Dios sabe cómo y por qué, pero eso ya no era problema de Nina. Si la madre del pequeño aún seguía con vida, habría acudido a la policía de Lituania y sería pan comido enviarlo de vuelta hacia Mamá Ramoškienė, la guardería y los trolebuses lituanos. Hasta la policía danesa sabría hacerlo, qué demonio. Cuando se trataba de sacar a la gente del país resultaban sorprendentemente efectivos. Quizá incluso intentaran averiguar quién estaba detrás del secuestro. Si no por otra cosa, al menos por Karin. Nadie salía bien parado después de matar a un ciudadano danés.

Así de sencillas eran las cosas.

Sintió una cálida y suave sensación de calma que le brotaba del vientre y se extendía por el resto de su cuerpo.

Podía llevarse al niño a casa y llamar a la policía. Seguramente podría quedarse con él mientras investigaban la información que le habían dado Mikas y Marija. Sabía que, llegado el caso, su terquedad podía resultar de lo más convincente, y nadie se atrevería a afirmar que el pequeño estaría mejor con algún empleado de los servicios sociales quemado. Se quedaría con él para que no estuviera solo entre extraños hasta que su madre llegara de Vilna y pudiera estrechar al fin a su hijo entre sus brazos.

Imaginaba su llegada deshecha en un mar de lágrimas y sonrisas, la veía cogerla de la mano y expresarle su mudo agradecimiento. Nina sintió de pronto las lágrimas que brotaban de un rincón tierno y oscuro en su interior. No solía llorar muy a menudo, y menos aún cuando algo por fin salía bien. Llorar de alegría era cosa de viejas.

Pero tampoco es que estés demasiado acostumbrada a los finales felices, ¿verdad, Nina?, dijo una vocecilla cínica dentro de ella. Nunca consigues tus finales felices.

–Esta vez va a salir bien –murmuró con obstinación.

A SIGITA LAS CASAS GRANDES le hacían sentirse incómoda. Quizá fuera la sensación de que quienes vivían en ellas tenían autoridad y poder para decidir, aplastar y condenar. Por más que se repitiera a sí misma que valía tanto como ellos, siempre había algo en su interior que se resistía a escuchar.

La casa que tenía enfrente era inmensa, tanto que resultaba imposible verla de una sola vez. Estaba apartada, en lo alto de un declive con vistas al mar y completamente rodeada por una tapia blanca. Le pareció una fortaleza y le sorprendió que el portón estuviese abierto sin más y cualquiera pudiese entrar. ¿Por qué levantar entonces semejante fortín?

El taxi se alejó. Aún no se había recuperado de lo que había tenido que pagar. Le costaba creer que recorrer cien kilómetros en un coche pudiera ser mucho más caro que volar de Lituania a Dinamarca. No le quedaba prácticamente nada del dinero que le había quitado a Jolita. Debería haberlo cogido todo, pensó, pero llevarse una parte hacía que pareciera menos un robo. Además, al final la propia Jolita le había dado su consentimiento.

Ahí estaba, sin la menor idea de qué hacer ni la seguridad de que aquello fuera el final. No se había equivocado, en la placa de latón que había en la tapia blanca ponía: MARQUART. Allí vivía el hombre que coleccionaba a sus hijos, pero ignoraba si eso quería decir que Mikas estaba dentro.

No era buena idea colarse de tapadillo porque unas cámaras de vídeo bastante discretas habían grabado su llegada, de modo que echó a andar hacia la entrada de la fortaleza blanca.

Pulsó el timbre y oyó que al otro lado resonaba una atrevida melodía que no acababa de encajar con los altos muros blancos, aquel césped infinito y las macizas puertas de teca. Después se oyeron unos pasos y la puerta se abrió.

En el umbral apareció un niño. Lo reconoció de inmediato por lo mucho que se parecía a Mikas.

–Hola –la saludó; luego añadió algo, pero Sigita no entendió una palabra.

No era capaz de decirle nada, solo mirarle. Llevaba unos vaqueros, una camiseta y unas relucientes zapatillas rojas de Ferrari. En la cabeza se había puesto una gorra de Ferrari a juego, por supuesto del revés, con la visera en la nuca. Era bajito y menudo para sus ocho años; no, más que menudo lo que estaba era flaco. Sin embargo, tenía el rostro hinchado y el bronceado no lograba ocultar una intensa palidez, sobre todo alrededor de los ojos. Llevaba un vendaje blanco en un brazo bajo el que se adivinaba el contorno de una cánula sujeta con esparadrapo. Está enfermo, se dijo. Mi hijo está muy, muy enfermo. ¿Qué le han hecho en este país extraño?

El niño volvió a decir algo y, por la entonación, Sigita comprendió que se trataba de una pregunta.

–¿Están tu papá o tu mamá? –le preguntó a su vez.

No tardó demasiado en darse cuenta de que, evidentemente, no sabía lituano. Era idéntico a Mikas y sus ojos y su sonrisa eran los de Darius. Era completamente absurdo no poder hablar con él.

–*Is your father at home? Or your mother?* –intentó; en el mismo instante en que aquellas palabras salieron de sus labios, se dijo que era demasiado pequeño para haber aprendido inglés. Pero él asintió.

–*Mother* –respondió–. *Wait.*

Y desapareció en el interior de la casa.

Regresó al cabo de un momento acompañado de una mujer casi igual de delgada que pasaba de los cuarenta. Sigita observó a la persona que se había convertido en la madre de su hijo. Llevaba una delicada blusa rosa y unos vaqueros blancos. Toda ella resultaba delicada, en tonos pasteles y vacilante, como si fuera por su propia casa buscando algo que no sabía qué era. Como el niño, tenía el pelo rubio y la piel bronceada; a nadie le sorprendería que fueran madre e hijo.

–*Anne Marquart*–se presentó tendiéndole la mano–. *How may I help you?*

Pero apenas vio el rostro de Sigita con claridad se detuvo. Debía de estar sintiendo lo mismo que ella acababa de experimentar al ver al niño. Las imborrables huellas genéticas. Vio los rasgos de su hijo en aquel rostro y se horrorizó.

–*No* –exclamó–. *Go away!*

Intentó cerrar la puerta.

Sigita dio un paso adelante.

–*Please* –rogó–, *I just want to talk. Please…*

–*Talk…?* –preguntó la mujer volviendo a abrir muy lentamente–. *Yes, perhaps we'd better.*

La ventana se extendía a lo largo de toda la habitación y llegaba desde el suelo hasta el techo, con lo que el cielo y el mar irrumpían en el salón. A Sigita le resultó algo excesivo, sobre todo en vista de que el viento estaba arreciando y las olas empezaban a mostrar sus dientes blancos. ¿Es que no habían oído hablar de las cortinas? Al fin y al cabo, las casas estaban para que la naturaleza se quedara fuera.

La habitación era descomunal. En un extremo había una chimenea que Anne Marquart encendió con un simple chasquidito del mando a distancia, como si fuera un televisor. El suelo era de una piedra gris azulada que Sigita no conocía. En el centro de la sala, a varios metros de cuanto lo rodeaba, había un sofá en forma de herradura de un tono rojo subido. Se daba perfecta cuenta de que se encontraba en uno de esos salones que todas las revistas de moda aspiran a fotografiar, pero aquello superaba incluso una necesidad de orden y líneas puras como la suya, y estar en medio de esa sala de baile petrificada la incomodaba.

–Se llama Aleksander –dijo Anne Marquart en un impecable inglés británico que sonaba mucho mejor que el de Sigita– y es un niño maravilloso; cariñoso, valiente y listo. Le quiero con locura.

Algo en el interior de Sigita se liberó. Un nudo, una culpa antiquísima. Gracias, susurró en lo más hondo de su ser. Santa María, Madre de Dios. Gracias por este momento. Sucediera lo que sucediera, al menos sabía que su primogénito no vagaba en la oscuridad abandonado y miserable como el feto desnudo de sus pesadillas. Se llamaba Aleksander. Tenía una madre que le quería.

Aleksander se había vuelto a marchar, no sabía adónde. Anne Marquart le había dicho algo en danés que había iluminado el semblante del pequeño con una sonrisa y le había hecho exclamar un «¡Bieeeeen!» lleno de entusiasmo. Sigita supuso que le había dado permiso para hacer algo que solía estar sometido a un estricto racionamiento. ¿Películas? ¿Videojuegos? Resultaba evidente que podían permitirse darle cuanto se le antojara, y con creces. Sintió una punzada. Si Mikas llegaba a averiguar que tenía un hermano mayor que vivía de aquel modo, ¿le envidiaría?

Entonces regresó el temor por Mikas.

–No he venido por Aleksander –explicó–, sino por Mikas, mi hijo pequeño. ¿Está aquí? ¿Le ha visto?

Anne Marquart parecía perpleja.

–¿Un niño pequeño? No. Yo... ¿Quiere decir que tiene usted otro hijo?

–Sí, Mikas. Tiene tres años.

Algo le ocurría a Anne Marquart. Se quedó completamente inmóvil con la vista clavada en su taza de té, como si esperara descubrir en ella una verdad última y trascendental. Luego levantó bruscamente la cabeza.

–¿Del mismo padre? –preguntó.

–Sí –contestó Sigita sin comprender la intensidad con que aquella mujer formulaba la pregunta.

–Oh, Dios –exclamó Anne Marquart quedamente–, si solo tiene tres años...

Para su asombro, Sigita comprobó que las lágrimas empezaban a resbalar por el rostro de la señora Marquart.

–No es justo –susurraba–. Es insoportable.

–No comprendo... –titubeó Sigita.

–Habrá visto usted que está enfermo.

–Sí.

Era inevitable.

–Tiene algo que se llama síndrome nefrítico. Su función renal es prácticamente inexistente y debe dializarse dos veces a la semana. Hemos instalado una pequeña clínica en el sótano para evitarle los largos desplazamientos al hospital, pero aun así... No se queja casi nunca, pero es muy duro para un niño. Y... y no va a funcionar eternamente.

–¿Y no pueden transplantarle un riñón nuevo? –preguntó.

–Lo hemos intentado. Mi marido le donó uno de los suyos, pero... como no somos... su familia biológica... Aleksander lo rechazó a pesar de toda la medicación y ahora está aún peor que antes.

En ese momento Sigita comprendió por qué la buscaba Jan Marquart. Y por qué había desaparecido su hijo.

EL NIÑO IBA en el asiento trasero con los ojos entornados y no reaccionó cuando Nina aparcó en Fejøgade. El coche patrulla se había marchado y las ventanas del segundo piso estaban vacías y oscuras. O Morten no había regresado aún o había llevado a los niños a Greve, a casa de su hermana, pensó distraída. Siempre prefería quitarlos de en medio cuando se presentaba una crisis. No debían ver que las cosas andaban mal, que perdía el control, y en esos momentos lo más probable era que estuviese a punto de volverse loco.

Cerró los ojos y sintió en lo más profundo de su ser el escozor de la mala conciencia. Esa misma noche arreglaría las cosas con él. Se pondría su cabeza en el regazo y le acariciaría la frente mientras le explicaba por qué ya no había nada que temer. Quizá no sería mala idea dejar que los niños pasaran la noche en casa de Hanne y Peter.

Sacó a Mikas del coche con ciudado y le llevó en brazos hasta el segundo piso. Estaba despierto, pero cansado y débil, como si hubiera gastado las últimas energías que le quedaban en la playa. No movió un solo músculo cuando Nina se sacó las llaves del bolsillo del pantalón con cautela y abrió sin hacer ruido. Al otro lado de la puerta del apartamento contiguo se oía el vocerío amortiguado de los videojuegos de los niños y el ruido del trajinar de cacharros en la cocina de los Jensen. Pero no quería que la descubrieran. Aún no.

Su casa estaba fría y silenciosa y, por primera vez desde que recogiera la maleta la víspera, sintió el inquieto roer del hambre en el estómago. Se quitó las sandalias de una patada, las dejó en el recibidor, entró en el salón descalza y dejó a Mikas en el sofá.

Aún quedaban restos del desayuno de los niños en la mesita del sofá que había frente al televisor. Dos tazones con leche y cereales reblandecidos a medio disolver. El periódico estaba al lado, en el suelo y sin abrir. Llevó los tazones a la cocina, tiró las sobras a la basura y los metió en el lavaplatos. Después preparó otro tazón de cereales para Mikas y le añadió una cucharada extra de azúcar. Durante el tiempo que llevaban juntos el niño no había comido más que un par de helados de cucurucho, medio panecillo y una rebanada de pan de molde, y debía de tener las piernas tan flojas como ella. Sentía esa curiosa mezcla de mareo y ligereza que siempre experimentaba después de algún tiempo en ayunas. Tenía tanta hambre que sus piernas amenazaban con ceder bajo su peso mientras sacaba un poco de pan negro y algo con que acompañarlo del frigorífico y cortaba gruesas rodajas de embutido. Después metió las rodajas entre dos rebanadas de pan y se dirigió hacia Mikas haciendo equilibrios con los cereales en una mano, un vaso de leche en la otra, el compacto bocadillo entre los dientes y una extraña y chispeante sensación de felicidad en el estómago. Era maravilloso estar otra vez en casa, ya solo le faltaban Morten y los niños.

Pero no corría prisa, igual que tampoco la corría llamar a la policía.

Colocó el tazón de cereales frente a Mikas y se desplomó en el sillón con un ruido sordo y suave. Cerró los ojos y dejó fluir su mente mientras masticaba muy despacio el pan blando con embutido. Luego se levantó y fue al dormitorio, donde se despojó de la camiseta húmeda y se puso directamente una camisa limpia y fresca. En el salón, la cuchara de Mikas tintineaba contra el tazón.

Llamaron a la puerta.

No era el sonido amortiguado del portero automático, sino el timbre que había junto al marco, con su clásico zumbido insistente. Anton solía utilizarlo para anunciar su llegada, pero él armaba tanto alboroto al subir las escaleras que por lo general no cabía duda alguna de quién era. Parecía más probable que se tratase de Birgit, la vecina de al lado, que a pesar de sus desvelos se había percatado de su llegada.

Quizá estuviese al tanto de que la policía la andaba buscando. Birgit le caía bien, esa no era la cuestión, pero era una cotilla terrible; a veces Nina deseaba que las paredes del edificio fueran más gruesas. Sobre todo ahora que prefería mantener el asunto de Mikas en privado un rato más.

Salió al recibidor y cogió el picaporte, pero algo la detuvo. Había demasiado silencio al otro lado de la puerta. Anton habría estado dando brincos y Birgit habría ido corriendo de un lado a otro del rellano lanzándoles gritos a sus hijos a través de su puerta abierta, pero en esos momentos no se oía nada. Ni unos pies, ni un carraspeo, ni una nariz al sonarse. No era un silencio natural. Eso fue todo lo que le dio tiempo a pensar.

Colocó la cadena de seguridad en un gesto mecánico y entornó lo suficiente para echar un vistazo a la escalera. La mujer rubia y delgada que aguardaba le sonrió amablemente y carraspeó con sigilo mientras le lanzaba lo que parecía una mirada tímida.

—*Please* —dijo inclinándose ligeramente hacia la puerta—, *I think you know my son. I am Mikas mother. Can I come in?*

Las imágenes del coche volvieron en tropel a su mente. La madre de Mikas cogiéndola de la mano y dándole las gracias como solo una madre puede darle las gracias a otra madre. Ese era el final feliz.

Sin embargo, nada más sacar la cadena del cierre supo que algo no marchaba bien. La mujer abrió la puerta de un empujón sin dejar de sonreír amablemente, casi a modo de disculpa. Como si en realidad no deseara entrar, pensó Nina al tiempo que advertía que Mikas también se encontraba en el recibidor. Estaba detrás de ella, con sus sandalias nuevas en medio de un charco de orina de color amarillo oscuro y el tazón de cereales entre las manos.

La mujer le sonrió y le tendió la mano, y el pequeño dio un respingo cuando el tazón se le escurrió entre los dedos y fue a parar al suelo de madera acepillada con un suave chasquido.

En ese mismo instante descubrió al hombre tras la mujer rubia.

Debía de haber permanecido oculto en el rellano hasta ese momento y ahora colmaba el hueco de la puerta con sus anchos hombros y su cazadora de cuero oscura demasiado gruesa. Le reconoció de inmediato. El corte de pelo nazi, la furia en la mirada y los enormes puños apretados. En una mano empuñaba una pistola negra y reluciente. Al parecer no tenía demasiada prisa. Sus movimientos eran acompasados y precisos, como los de quien repite algo que ya ha hecho miles de veces. Entró en el apartamento de una sola zancada poderosa. Después se tomó su tiempo para volverse de medio lado y cerrar la puerta tras de sí y de la rubia. Nina oyó el suave chirrido del cerrojo con una extraña sensación de impavidez. Al retroceder un paso notó cómo el pie se le empapaba en orina caliente y cereales con leche.

Pedazo de idiota, alcanzó a pensar. Claro que no es su madre. Si no has llegado a llamar. No has llegado a avisar a la policía. Entonces recibió un golpe que al principio hizo que el mundo se diluyera en tonos granates. Después se volvió completemente negro.

BARBARA SE AFERRÓ a su brazo.

–No le pegues más –le dijo–. Jučas. ¡No le pegues!

Jučas.

No Andrias.

Bajó la pistola. La bruja que se había llevado al crío era una masa informe a sus pies; tenía un lado de la cara completamente bañado en sangre.

–¡No la mates!

Barbara estaba lívida. De repente dejó de parecer joven y por vez primera Jučas comprendió lo que significaría la diferencia de edad que los separaba transcurridos diez años, quizá veinte. Cuando ella rondara los cincuenta, él tendría cuarenta recién cumplidos. ¿Le apetecería irse a la cama con una cincuentona?

–Que no, no la voy a matar –replicó.

Pero se preguntaba qué hacer con ella. Se sacudió el brazo de Barbara y colocó un pie a cada lado de la bruja. ¿Dónde se había metido el niño?

–¿Dónde coño está? –preguntó.

Momentos antes estaba en el recibidor. El tazón continuaba en el suelo, boca abajo, y la leche y los cereales seguían desparramados por la madera. Pero ¿dónde estaba el crío?

Lo encontró Barbara. Se había refugiado en el cuarto de baño y estaba encogido en el suelo, acurrucado en un rincón junto al inodoro. Hacía un ruidito, casi un gemido, cada vez que respiraba.

–Vamos, cariño –lo consoló Barbara arrodillándose junto a él–. ¡No te vamos a hacer nada!

Pero el pequeño ya no se lo creía. Cerró los ojos y gimió con más fuerza.

–Haz que se calle –ordenó Jučas.

Barbara le miró un instante.

–Está asustado –dijo.

–Pues dale chocolate. ¿No te queda colirio?

–No –contestó ella.

Pero Jučas tenía la sensación de que le estaba mintiendo.

–Quédate aquí –le dijo–. ¡Y haz callar a ese crío de una vez, joder!

La bruja seguía inmóvil en el recibidor. Le quitó el bolso, que era todo el equipaje que había bajado del coche, y lo vació en el fregadero. Monedero, *kleenex*, una bolsa caducada de pastillas para la garganta, las llaves del coche, otros dos juegos de llaves y una agenda muy usada. No había ningún teléfono móvil. Cogió todas las llaves, salió del apartamento dando un portazo y bajó a la calle en busca del Fiat rojo. Lo encontró dos manzanas más allá, semi oculto tras un contenedor de vidrio. En el asiento trasero había una manta y dos bolsas, una con ropa de niño y la otra llena de corazones de manzana, pan y juguetes para la arena. Eso era todo. El maletero resultaba igual de poco atractivo. Una caja de plástico con unos cables de arranque, limpiacristales, una lata de espuma antipinchazos y diversas herramientas de primeros auxilios para vehículos poco fiables, una bolsa de basura que resultó contener botellas vacías, unas botas de agua y una linterna.

Cogió la manta del asiento de atrás y volvió a cerrar el coche.

Ella no tenía el dinero, estaba convencido. Y tampoco creía que lo tuviera la otra, la rubia de las tetas grandes. Se lo habría dicho. Al final se lo habría dicho.

Lo cual solo significaba una cosa.

Estaba completamente seguro de que el danés le había mentido.

Aún había muchas cosas que no entendía, por ejemplo, qué pintaba la bruja dando vueltas con el niño por ahí o por qué mezclar a la rubia en el asunto, pero con lo poco que comprendía le bastaba. Ya sabía cómo hacer que el danés pagara.

Fue a buscar el Mitsubishi y lo dejó pegado al portal. Regresó al apartamento. Al menos Barbara había logrado sacar al niño del cuarto de baño. Agachada, lo acunaba entre sus brazos y parecía dar resultado: volvía a estar en silencio.

La bruja seguía en el suelo, donde la había dejado; pero, por lo que vio, respiraba.

–Está bien –tranquilizó a Barbara–. Voy a bajarla al coche.

Ella no contestó. Se limitó a mirarle con unos ojos casi tan grandes y asustados como los del pequeño.

–Esto también lo hago por ti –añadió Jučas.

Barbara asintió obedientemente.

Envolvió el cuerpo inerte de la bruja en la manta de cuadros y entreabrió la puerta de la calle. Por suerte el rellano seguía vacío. Se preguntó qué diría si se topaba con alguien; ¿se ha dado un golpe, la vamos a llevar al hospital? Pero no apareció nadie. La dejó en la parte de atrás del Mitsubishi y la cubrió con la manta. Hasta ahí, todo bien.

Al regresar a la casa, oyó a Barbara cuchicheando con el niño; no en lituano, sino en polaco.

–Déjalo ya –le dijo–. ¿No ves que no entiende ni jota?

Él tampoco lo entendía y no le gustaba que Barbara hablase en polaco. Le hacía sentir que había una parte de ella de la que quedaba al margen. De pronto cayó en la cuenta de que cuando llegaran a Cracovia hablaría en polaco todo el día. Con todos menos con él.

¿Cómo no se le había ocurrido antes? Pues no. Se había concentrado en la casa, en Barbara y en la vida que había imaginado que vivirían juntos.

El danés iba a hacerlo realidad, el danés y sus montañas de dinero. Aún recordaba el cosquilleo de triunfo que sintió el día que se dio cuenta de que podían conseguirlo. Era coser y cantar.

Klimka le advirtió que debía cuidar bien al danés y que más le valía no andarse con truquitos de los suyos. El tipo era un buen cliente con empresas en Vilna y varias ciudades de Letonia y le pagaba muy bien por mantener a raya a los demás tiburones. Estaba en Vilna y pretendía moverse por ahí con un solo guardaespaldas. Quería algo discreto.

Jučas le estuvo haciendo de niñera desde que el tipo bajó del avión con aquella ridícula maletita con ruedas, que resultó contener un puñado de artículos de primera necesidad y una exorbitante cantidad de dólares americanos. Fueron directamente a una especie de clínica privada donde el danés intentó comprar información acerca de una chica lituana que, por lo visto, había tenido un hijo allí. Al ver el dineral que le ofrecía a la directora, Jučas se puso nervioso. El danés parecía no entender qué era aquello que agitaba en la mano. Con la décima parte habría bastado; hasta habría sido excesivo. A algunos les habían asesinado por menos.

Llamó a Klimka para pedirle refuerzos, pero Klimka se negó; el danés había dicho expresamente un guardaespaldas. De momento tendría que apañárselas él solo, pero si las cosas se ponían feas debía llamarle, por supuesto.

Sí, claro, se dijo Jučas. Como que iba a haber tiempo si la mierda llegaba al ventilador. Al principio se pasaba todo el día con los cinco sentidos a pleno rendimiento y estaba tan ocupado en tantear el terreno que no se enteraba de nada de lo que se traía entre manos el danés. Cuando la enfermera, por decirlo de algún modo, le dio con la puerta en las narices y el tipo tuvo que volverse al hotel con las manos vacías, Jučas respiró aliviado. Cuanto antes concluyera aquel trabajo, mejor.

Pero se había alegrado demasiado pronto. En un arrebato depresivo, el danés se bebió todo el minibar. Después se sentó en la barra de la cafetería del hotel, pero para entonces estaba ya tan borracho que el camarero se negó a servirle, después de lo cual el muy idiota salió por la puerta dando tumbos, gracias a Dios sin la maleta de dólares, pero con lo suficiente en la cartera como para meterse en problemas serios. No le quedó otra que maldecir e ir tras él.

Aquel fue el comienzo de una noche muy larga. Sin embargo, a medida que el alcohol iba entrando, la historia fue saliendo. Poquito a poco, entre copa y copa. Jučas escuchaba, al principio con indiferencia, después cada vez con mayor atención. Tímidos planes empezaban a tomar forma en su mente. A la mañana siguiente empaquetó al tipo tambaleante y resacoso, pero sano y salvo, a bordo de un avioncito privado danés y con un sentimiento rayano en la ternura le abrochó el cinturón, dejó a su alcance la bolsita para el mareo, le estrechó la mano y le dijo adiós.

Le costó algún tiempo sacarle a la enfermera lo que sabía, pero al fin y al cabo no era la primera vez que obligaba a alguien a hacer o decir cosas que no quería. Cuando averiguó que Sigita Ramoškienė además tenía un hijo, las piezas encajaron en su lugar.

Le envió al danés el primer paquete y una oferta. El precio era fácil de recordar e innegociable: un millón de dólares americanos.

¿Cómo había podido salir todo tan mal? Seguía sin comprenderlo. En cualquier caso, una cosa sí estaba muy, muy clara. El danés no iba a dársela con queso.

–Ahora él –le dijo a Barbara alargando los brazos para coger al pequeño.

Ella lo estrechó aún con más fuerza.

–¿No podemos llevárnoslo? –preguntó–. Es tan pequeñín. Podría ser nuestro.

–¿Te has vuelto loca?

–En seguida olvidará todo. Dentro de un año creerá que siempre ha estado con nosotros.

–Barbara, suéltalo.

–No –respondió ella–. Andrias, ya basta. Podemos llevarnos solo al niño y salir hacia Polonia ahora mismo. No tienes por qué pegar a nadie más. Se acabó la violencia.

Jučas movió la cabeza de un lado a otro. Se había vuelto loca. No debería haberla traído, pero pensó que sería más fácil acceder al apartamento si iba con él, y había funcionado. Ahora preferiría haberse limitado a echar la puerta abajo sin más.

–El dinero –dijo.

–No lo necesitamos –replicó ella–. Podemos vivir en casa de mi madre, al menos al principio. Ya encontrarás algún trabajo y podremos comprar la nuestra.

Tuvo que respirar con muchísima calma y atención para mantener a raya la furia.

–A ti a lo mejor no te importa pasarte el resto de tu vida como una rata de alcantarilla –le contestó con los dientes apretados–, pero a mí sí.

Agarró al niño con decisión y lo arrancó de los brazos de Barbara. El crío, por suerte, no chilló. Se quedó muy quieto, con el cuerpo flojo, como si ya no estuviera allí. Quien se lamentó fue Barbara.

–¡Cierra la boca! –le ordenó él–. Seguro que no todos los vecinos están sordos.

–Andrias –le suplicó. Estaba deshecha, con la nariz y los ojos enrojecidos, mojada, llena de mocos, desagradable. A pesar de todo, despertó en él un poco de la vieja ternura.

–*Chsss* –la acalló–. Ya está bien de lloriqueos. Tú vuélvete al hotel, que yo iré a buscarte luego. Cuando tengamos el dinero, Dimitri nos habrá preparado un coche. Y después, a Cracovia.

Ella asintió, pero Jučas fue incapaz de adivinar si le había creído o no.

Al llegar al coche descubrió que la bruja se había movido. La manta estaba un poco caída y le dejaba al descubierto el rostro y parte del cuerpo. Mierda. Lo mejor era salir de ahí ya mismo. Luego pararía a taparla. Sentó al crío en uno de los tres asientos delanteros, en la sillita que aún no había quitado. Con eso bastaría. Ahora que iba despierto, no era mala idea llevarlo atado. Manipuló con torpeza los cierres, que hasta ese momento habían sido competencia de Barbara, pero por fortuna el niño no se resistió. Había vuelto la cabeza y no quería mirar a Jučas, pero por lo demás era como un muñeco: los brazos sueltos, las piernas sueltas; se acabaron la resistencia y los chillidos.

Barbara salió del portal cuando él terminaba, pero se apresuró a montar en el coche y alejarse de allí. No podía llevarla consigo.

Sabía que seguramente tendría que volver a matar. A la bruja como mínimo, pero quizá también al danés. Y no quería que Barbara le viera hacerlo.

JUČAS PASÓ dos veces por delante de la casa para echarle un vistazo. Estaba rodeada por una tapia, pero la reja estaba abierta de par en par, de modo que por poder, podía entrar con el coche hasta la misma puerta. ¿De verdad iba a ser tan fácil? Le costaba creerlo. En Lituania la gente rica tenía que cuidar mejor de su dinero.

A la tercera pasada giró, entró por el portón y se dirigió hacia la casa. Dejó que el coche bajara rodando para minimizar el ruido del motor y no lo llevó a la puerta principal, sino que siguió el camino de grava que iba a la parte de atrás y lo metió en un garaje situado en el sótano del edificio. Otra puerta abierta a tope. Había espacio de sobra para cinco o seis coches, pero solo se veían dos, un Audi familiar azul oscuro y la silueta de un deportivo oculto bajo una funda para protegerlo del polvo. Aparcó junto al Audi y apagó el motor.

El niño había hecho todo el trayecto en silencio, sin mirarle. A veces dejaba escapar un llanto quedo, casi inaudible. Nada de gritos y voces, solo aquel ruidito resignado, que era aún peor. Le habría gustado decirle que no pensaba hacerle nada malo, pero era imposible. Sabía perfectamente que ya siempre sería el monstruo de sus pesadillas. ¿Y para Barbara? Cómo le había mirado por última vez, como si le tuviera miedo. Joder. Yo no soy uno de esos que van por ahí maltratando a las mujeres y a los niños, se dijo.

Del modo más inoportuno empezaron a surgir imágenes de la otra, la rubia. Acurrucada en la cama, con esa mirada ciega que ya no comprendía que estaba en la habitación.

Aquella voz implorante, insegura y entrecortada, «Ni-na. Ni-na».

Permaneció inmóvil unos momentos, las manos todavía en el volante. De qué sirve, pensó. De qué sirve huir de Klimka y de su mundo, donde el miedo es una porra para pegar a la gente hasta meterla en cintura. De qué sirve soñar con Cracovia y una casa con césped y Barbara tomando el sol encima de una colcha si hay que llevar a cuestas todo esto.

Bajó del coche y echó mano de su furia, lo único que podía ayudarle a seguir adelante. Abrió la puerta del maletero y comprobó que la bruja seguía hecha un manojo de miembros desvencijado sin asomo de consciencia. Maldita bruja, se dijo. Todo era culpa suya, suya y del maldito cerdo que le había robado su dinero. Ellos. Ellos habían sido y no iban a salir bien parados de todo aquello. *You don't fuck with me.*

Y la furia llegó. Como una oleada cálida fue recorriendo su cuerpo, llenándole pies y manos de un hormigueo, de un temblor, pero del bueno. Mejor hacerlo ahora que no era más que una cosa, ahí tirada. Cogió la bolsa de plástico del supermercado y sacó las compras que había hecho Barbara: plátanos, refresco caliente, un jabón que le gustaba porque olía a rosas. Aunque no le apetecía tocarla, se metió en el coche al lado de la bruja. La agarró por el hombro y la acercó para llegar con más comodidad. No pesaba nada. No más que un niño. Le puso la bolsa por la cabeza. No tenía con qué atarla, de modo que le hizo una especie de nudo para dejarla más o menos cerrada por el cuello; cuando vio que a cada respiración se le pegaba el plástico a la cara, supo que con eso sería suficiente. Cuando volviera, todo habría terminado.

La apartó de un empujón, como si fuera algo asqueroso que se le había pegado a las manos. Luego volvió a taparla con la manta y gateó hasta salir del coche. La bruja ya tenía su merecido, se animó aferrándose las fuerzas que le proporcionaba la furia. Al bajar la puerta del garaje, no fue su cara la que vio. Otro rostro se abrió paso en la repentina oscuridad del recinto, el del Cerdo, el Cerdo que empujaba a los niños más pequeños del Hogar contra las húmedas y ásperas paredes de la penumbra del sótano, que olían a pis, a petróleo y a cuerpo de viejo sin lavar.

Maldito puerco, pensó, eran todos unos cerdos; ya les enseñaría él que eso no se hacía. A él no, joder. No. Encontró un interruptor y encendió la luz hasta que dio con lo que andaba buscando, el sistema de apertura automática que ese tipo de cerdos ricachones siempre tenían, por supuesto. Localizó los cables, cogió aire y dio un tirón. Los cables salieron de la caja sin oponer demasiada resistencia dejando al descubierto el hilo de cobre pelado. Hasta ahí, todo bien.

Había una puerta que parecía llevar a la casa, pero estaba cerrada con llave. Consideró la posibilidad de echarla abajo, pero decidió que era más simple llamar y esperar a que le abrieran. Le echó un vistazo al coche. El crío seguía en la sillita con la vista al frente, como un muñeco. Jučas apagó la luz de un manotazo que dejó al niño y al coche sumidos en la oscuridad del garaje.

A SIGITA LE TEMBLABA todo el cuerpo.

–¡No pueden hacer eso! –gritó; tardó un rato en darse cuenta de que había sido en lituano y buscó las palabras en inglés con desesperación–. ¡No pueden quitarle un riñón a un niño de tres años! ¡Es demasiado pequeño!

Anne Marquart la miró consternada.

–Señora Ramoškienė. Nosotros... no vamos a hacer nada de eso.

–¿Entonces por qué se lo han llevado? ¿Por qué vino alguien a robármelo y lo trajo a la fuerza a Dinamarca?

Eso último no lo sabía con certeza, pero debía de ser así.

–No sé por qué se han llevado a su niño, pero le aseguro que jamás se nos ocurriría... –se interrumpió en medio de la frase y sus ojos se perdieron en el mar unos segundos; luego dijo–: Disculpe un momento. Voy a llamar a mi marido.

Esta gente es tan rica que se cree que puede comprarlo todo, se dijo Sigita. Compraron a mi primer hijo y ahora han pagado a alguien para que me robe al otro.

–Solo tiene tres años –repitió desconsolada.

Tin-tin-tan-tan-tin-tin-tiiin... El inoportuno sonido retozón de otro timbre las detuvo. Se oyeron unos pies infantiles corriendo por las escaleras y Aleksander gritó algo en danés.

–Siempre quiere abrir él –comentó Anne Marquart distraída–. Con él en casa, no necesitamos mayordomo.

La puerta del salón se abrió con un estampido y de pronto apareció un hombre en medio de la habitación.

Parecía llenarlo todo. No solo porque era grande, sino porque su furia encogía cuanto le rodeaba. Con una mano aferraba a Aleksander y en la otra empuñaba una pistola.

–Al suelo –ordenó–. ¡Ya!

Sigita supo de inmediato de quién se trataba a pesar de que jamás le había visto. Era el hombre que se había llevado a Mikas.

Aleksander se retorcía intentando liberarse. El hombre le tenía cogido por el pelo y tiraba de él con tanta fuerza que el pequeño lanzaba agudos genidos.

–No le haga daño –le imploró Anne Marquart–. Por favor...

Le dijo unas palabras en danés al niño, que dejó de oponer resistencia. Ella obedeció y se echó al suelo.

Sigita no. No podía. Permaneció rígida como una tabla con el estruendo de sus propios latidos atronándole los oídos como el ruido de un teléfono móvil barato.

–¿Dónde está? –le interrogó en su propia lengua.

Al hombre no le hizo ninguna gracia que no le obedeciera y avanzó un paso. Después apuntó el cañón de la pistola contra la mejilla de Aleksander.

–¿Quién? –preguntó.

–Lo sabes perfectamente. ¡Mi Mikas!

–¿Es que este te da igual? –dijo él–. ¿Solo te importa el pequcño?

No. No, ya no estaba solo Mikas. Nunca había estado solo él, lo supo de pronto.

–Túmbate, bruja –le ordenó–. Será mejor para todos que no me cabree.

No lo dijo en tono de amenaza, más bien a título informativo, como los cartelitos que hay junto a las jaulas de las fieras en el zoo: «No traspasar la barrera de seguridad».

Sigita se tumbó.

–¿Qué están diciendo? –preguntó Anne Marquart–. ¿Por qué hace esto?

El hombre no respondió, se limitó a obligar a Aleksander a tenderse junto a ellas. Recorrió rápidamente el cuerpo de Anne con las manos, no de un modo sensual, tan solo profesional. Le encontró un teléfono móvil en el bolsillo y lo estrelló contra el suelo una y otra vez hasta romperlo. Después cogió el bolso de Sigita, sacó también su móvil y le dispensó el mismo tratamiento rudo.

–Él se llevó a Mikas –explicó Sigita–. A mi hijo Mikas. Creo que le ha pagado su marido.

El hombre levantó la vista.

–No –dijo–, aún no. Pero lo hará.

ERAN CASI LAS siete y media de la tarde cuando Jan pudo marcharse. Se sentía como si acabara de pasarle por encima una apisonadora.

–Vete a casa e intenta no pensarlo demasiado –se despidió su abogado al estrecharle la mano junto al coche.

Jan asintió sin decir nada. Sabía que era imposible no pensar. Pensar en Anne, en Inger y en Keld. Pensar en Aleksander, en una caja de transporte de órganos y en un riñón al que le quedaba un máximo de doce horas para no ser más que una piltrafa. En Lituania y en Karin, que estaba muerta tanto si lo comprendía como si no.

Le habían mostrado fotos; para que se viniera abajo, seguramente, y lo habían logrado. Aunque ya la había visto en la camilla del forense, contemplarla en aquellas fotografías del lugar de los hechos era mucho peor, acurrucada en la cama con el pelo lleno de sangre. Hacía la violencia muy real y poco clínica. Se podía palpar la violencia de los golpes que la habían matado. Pensó en el gigante lituano y en sus manos, y en sus palabras al teléfono cuando intentó decir basta. Cuando pague. El miedo le atenazaba el estómago.

El interés de la policía en él no había concluido. No les había hablado del lituano ni de Aleksander y ese riñón que necesitaba desesperadamente, y sabía por qué. Aunque ya se había deshecho del teléfono móvil, la fotografía y la muestra de sangre, seguía albergando una mínima esperanza, irracional y más allá de cualquier tipo de realismo.

Quizá hubieran percibido su mentira y todo lo que callaba. Quizá por eso habían insistido incluso después de que confesara y les hablara de la visita de Inger. Enviaron un hombre a Tårbæk a comprobarlo, la sola idea se le hacía insoportable. Veía a Keld dejando la pipa con el ceño fruncido. Levantándose y saliendo al encuentro del policía. Oyendo lo de Karin y las sospechas que recaían sobre Jan. Por un absurdo instante se lo imaginó montando en su viejo Mercedes negro para ir derecho a la bahía de Jammerland a quitarle a Anne.

No llegaría a esos extremos, claro. Ellos estaban casados y Keld respetaba el matrimonio, aunque eso no quería decir que respetara también al hombre con el que había decidido casarse su hija, y Jan sabía que ese respeto se había esfumado. Si es que había existido alguna vez. Era un dolor más que venía a sumarse a todas sus desdichas con entidad propia.

–Todo va a salir bien –le tranquilizó el abogado dándole unas palmaditas en el hombro–. Tú tienes una coartada parcial y ellos no tienen pruebas físicas que te vinculen al lugar de los hechos, casi al contrario, diría yo. Y lo otro... lo otro les va a costar mucho, pero que mucho, demostrarlo.

Jan volvió a asentir y entró rápidamente en el coche.

–Hasta mañana –se despidió antes de cerrar la puerta, antes de que el abogado alcanzara a decir más.

Lo otro...

Lo dijo el tipo del jersey azul, el que parecía un funcionario de ferrocarriles:

–Los hombres como usted, Mr. Marquart, los hombres como usted no necesitan matar a nadie. Con lo fácil que es pagar para que lo haga otro...

Esa sospecha era peor que una acusación directa de asesinato. Además, se acercaba demasiado a la verdad. Había seguido el rastro de Karin y le había ofrecido dinero a ese tipo por llevársela. ¿Cómo demostrar que su intención no era que Karin muriese?

El camino de regreso a casa se le hizo muy largo, aunque en realidad no sentía deseo alguno de llegar. Tras varias semanas más o menos ininterrumpidas de sol y cielos despejados, había empezado a nublarse por el Este y el viento había arreciado, lo que hacía la penumbra aún más oscura y doblaba tanto los pinos que parecían a punto de desplomarse sobre la casa. La puerta del garaje volvía a estar estropeada. Estaba demasiado cansado para enfadarse y se contentó con aparcar el coche en la plazoleta de gravilla que había delante. Olía el mar a pesar de los tres cigarrillos que había fumado en el coche. El mar y algo más; el aroma húmedo y tormentoso de la lluvia que no acababa de llegar.

Apenas alcanzó a meter la llave en la cerradura cuando la puerta principal se abrió de par en par con tal brusquedad que perdió el manojo de llaves que sostenía en la mano. Algo duro le golpeó en plena cara y le derribó haciéndole acabar de espaldas en la grava con las piernas en los escalones de la entrada.

La silueta del lituano se recortaba en el umbral a contraluz; no parecía una persona, sino una figura monstruosa que se alzaba ocupando por completo el campo visual de Jan. Con una mano empuñaba una pistola y con la otra sujetaba el cuello de Aleksander como la pala de un bulldozer. Un sonido involuntario le escapó de las entrañas. Aleksander no.

–Por Dios... –susurró sin darse cuenta de que hablaba en danés y el gigante no le entendía–. Suéltele.

El lituano le observó desde las alturas.

–Ahora –dijo con una voz que a Jan le recordó al hierro oxidado–. Ahora me vas a pagar.

ANTON ESTABA cansado y de mal humor. Quejurroso, como solía decir la madre de Morten, una palabra que reflejaba a las mil maravillas ese estado en que los pequeños problemas se vuelven grandes y uno no tiene fuerzas para nada, ni siquiera para irse a la cama.

Por qué demonios se habría llevado Nina el coche, se preguntaba Morten. Precisamente ese día preferiría haberse ahorrado el paseíto desde el colegio con un intratable crío de siete años a cuestas. A Anton le parecía indigno ir de la mano, pero si no tiraban de él se quedaba rezagado.

Nina había llamado al trabajo, pero a él no. Magnus, del campamento, le había telefoneado de su parte casi disculpándose.

–Se encuentra bien –le explicó–. Ha dicho que no te preocuparas.

Era agradable saber que su cadáver no yacía entre unos matorrales de un barrio residencial del norte de Selandia, claro, pero aparte de eso no servía de gran cosa. Estaba en algún rincón de ese mundo alternativo al que él no tenía acceso, ese lugar donde la violencia, la catástrofe y la muerte siempre estaban al acecho a la vuelta de la esquina. Sabía perfectamente que era algo irracional, pero no podía quitarse de la cabeza la idea de que la propia Nina había regresado a Dinamarca llevando ese mundo a rastras para no poder seguir viviendo a salvo atrincherada tras el seto de su jardín.

–Tengo hambre –dijo Anton.

–Podemos preparar un bocadillo de pan negro cuando lleguemos a casa.

–No me gusta el pan negro –protestó el niño.

–Claro que sí.

–No. Tiene semillas...

Morten suspiró. Los remilgos de Anton iban y venían. Cuando estaba contento, seguro y descansado, comía aceitunas, brécol, higaditos de pollo y muchas más cosas singulares, mientras que otras veces su repertorio quedaba tan reducido que llegaba a limitarse a cereales con leche. Nunca se sabía del todo qué darle sin que armara demasiado escándalo.

–Ya se nos ocurrirá algo –contestó vagamente.

–Pero es que tengo hambre ahora.

Se dio por vencido y le compró un helado.

El olor que percibió en el recibidor le puso en guardia un segundo antes de entrar por la puerta. Se detuvo. Más abajo, Anton subía las escaleras del portal con un particular método que consistía en bajar un escalón por cada dos que ascendía, todo ello acompañado de saltos lo más ruidosos posible.

Encendió la luz. La oscuridad de la entrada se desvaneció y las negras siluetas camufladas se transformaron en abrigos, bufandas, zapatos, botas y un monopatín. Sin embargo, en el desgastado suelo de madera había una alarmante mancha de sangre medio seca y, algo más allá, un tazón y un charco de leche y cereales. Y algo más, lo que desprendía aquel olor. Pis.

–Anton –llamó bruscamente.

El niño levantó la vista un rellano más abajo. No contestó.

–Ve a ver si Birgit está en casa. A lo mejor puedes quedarte a jugar con Mathias.

–Es que tengo hambre...

–¡Haz lo que te estoy diciendo!

El pequeño parecía asustado. Le habría gustado consolarle, pero en esos momentos era incapaz. El miedo que le invadía no dejaba espacio para nada más. Cerró la puerta y llamó a la de los vecinos. Mathias salió a abrir con Birgit pegada a los talones.

–Hola –le saludó–. ¿Os han entrado ladrones?

–¿Por qué lo dices? –preguntó Morten todavía con el miedo en el cuerpo.

–Porque he visto un coche de policía esta mañana.

–Ah, eso. Sí. Oye... ¿os podríais quedar con Anton una hora? Es una historia un poco larga, pero luego te cuento todo, te lo prometo.

Utilizó la historia, como quien le pone un pedazo de la carne a un perro hambriento delante del hocico, porque sabía que la curiosidad era uno de los principales motores de la vida de Birgit.

No le hizo mucha gracia tener que esperar para poder hincarle el diente, pero quizá percibiera todo el estrés que reprimía su vecino.

–Vale –aceptó–. Mathias, ¿por qué no le enseñas a Anton el juego nuevo?

–¡Síííí! –exclamó Mathias.

A Anton también se le iluminó el rostro y los dos salieron zumbando por el pasillo rumbo a la habitación del niño.

–Gracias –dijo Morten.

Birgit no se movió de la puerta y trató de fisgar con discreción el interior del apartamento cuando él abrió para entrar; seguramente no llegó a ver nada.

Esquivó la mancha de sangre y evitó de una zancada el charco de orina y cereales. Echó un vistazo en la cocina y después miró en el salón. No había nadie. El cuarto de Ida también estaba vacío. Seguiría en casa de su compañera Anne. Pero en el dormitorio había una camiseta sucia encima de la cama. La camiseta de Nina. Había estado allí.

Permaneció inmóvil tratando de poner en orden sus caóticos pensamientos. ¿Qué habría ocurrido? La mancha de sangre era terroríficamente grande; eso no se debía a un corte en la mano, seguro. Y el pis... ¿de dónde salía? Le vinieron a la mente vagos recuerdos de series de televisión sobre forenses, rastros de orina y excrementos evacuados cuando los músculos se relajaban en el momento de la muerte.

El momento de la muerte. No.

No.

Manipuló torpemente el teléfono móvil. No había más remedio que llamar a la policía.

Entonces oyó un sonido muy débil, una especie de jadeo, quizá un sollozo ahogado. Abrió la puerta del cuarto de baño de par en par.

Sentada en la tapa del inodoro había una mujer a la que no había visto en toda su vida. Estaba deshecha en lágrimas y parecía vencida. Una parte de sus cabellos rubios había escapado del artificioso recogido que llevaba, pero hasta en esas circunstancias su cuello esbelto y sus largas piernas irradiaban una elegancia involuntaria.

Morten la observó boquiabierto.

–¿Dónde está Nina? –preguntó al fin.

La mujer levantó los ojos hacia él. Los tenía hinchados de tanto llorar.

–*Już po wszystkim* –contestó; y en un inglés vacilante–: Se acabó. Se acabó todo.

El corazón de Morten le atronaba los oídos. «Nina». ¿Qué coño habría pasado?

SE DESPERTÓ porque se estaba asfixiando. Le faltaba el aire. Algo negro, mojado y pegajoso le tapaba la boca, la nariz y los ojos, y a cada bocanada de oxígeno que intentaba tomar solo conseguía aspirar una crepitante oscuridad. Nada de aire. No había nada de aire.

Su cuerpo fue presa del pánico antes de llegar a despertar completamente. Sus manos se agitaron fréneticas y sin método en la oscuridad hasta dar con algo blando y pesado, quizá una manta. Trató de apartarlo de su rostro, pero el tejido pesaba y estaba enredado alrededor de sus hombros y sus brazos y tuvo que luchar como un náufrago intentando salir a la superficie.

Le dolía el pecho. La oscuridad parecía adherida a su cara. Jadeaba a sacudidas breves y rudas mientras una mínima parte de su cerebro registraba un suave perfume a rosas. Un presagio de la muerte, quizá. El aroma de las rosas y los lirios blancos siempre le había recordado a la muerte. Logró echar la manta hacia un lado y se llevó las manos al rostro.

Una bolsa de plástico.

Primero intentó desgarrarla. Después trató de agujerear el resistente material con los dedos. Entró aire. Todo su ser clamaba por oxígeno y sus pulmones se contraían en dolorosos espasmos. Volvió a tirar de la bolsa hasta que algo se soltó. Esta vez logró liberar parte de la cara, lo suficiente para sentir el roce del aire.

Calma. Respira más despacio.

Las ideas fluían a lo lejos y tuvo que ir en su busca a través de la nebulosa negra y lechosa que le inundaba el cerebro.

Alguien le había puesto una bolsa en la cabeza. Todo lo que tenía que hacer era quitársela. Alargó un brazo y tocó, en efecto, un plástico grueso y crepitante. Se arrancó la bolsa de un tirón y respiró con largos y ruidosos jadeos.

La envolvía una oscuridad negra y profunda. Durante los primeros segundos de aturdimiento no comprendió si tenía los ojos abiertos o no y en un impulso ridídulo y absurdo intentó llevarse una mano al rostro para comprobarlo.

–No estás muerta, Nina. Respira hondo y recupérate.

Funcionó.

Las palabras sonaban reales en la oscuridad; trató de incorporarse un poco hasta que quedó sentada y pudo volverse ligeramente. Le dolía al moverse, sobre todo un lateral de la cabeza, pesada y dolorida al mismo tiempo. Algo húmedo y pegajoso le recubría el pómulo y el cuello como una fina película. Sangre, pensó impasible mientras recordaba a fogonazos al hombre de la estación abalanzándose sobre ella en el recibidor pistola en mano. Estaba convencida de que iba a matarla allí mismo, en el suelo, pero por lo visto había decidido esperar.

Volvió la cabeza con cuidado hacia el otro lado y por primera vez reparó en una pequeña luz que se veía a lo lejos, en medio de las tinieblas. En eso y en un gemido suave y prolongado como el de un animal atrapado.

Mikas.

Supo de inmediato que era él, pero el llanto sonaba amortiguado, como si llegara desde otro mundo. ¿Dónde estaba?

Alargó el brazo y su mano chocó contra la superficie lisa y fría de un cristal. Una ventana. Se encontraba en la parte de atrás de un coche, quizá algún tipo de furgoneta. El fondo del vehículo estaba cubierto de un fieltro punzante y nuevo. Continuó palpando los bordes hasta que sus dedos se cerraron en torno a algo que parecía una rejilla para perros. Sus ojos empezaban a habituarse a la falta de luz y pudo distinguir el contorno de una puerta y sentir el olor a aceite y coches. Debía de encontrarse en un garaje o un taller. El hombre, al parecer, se había ido, pero el llanto de Mikas seguía filtrándose hasta ella a través de la reja.

Estaba asustado.

–¡Mikas!

Aguardó aguzando el oído entre las sombras. Cada vez que intentaba hablar la asaltaban las náuseas y sentía la lengua hinchada e informe.

Le volvió a llamar mientras trataba de mover la rejilla.

–Mikas, no tengas miedo. Estoy aquí.

Recordó que el niño no la entendía, pero al menos así sabría que no estaba solo en la oscuridad y quizá hasta reconociera su voz. Por un instante se hizo el silencio, como si el pequeño intentase escuchar en las tinieblas. Después se reanudó aquel llanto débil y apagado.

Nina se arrodilló y tanteó el fondo del vehículo. Deslizó las manos por los laterales y palpó con los dedos cada muesca y cada cavidad. De pronto encontró algo, una anilla lisa y plana discretamente colocada en el suelo junto a la puerta del maletero. Al tirar de ella sintió que cedía el fieltro que se extendía bajo sus piernas. Era una especie de trampilla. No sin cierta dificultad, logró introducir un brazo en el hueco que se abría debajo de la trampilla hasta toparse primero con la áspera curva de la rueda de repuesto y después con algo más, un envoltorio de plástico blando que contenía algo duro y pesado. Lo abrió con un silbido de triunfo. Era el juego de herramientas del coche.

Si el tipo de la estación esperaba que se echase a morir con una bolsa de plástico mal atada a la cabeza, estaba muy equivocado. Y también se equivocaba si creía que iba a quedarse donde estaba.

Sintió la chispa de la indignación mezclándose con una creciente rabia en la zona del estómago. ¿No eran todos iguales? Unos buitres que todos los días se posaban a arrancarles la carne a los más débiles. Pedófilos, violadores, chulos. Un miserable ejército de infraexistencias. En realidad no eran más que eso, unos pobre tontos. Ni más ni menos.

Este no era una excepción. No tendría a Mikas y no la tendría a ella.

Sacó una llave inglesa del bolsillo de plástico y la hizo girar en el aire. No sabía dónde estaba ese tipo, pero si había dejado a Mikas en el coche quería decir que volvería. Al fin y al cabo, lo que le interesaba era el niño, le necesitaba. Quizá fuera demasiado arriesgado romper el cristal, haría demasiado ruido. Dejó la llave inglesa y buscó las esquinas de la resistente reja. Los tornillos que la sujetaban resultaron fáciles de localizar incluso en la oscuridad y el segundo destornillador de la bolsa era del tamaño adecuado. Se inclinó hacia delante y fue extrayendo los tornillos uno a uno hasta que pudo quitar la reja y dejarla junto a ella.

—¿Mikas?

Todo estaba en silencio. Se arrastró como pudo por encima del reposacabezas del asiento del conductor y se dejó caer junto a lo que parecía una sillita de niño. Sintió que el pequeño se agitaba en breves estremecimientos. Rápidamente abrió la puerta y una hiriente luz blanca iluminó al pequeño, que parpadeó asustado. No estaba segura de que fuese a reconocerla. Iba atado como cualquier niño de tres años que fuera de visita a casa de los abuelos o al parque de atracciones. No hacía falta más. Sus blandos y cortos deditos no dejaban de acariciar el ajustado cinturón y sus labios se movían en un mudo murmullo lloroso.

Nina alargó la mano hacia él y abrió el cierre con un suave chasquido.

Entonces oyó el disparo.

ANNE Y otra mujer estaban en el suelo de piedra del salón con las manos sobre la cabeza, como los rehenes de los atracos. Jan observó perplejo que una de sus cajas de herramientas estaba volcada encima de la mesita del sofá y alicates, cables, voltímetro y cinta aislante habían quedado esparcidos por todo el tablero de cristal. Solo entonces comprendió que Anne estaba pegada al suelo con cinta de pies y manos y no podía moverse. Su semblante era del todo inexpresivo. No parecía asustada ni enfadada, solamente... No sabía muy bien cómo llamarlo. «Resuelta» era quedarse corto. Sus ojos tenían el color de las sombras en la nieve.

La otra mujer estaba más o menos en la misma posición con la única diferencia de que llevaba un brazo escayolado, pero ese también lo tenía echado hacia un lado y sujeto con cinta, aunque no exactamente en el mismo ángulo que el otro. Se parecía a Aleksander, pensó. De pronto, al comprender de quién se trataba, sintió una punzada en el estómago. No tenía la menor idea de cómo ni por qué, pero aquella mujer no podía ser otra que la madre biológica de su hijo.

Notó que le sangraba la nariz y se la limpió en un acto reflejo. Tenía que controlarse. Tenía que intentar hacerse con la situación y no dejarse dominar. Se volvió hacia el lituano.

–Esto no es necesario –dijo en un inglés lento y cuidadoso para asegurarse de que le entendía–. ¿Qué es lo que quieres?

–Lo que me debes –contestó.

–Muy bien. Pero ¿dónde está lo que me debes tú a mí?

El tipo guardó silencio por un instante. Después señaló con la pistola.

–Por aquí –dijo.

La otra mujer, la madre lituana de Aleksander, empezó a gritar algo incomprensible. El hombre le lanzó un gruñido y ella enmudeció.

Jan lo sopesó brevemente. Quizá no fuera mala idea sacarlo del salón, alejarlo de Anne. Si soltara a Aleksander... Pero no lo hizo. El niño estaba aterrorizado, lo notaba. Sus ojos se abrían desmesuradamente en su pálido rostro infantil y se veía que había llorado. Jan intentó sonreírle, pero tenía los músculos de la cara agarrotados.

–No pasa nada, Sander –le tranquilizó en danés–, este señor se va a marchar en seguida.

–¡Cierra la boca! –replicó el lituano–. Habla en inglés. No quiero que digas cosas que no entiendo.

–Solo le he dicho al niño que no tenga miedo.

–Pues no vuelvas a hacerlo.

–De acuerdo, de acuerdo.

No enfurecerle. O... no enfurecerle más aún. La furia que reprimía aquel hombre se percibía en cada uno de sus movimientos.

Salieron al vestíbulo y bajaron las escaleras que conducían a la puerta de atrás; el lituano obligó a Aleksander a abrirla. Con la mano de la pistola encendió la luz del garaje. Había un coche desconocido y en el coche había un niño.

Era él, el niño de la foto; Jan lo reconoció de inmediato. Pero ¿qué hacía allí? Jan no quería al niño, solamente su riñón.

–¿Qué está haciendo él aquí? –interrogó al lituano

En ese mismo instante la verdad empezó a revelarse en su mente en forma de pequeñas explosiones luminosas. El lituano jamás había tenido intención de entregarle un órgano listo para transplantar. ¿Cómo iba a hacerlo? No disponía ni de los médicos ni de la tecnología necesaria para algo semejante. La maleta que Karin debería haber ido a recoger a la estación... nunca había contenido una caja de transplante. Tenía un niño.

Karin.

Claro que le le había entrado pánico.

El dolor le traspasó al tiempo que una curiosa imagen se abría paso en su mente. Era como pedir un filete en un restaurante y que te sirvieran una vaca y un hacha.

–No era así –le espetó ásperamente al lituano–. Nunca dijiste que fuera un niño vivo.

–Compatibilidad perfecta –replicó el lituano–. El mismo padre, la misma madre. Ahora paga.

–Por supuesto –dijo Jan esforzándose por que no le temblara la voz–. Vamos arriba. Te daré tu dinero.

El lituano volvió a apagar la luz. El niño del coche no se había movido lo más mínimo y Jan sintió una punzada de compasión por el pobre crío.

–Dólares –exigió el hombre–. No... no eso de ahí.

Señaló con la pistola hacia el portátil del danés.

–Pero puedo transferir el dinero a una cuenta a la que solo tú tengas acceso –intentó Jan, dándose cuenta de que era en vano; en el mundo del lituano unos numeritos luminosos en la pantalla de un ordenador no eran dinero–. ¡No tengo tanto efectivo!

El tipo se le acercó sin soltar a Aleksander de la pala del bulldozer, como si no fuera más que un juguete que arrastraba de acá para allá sin más contemplaciones.

–Dijiste que tenías el dinero preparado.

–Y lo tenía. Pero Karin se lo llevó.

–¿Karin?

–La mujer... –se detuvo antes de llegar a decir «que mataste»; no era buena idea mencionarlo en ese momento–.

La mujer del chalé. Lo tenía ella. Yo no tengo la culpa de que no lo encontraras.

Veía a Anne por el rabillo del ojo. No te muevas, se dijo como si pudiera comunicarse con ella telepáticamente. Que no te vea, que no se fije en ti.

La otra mujer dijo algo en lituano. Se retorcía intentando soltarse. El tipo le dio una respuesta breve y agresiva y ella dejó de luchar. También había llorado.

–Ella no sabía dónde estaba –dijo el lituano volviéndose hacia Jan–. Me lo habría dicho.

Después levantó la pistola y la apuntó hacia la cabeza de Aleksander.

–Última oportunidad. No me toques los cojones.

Jan abrió la boca pero no le salieron las palabras. Aleksander va a morir porque este imbécil no sabe lo que es una transferencia bancaria, observó paralizado. Dobló ligeramente las rodillas y consideró la posibilidad de saltar, intentar arrebatarle la pistola y obligarle a soltar a Aleksander, cualquiera de las dos cosas, lo que fuera antes que aquella sensación de impotencia total.

–Yo sé dónde está el dinero –soltó de pronto Anne con voz fría y clara en su perfecto inglés británico.

El lituano dejó de mirar a Jan. Quizá se preguntara si la mujer decía la verdad.

Joder, Anne, se dijo Jan. ¿Es que no te das cuenta que con este hombre no valen los faroles?

–No es cierto –se apresuró a intervenir–, ella no sabe nada.

Pero el hombre ya había sacado un cuchillito de entre las herramientas. Cortó la cinta para que Anne pudiera sentarse. La sangre empezó a correrle por el brazo en un punto donde el cuchillo se había aproximado demasiado, pero ella no parecía notarlo.

–Enséñamelo –ordenó el lituano.

Ella asintió.

–Voy a buscarlo –dijo–. Solo tardaré un momento.

Unos minutos más tarde estaba de vuelta con dos grandes sobres de análisis amarillos. Jan observó con escepticismo cómo les daba la vuelta haciendo que cayeran al suelo gruesos fajos de billetes de mil dólares.

Anne había cogido el dinero, no Karin. El descubrimiento hizo que le pitaran los oídos.

–Anne... qué... por qué...

El lituano contemplaba el dinero sin que pareciera importarle demasiado que hablaran de nuevo en danés.

–Hace ya más de dos años decidí abandonarte –explicó ella–. ¿Sabes por qué no pude marcharme? Por culpa de esa maldita máquina de diálisis del sótano. Cuando encontré la cartera en la cama de Karin y vi lo que había dentro, fue como si todo encajara. Dinero. En metálico. No sabía en qué pensabas gastártelo, pero tenía la sensación de que no llamarías a la policía si desaparecía. Podía quedármelo. Así podría ocuparme de Aleksander como es debido sin tu ayuda.

–Pero...

–Sigues sin entenderlo, ¿verdad? Crees que es por esa aventurilla asquerosa que tenías con Karin. Sí, lo sabía. Pero no es por eso. Dios mío, no es por eso. Estabas matando a Aleksander, ¿no te das cuenta? Tú tenías que darle un riñón. Tú tenías que encargarte de todo, nadie podía enterarse. Estabas matando a Aleksander «para que mi padre no descubriera que eras incapaz de darme un hijo». Pero ahí os quedáis los dos. A mí, por lo visto, no me necesitáis.

Jan oía sus palabras, pero sin asimilarlas. Observó que el lituano había soltado a Aleksander. El niño sollozó y se precipitó hacia Anne, que le rodeó con sus brazos y le estrechó contra sí sin advertir que la sangre de su muñeca le manchaba los rubios cabellos.

–Recógelo –ordenó el lituano– y vuelve a meterlo en la bolsa.

Jan tardó unos instantes en comprender que las órdenes iban dirigidas a él. Su cuerpo le parecía el de un extraño, como si sus células ya no tuvieran conexión, como si todo se desintegrara. Avanzó un paso, no hacia el dinero, sino hacia Anne. Vio que el hombre levantaba la pistola, pero ya no parecía importarle. Ni siquiera cuando vio el destello en la boca del arma y sintió la descarga en el pecho le importó nada.

EL DANÉS SE DESPLOMÓ sobre el dinero. Jučas se volvió y levantó de nuevo la pistola, en esta ocasión para disparar a la mujer. Pero había desaparecido. La oyó correr, por el pasillo quizá. Por supuesto, se había llevado a su hijo.

Estudió a Marquart preguntándose si sería necesario un disparo más, pero no se lo pareció. Era más urgente atrapar a la mujer y al niño antes de que consiguieran ayuda. No le hacía ninguna gracia matar al niño, pero era consciente de que no le quedaba otra opción. Se veía obligado a dejar todos los cabos atados, cada cosa en su sitio, para que nadie supiese quién era ni qué aspecto tenía. El más pequeño podía llevárselo a Barbara, ya que tanto lo quería, pero el otro era demasiado mayor. Tenía ojos en la cara y memoria, y en cualquier momento podía contar lo que había visto. Jučas no sentía el menor deseo de amanecer una mañana en Cracovia con la policía aporreando su puerta.

Cuatro o cinco zancadas le llevaron al pasillo. Estaba desierto y la entrada principal continuaba cerrada con llave. ¿Dónde se habrían metido? Abrió otra puerta y echó un vistazo a una cocina inmensa de blancos armarios relucientes y encimeras de piedra negra. De regreso en el pasillo, consideró la posibilidad de que se hubiesen refugiado en el garaje del sótano. Se alegró de haber saboteado el cierre automático. Por ahí no saldrían.

De pronto oyó un golpe sordo que venía de arriba. Bien, ya sabía dónde buscar. Empezó a subir la escalera que conducía al primer piso.

La primera habitación era un dormitorio, presumiblemente el de los padres. Encendió la luz y miró bajo la cama. Comprobó el cuarto de baño contiguo. Nada. Continuó hasta la siguiente habitación, que parecía una especie de despacho femenino con un escritorio de madera clara y unos silloncitos junto a la ventana. También vacío.

Abrió dos puertas más en rápida sucesión. Un baño y el cuarto de un niño. Se tomó su tiempo para revisar los armarios y volcar una casita de juegos con forma de castillo, pero ni la mujer ni el crío se ocultaban allí. Entonces intentó abrir la penúltima puerta de ese piso.

Estaba cerrada con llave.

Levantó la Glock y apuntó a la cerradura. El disparo le retumbó en los oídos, pero causó menos daños de lo que esperaba. Su sordera transitoria no le impidió oír un grito ahogado, pero no parecía venir del otro lado. Más bien de arriba. ¿Estaría disparando contra la entrada de la escalera del desván? Hizo fuego una vez más y la puerta empezó a ceder a la presión de su hombro. Otro disparo y sería asunto arreglado.

En ese momento algo le alcanzó por detrás, algo pesado, puntiagudo y duro que le envolvió los músculos de la nuca en una llamarada y le hizo tambalearse. Intentó girar sobre sus talones, pero estaba empezando a recobrar el equilibrio cuando cayó el segundo golpe. No le dio tiempo a levantar las manos y el disparo que se le escapó apenas llegó a rozar la barandilla de la escalera. Tuvo el tiempo justo de ver cómo la caja de herramientas se acercaba por los aires antes de impactarle en la cara.

Tumbado boca arriba, vio a la madre del niño más pequeño. Su mirada era terrible y del brazo escayolado le colgaba todavía un poco de cinta. Solo disponía de una mano para sujetar la caja de herramientas, pero hacía molinetes con ella como si fuera un bolso. Esta vez le aplastó el brazo derecho y Jučas perdió la sensibilidad en los dedos y dejó de sentir la pistola. La mujer, enloquecida, soltó la caja y se abalanzó hacia el arma.

Me mata, se dijo Jučas; si la coge me mata.

Rodó por el suelo, aferró con la mano izquierda un puñado de cabellos castaños y la obligó a tumbarse. Ella no gritó, solo luchó como si estuviera poseída. Con una rodilla le alcanzó en el pecho; él seguía sin poder usar la mano derecha. Entonces notó algo en la pierna, pero solo cuando oyó la detonación supo que le había disparado. No estaba muy seguro de la gravedad de la herida, lo único que sabía era que si no acababa con aquella bruja en ese mismo instante, podría ocurrir cualquier cosa. Se arrojó sobre ella y la aprisionó con su peso. Con la mano izquierda era algo más torpe que con la derecha, pero la cogió por la cabeza e intentó doblársela hacia atrás y de lado, un breve tirón seco para partirle el cuello.

No acababa de entender por qué no funcionaba. Lo único que sintió fue un chasquido, pero en su propio cuello. Por el calor húmedo dedujo que estaba sangrando, y el alocado latir del corazón le decía que abundantemente. Qué curioso, la sensación era idéntica a ese bombeo en el cuerpo que tanto le gustaba cuando entrenaba.

Pero los latidos se hicieron más débiles, más distantes, como si se estuviera alejando. De repente vio con toda claridad a la familia de su sueño. La madre, el padre, los dos hijos. Estaban sentados a la mesa, riendo. Quiso gritarles, llamarles, pero no le oían. Estaba fuera y no podía entrar.

NINA COMPRENDIÓ que la casa era enorme mucho antes de abrir de un empujón la puerta que conducía al luminoso vestíbulo. Las escaleras del sótano eran amplias y sinuosas como la pomposa escalinata de la sede principal de una empresa de reciente construcción, y la barandilla y los picaportes tenían un sencillo diseño en acero cepillado.

Todo era blanco, incluida la escalera que subía a cada piso, y tuvo que detenerse unos momentos y parpadear varias veces para acostumbrar los ojos a la potente luz de los numerosos focos que había en paredes y techo.

Reinaba un silencio extraño, como si la casa hubiese engullido cualquier forma de vida y la estuviese digiriendo en algún punto de la región estomacal más interna.

Percibía movimiento, pero los ruidos que alcanzaba a oír le llegaban apagados y muy aislados. Carreras, una puerta que se cerraba y el sonido amortiguado de unos tacones o los pasos de unos pies descalzos. Mientras escuchaba inmóvil, sintió fluir la adrenalina por cada célula de su cuerpo.

Nada.

De pronto oyó algo un poco más cerca, un gemido lastimero que salía del otro lado de una puerta doble entornada que había en el otro extramo del vestíbulo. Reconoció los quejidos de una persona con un agudo dolor y sintió que la alerta automática de las situaciones críticas se activaba dejando en segundo plano su propio dolor de cabeza. Heridos. ¿Dónde y cuántos? ¿De qué consideración?

Consultó el reloj.

Eran las 21.37, más tarde de lo que pensaba.

Abrió la puerta de par en par y entró en un salón inmenso.

En el suelo había dos personas, una mujer y un hombre. La mujer estaba sujeta al suelo de piedra con anchas tiras de cinta aislante, pero, aparte de un brazo escayolado que ya había recibido tratamiento y por ello carecía de relevancia en esos momentos, parecía ilesa. Hecha una furia, pero ilesa. Nina la ignoró y se centró en el hombre. Se encontraba en una postura extraña, desmadejada, como si hubiese estado patinando y hubiera caído mal. A su alrededor y por debajo de su cuerpo había cantidades insensatas de verdes dólares. Tenía la camisa blanca empapada de sangre por delante y el rojo se confundía con las manchas de sudor que se veían debajo de las axilas.

ABC, pensó. *Airways, Breathing, Circulation.* Se apresuró a arrodillarse junto a él, echarle la cabeza levemente hacia atrás y estudiar su boca. No había sangre, buena señal. El hombre parpadeó y la miró con unos ojos algo velados y conmocionados, pero más o menos conscientes.

–¿Qué ha ocurrido? –le preguntó Nina, más que nada para establecer contacto con él y comprobar si era capaz de contestar.

Él no dijo nada; se limitó a cerrar los ojos, con un aire más de renuncia que comatoso. No estaba inconsciente. Respiraba aceleradamente y entre muestras de dolor, pero con soltura, y tenía las manos bastante calientes. No parecía tener hemorragias catastróficas, ni internas ni externas. Le abrió la camisa ensangrentada para dejar libre el pecho. Había recibido un disparo en el tórax, algo más arriba del corazón. El orificio de entrada no era demasiado grande, pero no había orificio de salida, de modo que el proyectil debía de continuar en algún punto del hombro. Excelente también. Las heridas de salida siempre eran una porquería. Separó con cautela los bordes de la herida y vio fragmentos de hueso entre el tejido. La bala había alcanzado la clavícula y la había destrozado. Las afiladas esquirlas se clavaban en la carne aumentando el dolor y la hemorragia, pero las arterias habían salido bien paradas y no era una herida mortal. Sin embargo, le dolía, y había empezado a mecerse adelante y atrás como si con eso pudiera hacer desaparecer ese dolor.

–Permanezca inmóvil –le recomendó–. Moviéndose solo empeora las cosas.

La había oído, por lo que se veía. Dejó de mecerse, aunque continuó con los ojos cerrados.

Nina buscó con la mirada algo que le sirviera, pero no era una de esas casas con tapetes en las mesas y mantas y cojincitos en los sofás, de modo que acabó por quitarse la camisa y usarla como compresa de emergencia. No tenía nada que echarle por encima para contrarrestar la perdida de calor corporal ocasionada por el *shock*, y lo único que encontró para hacerle una especie de almohadilla fueron los fajos de dólares.

Después atendió a la mujer.

La joven luchaba frenéticamente con las anchas tiras de cinta que la apresaban. Los lisos cabellos castaños se le pegaban a la frente y se veía que había llorado. Había algo en ella que le resultaba familiar, pero no habría sabido decir de qué se trataba.

Al ver que Nina ignoraba sus gritos mientras socorría al hombre, quizá creyera que le daba lo mismo y no pensaba ayudarla. En cualquier caso, había enmudecido. De pronto la miró con los ojos brillantes de lágrimas y volvió a hablar:

–*Please. Help me.*

Nina escamoteó un cuchillito de entre todo aquel caos de herramientas, cables y chismes varios que habían caído de la caja a la mesita del sofá, lo empuñó y cortó la correosa cinta que rodeaba sus muñecas y tobillos. La mujer se puso en pie de un salto a una velocidad que no parecía propia de alguien con una figura rechoncha como la suya. Buscó con una mirada impaciente y aferró la caja de herramientas con la mano sana antes de desaparecer de la habitación.

En ese instante se oyeron disparos en el piso de arriba. Dos, en rápida sucesión.

Por primera vez Nina dudó. Observó al herido. No estaba muy segura de lo estable que podía ser su estado, pero de momento no podía hacer mucho más por él. Se pasó las dos manos por la cara. Volvían a temblarle a pequeñas sacudidas; al consultar el reloj una vez más, comprendió quién era aquella mujer a pesar de no haberla visto antes.

Eran las 21.39. Le echó una última ojeada al herido del suelo y echó a correr tras la madre de Mikas.

SIGITA NO lograba liberarse. Aquel hombre la aplastaba contra el suelo y con la mano cerrada aferraba un puñado de sus cabellos. Pesaba mucho. En un breve destello le recordó extrañamente a Darius y al sexo con él, aunque ahora las cosas no acabarían en risas, besos y un clímax perfecto entre jadeos. Se le había caído la pistola de la mano e ignoraba dónde estaba. El cuerpo macizo que tenía encima hacía que respirar le resultara cada vez más difícil. Sabía que había gente que perecía de ese modo, en clubes nocturnos y estadios de fútbol, pero ¿sería posible morir aplastado por el peso de una sola persona? Eso parecía.

¿Qué había sido de la fuerza pánica que la impulsaba instantes atrás? Le había estrellado la caja de herramientas contra la nuca como si esperara poder arrancarle la cabeza. Ese tipo se había llevado a Mikas y, por más que ella le había rogado y suplicado una y otra vez desde el suelo de piedra de aquel despropósito de salón, que más parecía una sala de baile que una casa, no le había dicho dónde estaba su hijo. Ni siquiera cuando salió con el danés y regresó tan deprisa que no le cupo la menor duda de que Mikas estaba cerca, muy cerca. Se limitó a gruñirle y a decirle que cerrara la boca si quería que el crío sobreviviera, de modo que no se atrevió a hacer más preguntas.

La mente se le llenó de todas aquellas imágenes de pesadilla que había tratado de reprimir durante los últimos y largos días. ¿Y si Mikas estaba metido en un cajón o similar, o en un maletero donde el aire se hiciera cada vez más irrespirable? O aún peor. Imaginaba su cuerpecito en la cámara frigorífica de un camión, frío, amoratado y abierto en canal como una res. Porque ¿quién le decía a ella que seguía con vida? Todo lo que tenía era la palabra de ese hombre, y en él no se podía confiar. Solo les interesaba su riñón, el resto les daba lo mismo; sus ojos azul oscuro, su risa burbujeante, el empeño de su cara cuando las palabras le salían atropelladamente y tan sin orden ni concierto que ni ella era capaz de desenmarañarlas.

El hombre no se movía. ¿Se estaría muriendo? Sigita reemprendió la lucha a pesar de que ya casi no podía respirar.

Entonces fue cuando alguien acudió en su auxilio, alguien que apartó aquel pesado corpachón y la ayudó a sentarse. Jadeante y temblorosa, se llenó los pulmones de aire y observó cómo la mujer delgada de pelo corto que la había liberado de la cinta adhesiva se arrodillaba junto al cuerpo convulso del herido. No llevaba blusa, tan solo un sujetador blanco, y parecía que la habían rociado de pintura de cintura para arriba. No, de pintura no. De sangre. También había sangre en la pared, un arco rojo y alargado que se diría trazado con *spray*. La mujer presionó el cuello del herido con las manos, pero Sigita veía que la sangre continuaba saliendo a borbotones entre sus dedos. Aquel tipo tenía todo un lateral del cuello desgarrado y comprendió que era obra suya. Había disparado a ciegas y había sentido el latigazo del arma por dos veces, pero sin saber a ciencia cierta si había dado en el blanco y dónde. Por lo visto sí. En la pierna y en el cuello. Si se moría, lo habría matado ella.

–¿Mikas? –preguntó con el escaso aliento que le quedaba.

–Se encuentra bien –contestó la mujer morena sin levantar la mirada; ella no tuvo fuerzas para preguntar qué quería decir bien, dónde estaba, si tenía miedo, si le habían hecho algo.

La puerta tiroteada se entreabrió y Anne Marquart asomó la cabeza con cautela. Casi resultaba cómico.

–¿Hay más heridos? –preguntó la mujer morena ásperamente.

–No –respondió la señora Marquart contemplando la gran cantidad de sangre y el cuerpo que yacía en el suelo–. Por... por nuestra parte no.

La morena se inclinó aún más sobre el hombre que se había llevado a Mikas y le dijo algo que Sigita no oyó. Él no contestó. Al cabo de un rato hizo un ruido, una especie de estertor. La sangre ya no salía con tanto ímpetu. Sigita se puso en pie lentamente. Descubrió que ella también estaba embadurnada, por el pelo, por el cuello, por la blusa. La sangre de ese hombre. Sintió un hormigueo en la piel. Era casi peor que si fuera suya. Más sucio. Oyó que Anne Marquart decía algo en danés, quizá a Aleksander, que continuaba al otro lado de la puerta destrozada y, con un poco de suerte, no vería todo aquello.

–¿Hay algo que podamos hacer? –preguntó Sigita con algo de retraso. La mujer, inclinada hacia delante mientras taponaba con las manos el cuello del herido, no contestó de inmediato. Sigita podía contar cada vértebra de su espalda arqueada y veía cómo le temblaban los hombros por el esfuerzo.

Después esos mismos hombros cayeron y se relajaron; su dueña se puso en pie.

–Está muerto –anunció.

Sigita observó el pesado corpachón.

–Le he disparado yo –susurró. No sabía muy bien lo que sentía. De pronto recordó la promesa que se había hecho a sí misma si le hacían daño a Mikas. *Si le hacéis algo, os mato.* ¿Es necesario haber pensado algo antes de poder hacerlo? Y una vez que se ha pensado ¿nos coloca eso más cerca del acto? Ella lo había pensado y ahora además lo había hecho. La calma que sintió entonces quedaba ya muy lejos.

–Me temo que te equivocas –replicó Anne Marquart con voz queda agachándose a recoger la pistola–. Creo que he sido yo.

Sigita la miró estupefacta. ¿Qué quería decir con eso?

Anne, que parecía muy tranquila, limpió la pistola a conciencia.

–Cuidado –advirtió luego. Y disparó un tiro bien calculado hacia el marco de la puerta.

–Puede que sea lo mejor –dijo la mujer morena con aire pensativo–. A la policía no le costará creer su explicación.

Sigita lo comprendió al fin. Ella allí era una extraña, una extranjera sin credibilidad, dinero ni contactos. Recordó lo difícil que había resultado al principio que Gužas la creyera, aun siendo su compatriota.

–Tuve que hacerlo –continuó Anne señalando hacia el cuerpo inmóvil con la cabeza–. Fue en defensa propia.

Sigita tragó saliva. Después asintió.

–Por supuesto –dijo–. Tenías que defender a tu hijo.

Algo ocurrió cuando sus miradas se cruzaron. Un acuerdo tácito. No un trato, más bien una especie de... pacto.

–Mikas no –añadió Sigita–, pero yo sí. Le doy el mío. Si sirve.

–Ahora es mejor que te vayas –dijo Anne–. Pero espero que vuelvas. Pronto.

–Lo hare, lo prometo –contestó.

De repente la mujer morena esbozó una sonrisa breve pero intensa que llenó de vida sus ojos de color gris oscuro y borró la angulosa seriedad de su semblante.

–Está en el garaje –dijo–. En el coche gris.

Mikas estaba a la puerta del oscuro garaje. Se apoyaba en el marco con la mano, como si acabase de aprender a andar. Al verla se pintó en su rostro una expresión que no era alegría ni miedo, sino una mezcla de ambas cosas. No pudo cogerle, la escayola se lo impedía, pero se arrodilló junto a él y lo estrechó contra sí con el brazo sano. Su cuerpecito caliente, que olía a miedo y a pis, se aferró a ella como una cría de mono y le ocultó el rostro en el cuello.

–Cariño –murmuró–. Cariño mío.

Sabía que les aguardaban tiempos difíciles repletos de pesadillas, pero en ese momento, con el calor del aliento de Mikas en la piel, sintió que algo, el destino, la vida, quizá incluso Nuestro Señor, la había perdonado por lo que hizo.

NO TENÍAN mucho tiempo, se dijo Nina. El espectáculo no tardaría en comenzar: policía, ambulancias y todo lo que seguía la estela de la muerte y la desgracia. Disponían exactamente del tiempo que se invertía en llegar hasta allí desde Kalundborg con las sirenas puestas.

Fue Anne Marquart quien pidió ayuda desde el teléfono móvil de su hijo. También les prestó su coche familiar azul oscuro a Mikas y a su madre. Mejor que no estuvieran allí cuando llegasen las autoridades, les advirtió. Jan Marquart continuaba en el suelo del salón, ahora con unos cojines bajo la cabeza y envuelto en mantas, con un vendaje provisional y todo lo estabilizado que Nina había logrado dejarle con los medios a su alcance.

Su mujer parecía a punto de quebrarse al primer golpe de viento, pero bajo sus tonos pastel ocultaba una fuerza inesperada. No parecía afectarle demasiado tener un cadáver tirado en medio de un charco de sangre en el rellano y al parecer se mantenía impasiblemente firme en su decisión de asumir la responsabilidad de su muerte. Entre ella y Nina habían cubierto el cadáver con una manta, sobre todo por su hijo Aleksander, y Anne le había ofrecido una blusa de color crema para reemplazar la que había usado para vendar la herida de bala de su marido. Antes de introducir los brazos, sometidos a un lavado de emergencia, en las carísimas mangas con su sentimiento de culpa algo más aliviado, observó que en el cuello ponía Armani.

Anne la guió alrededor de la casa hasta una entrada que había en la fachada.

–Es aquí –le explicó marcando una clave en la cerradura electrónica–. Arriba, en el primer piso. Entra sin más. Yo me ocupo de Jan mientras tanto.

Nina asintió. La puerta del apartamento de Karin estaba precintada con el cordón amarillo de la policía, pero la abrió igualmente y pasó por debajo del precinto. La luz del recibidor se encendió automáticamente a su paso; debía de haber un sensor en algún sitio. Localizó el interruptor y encendió también la del salón.

Allí había vivido Karin. Sus abrigos y zapatos a la entrada, su perfume que aún flotaba débilmente en el aire. Aquella mezcla tan suya de orden y desbarajuste. Los rimeros de libros y las montañas de papeles crecían por doquier, eso a Karin no le parecía desorden, pero Nina sabía que si entraba al dormitorio encontraría hasta la ropa sucia pulcramente doblada en montoncitos.

Reconoció la vieja mecedora de su amiga, una herencia que la acompañaba desde su época en la residencia universitaria, pero en todo lo demás el estilo se había ido transformando a medida que engordaba su cuenta nómina. Conran y Eames en lugar de Ikea, cafetera exprés auténtica en la cocina americana, arte contemporáneo original en las paredes.

Sobre el escritorio había una pequeña y elegante impresora, pero no se veía ningún ordenador. Se lo habría llevado la policía, igual que se veía que faltaban algunos montones de papel. Uno de los cajones había quedado entreabierto.

Se sentó en la mecedora. No había ido a fisgonear, había ido a despedirse.

Había pensado mucho en el miedo de Karin. Era evidente que había pasado las últimas horas de su vida aterrorizada, incluso mucho antes de que la encontrase el lituano. ¿Sería Jan lo que la asustaba? A Nina no le parecía especialmente terrorífico, pero claro, ella le había conocido desangrándose en el suelo en estado de *shock* después de que una bala de nueve milímetros le destrozara la clavícula.

Karin le conocía mejor. Lo bastante para estar sobrecogida tras desobeceder sus órdenes, y eso que ni siquiera se había llevado los fajos de dólares que continuaban esparcidos por el suelo junto a Jan Marquart. ¿Qué creía que iba a hacerle? ¿Por qué había salido del apartamento a todo correr para ir a ocultarse en un pequeño chalé de una zona de veraneo?

Le asustaba la gente que mete a los niños en maletas, se le ocurrió de pronto, y quienes les pagan por hacerlo. Pensó que yo podría salvar a Mikas y supongo que lo he hecho, pero ella no tenía quien la salvara.

Oyó unas sirenas a lo lejos. Se agotaba el tiempo. Se levantó para apagar la luz y marcharse, pero al alargar la mano en busca del interruptor sus ojos se toparon con las distintas postales, notas y fotografías que Karin tenía en la puerta del frigorífico.

Descubrió la existencia de una pequeña sección-Nina. Arriba a la derecha había una foto suya con Karin, una antiquísima que les hicieron durante un concierto en la cafetería de la universidad hacía al menos cien años, cuando acababan de ingresar juntas en la escuela de enfermería. Karin llevaba un tremendo peinado de fiesta postochentero, raya de ojos a lo Cleopatra y unos pendientes que le llegaban casi por los hombros, y sus ojos le sonreían retozones a la cámara. Nina iba de negro, por supuesto, pero por una vez también le había regalado una sonrisa al fotógrafo, aunque algo menos radiante.

La ha guardado diecisiete años, pensó. Quién sabe en cuántos frigoríficos habrá estado.

Debajo de la foto de la fiesta había otra de la boda de Nina tomada a toda prisa junto al Ayuntamiento de Århus, delante de la célebre escultura de los cerdos. No recordaba quién había tenido la brillante idea, pero tanto ella como Morten, absurdamente jóvenes, se miraban de reojo con tal seriedad que parecían presagiar un negro futuro en común. Aún no se adivinaba la presencia de una pequeña Ida de cuatro meses bajo el vestido de la novia.

Algo más abajo estaban las imágenes de los nacimientos de Ida y Anton, unas tarjetas que habían enviado decoradas con una fotografía de un rojo y arrugado recién nacido cada una y una diminuta huella dactilar de tinta negra.

Toda mi vida ha estado aquí colgada, se dijo, año tras año entre fotos de sobrinos y sobrinas, citas con el dentista y postales de las vacaciones. Aquí, donde ella podía verla todos los días si quería.

Un caos de sentimientos la sacudió por dentro, una combinación oscura y untuosa de añoranza, pena, odio hacia sí misma y culpa. Le llevaría algún tiempo analizarlos, más del que podía dedicarles en esos momentos. Apagó la luz. Cerró la puerta y oyó el chasquido del cierre electrónico. Mientras las sirenas se acercaban, se sentó a esperar en la escalera de piedra. Debería bajar a ver a Jan Marquart, pero en ese preciso instante la idea de mirarle se le antojaba insoportable. No habían sido sus manos las que habían golpeado a Karin hasta matarla, pero había pagado al hombre que se encargó de hacerlo. El miedo de Karin estaba más que justificado.

Le dolía la cabeza como si fuera a partírsele y sabía que tenía que ingresar, pero no le apetecía. Lo único que quería era irse a casa. Al fin, y si era posible. Se había lavado las manos y los brazos lo mejor que había podido, pero seguía notando la sensación pegajosa de la sangre del lituano entre los dedos y por debajo de las uñas.

No había tenido miedo. Al menos de él no.

Le había encontrado en el suelo en medio del mar de sangre que salía de su cabeza y crecía sin cesar. No se movía, pero su enorme corpachón se agitaba débilmente, como si tuviera frío, y al verlo allí, tirado en el suelo, resultaba difícil sentir algo que no fuera compasión. Quizá conmiseración fuese más exacto, observó Nina, porque así era su aspecto. Mísero.

Había visto la sangre que salía a chorros rítmicos de inmediato, nada más apartarle de encima de la mujer, y en ese mismo instante había comprendido que se estaba muriendo. A pesar de todo, se había arrodillado junto a él y le había introducido dos dedos en el desgarrón del cuello. Había palpado la arteria viscosa y elástica con las yemas de los dedos, aquel agujero irregular y excesivamente grande, y la sangre que manaba, cálida e incontrolable.

El herido la observaba con una mirada que ya era lejana y lechosa, como si alguien hubiese corrido una cortina ante sus ojos. No era la primera vez que veía esa mirada, por supuesto que no. Era enfermera y había asistido a otros moribundos.

De todos modos aquello era diferente.

El olor de la sangre caliente y el torrente rojo y viscoso que le corría por los antebrazos la mareaban.

(No te olvides del tiempo, Nina. Mantente despierta. No puedes volver a olvidarte del tiempo.)

Había movido la cabeza de un lado a otro intentando captar la atención del hombre. Necesitaba saber una cosa. Necesitaba saber si había hecho lo correcto.

–¿La mataste?

El hombre pestañeó y su aliento sonó húmedo y borboteante. ¿Se habría visto afectada también la tráquea? No la miraba, pero ella sabía que la había oído.

–A Karin, la mujer del chalé. ¿La mataste tú?

Sus labios se separaron en algo que podía ser desde un gruñido hasta un intento de hablar. Sus ojos habían perdido el brillo como las piedras oscuras al secarse a la orilla del mar. No contestó, pero ella se sintió de pronto muy segura.

Ya puedo dejarle morir, se dijo contemplándose las manos. La sangre seguía escurriéndole por los brazos y cayendo al suelo de parqué claro. Puedo soltar y dejarle morir. Ha matado a Karin, ha robado un niño y no merece otra cosa.

Pero no lo hizo.

Hundió más las yemas de los dedos en la herida. Quizá si encontrara otro punto mejor, si apretara algo más fuerte. Usaba ya las dos manos.

El flujo disminuyó, pero no porque hubiese logrado taponar mejor la herida, sino porque la sangre se iba agotando. De pronto el tórax del hombre se alzó hacia ella, se desplomó con un hondo suspiro y quedó inmóvil.

Permaneció a su lado presionándole el cuello con los dedos unos segundos más; notó una punzada de dolor ya antiguo en el pecho.

No había logrado salvarle a pesar de todos sus esfuerzos, y al darse cuenta sintió una especie de alivio en algún rincón de su conciencia.

(Independientemente de lo que ella hubiera hecho, aquel hombre habría muerto.)

NINA LE PIDIÓ a la agente que la llevó a casa que se marchara al llegar al portal. Estaba cansada, le dolía todo el cuerpo y por alguna razón la idea de una extraña en su hogar le resultaba difícil de aceptar en esos momentos. No se sentía capaz. De eso ni de nada.

Sabía que Morten la estaba esperando, o al menos eso es lo que le había parecido entender por las palabras de aquella mujer de uniforme. Por supuesto, le habían avisado de inmediato, y le había hecho «muy feliz saber que se encontraba en buen estado», le explicó.

Subió el primer peldaño de las escaleras mientras desmenuzaba mentalmente aquella frase. Morten estaría aliviado, no le cabía la menor duda, pero «feliz» era un adjetivo que a su actual relación le venía un poco grande. Intuyó que lo encontraría cualquier cosa menos feliz y la expresión que vio en su rostro confirmó al instante sus peores sospechas.

Debía de haberla visto llegar por la ventana, porque la puerta del apartamento estaba abierta de par en par y él aguardaba en el rellano cruzado de brazos y con aspecto de tener intención de cerrarle físicamente el paso al hogar que compartían. Nina aminoró el paso automáticamente hasta detenerse en el último escalón.

–Conque aquí estás.

La voz de Morten era apagada, casi un susurro.

Ni furiosa ni triste, algo distinto que no acababa de captar; la mirada que le lanzó la amilanó un poco. Después se armó de valor, dio el último paso y llegó al rellano.

Le tenía tan cerca que casi podía tocarle, y tuvo que reprimir el impetuoso impulso repentino de hundir el rostro entre su cuello y el hueco de la clavícula.

–¿Puedo pasar?

Intentaba que su voz sonara firme y llena de aplomo, pero no pudo evitar que se le hiciera un doloroso y molesto nudo en la garganta, seguramente un preludio del llanto que estaba por venir, aunque en esos momentos deseaba ser ella la que le consolase a él. Al levantar la vista en busca de la mirada de Morten, se encontró con su semblante velado por una sombra grande y oscura y vio cómo su pecho se hinchaba en un único sollozo. La cogió del pelo corto y revuelto y la estrechó contra sí.

Desamparo.

Eso era lo que había oído en su voz, la absoluta impotencia que sabía que sentía cuando algo la arrastraba y se la llevaba.

–Esto –dijo abrazándola con tanta fuerza que le hacía daño–, esto no me lo vuelvas a hacer en tu vida.

SEPTIEMBRE

HABÍA HARINA por toda la cocina. Harina en la encimera, harina en el suelo, una harina grasienta y pastosa en uno de los grifos y hasta un par de pisadas harinosas en el recibidor.

–Pero ¿qué estáis haciendo? –preguntó Morten dejando el maletín del ordenador.

–¡Pasta! –contestó Anton entusiasmado lanzando por los aires una cinta amarillenta enharinada–. ¡Mira!

Cielo santo, pensó. Nina debía de estar en medio de una de sus crisis periódicas de celo hogareño. Y, cómo no, no podía conformarse con hacer un bizcocho de cualquier sobrecito precocinado. Todavía recordaba con espanto la media ternera ecológica que apareció un día en la mesa de la cocina. La casa fue lo más parecido a un matadero durante las casi veinticuatro horas que Nina invirtió en descuartizarla, cortarla, envasarla y congelarla, o al menos intentarlo; acabaron vendiéndole más de la mitad a su hermana, que vivía en Greve y tenía un arcón congelador.

Ahí estaba ahora, en medio de la cocina con las mejillas encendidas y pasando raviolis por un aparato cuya existencia Morten ignoraba por completo.

–Muy bonito –le dijo a Anton con aire ausente.

–Hola –le saludó Nina–. ¿Qué te han dicho?

–Esta vez va Esben, pero a cambio he prometido que yo haré el próximo viaje. Dicen que será hacia el veintitrés.

Su rutina de trabajo consistía en pasar quince días en las plataformas del Mar del Norte cada seis semanas, pero en esta ocasión no había querido ir. Lo que más le apetecía era que se tomaran unas vacaciones juntos. De hecho ya había hecho los cambios necesarios para obtener una semana de libertad del *mud logging*, pero Nina se negaba.

–Lo que yo necesito es una dosis extra de rutina –sostenía.

Sin embargo, finalmente había logrado arrastrarla hasta la consulta de Magnus, que le cosió un desgarrón en el cuero cabelludo, le palpó las contusiones del cráneo y la derivó al Rigshospitalet para que le realizaran más exámenes.

–De momento te has ganado una conmoción cerebral –comentó iluminándole los ojos con una linterna–. Ya sabes que tenemos que asegurarnos de que no hay daños más graves. ¿En qué demonios estabas pensando?

Luego se dirigió a Morten:

–Si vuelve a ocurrir algo semejante, no dejes que se duerma. Es posible caer en un coma mortal sin que nadie note nada.

Morten asintió con la boca seca y, aunque los médicos del hospital les aseguraron que no había fracturas en el cráneo ni otros daños de consideración, las palabras de Magnus se le quedaron grabadas y tardó una semana en ser capaz de volver a dormir con ella con normalidad. Le recordaba a la época en que los niños eran pequeños y necesitaba escabullirse de vez en cuando hasta su cuarto para asegurarse de que seguían respirando.

En menos de quince días Nina estaba de vuelta en el trabajo; Morten tenía la sensación de que la Operación Ravioli desempeñaba un importante papel en su afán de demostrar que estaba preparada. Preparada para el trabajo y la familia, sobrada de energías, «allí» de nuevo.

Le habría gustado explicarle que no era necesario, que podía sentirse enfadada y cansada, que podía tomar el camino más fácil. Si había algo que demostrar, desde luego no era en el Gran Campeonato de la Pasta.

El día de los raviolis se quedó mirándola a los ojos largo rato, cautivado, como tantas veces, por su vida y su intensidad. En una ocasión encontró un trozo de dolerita cuyo color tormentoso le recordó tanto a los ojos de Nina que se lo llevó hasta casa nada menos que desde Groenlandia.

–¿Ocurre algo? –preguntó ella.

–No.

Con las manos separadas para no mancharle de harina la camisa del trabajo, le dio un beso.

–Vamos a hacer de tres tipos –le explicó–. Unos con espinacas y *ricotta*, otros con jamón y emmental y otros con setas y trufa. ¿A que suena bien?

–Pues sí –admitió él.

MORTEN CONTINUABA levantado mucho después de que Nina se durmiera y al arrodillarse junto a ella en la cama la despertó. Nina alargó un brazo y le acercó. Él se dejó caer. La besó profunda e impetuosamente, le paseó con delicadeza los dedos por entre los labios, por el cuello, los pechos, los brazos y las muñecas. Los fundió con los suyos mientras la hundía en el colchón bajo el peso de su cuerpo.

Aunque sus ojos casi habían desaparecido en la oscuridad, Nina los veía brillar a la débil luz de las farolas que entraba por la ventana y percibió algo en ellos, una especie de pena o melancolía interpuesta entre los dos. Quizá hubiera estado ahí siempre, pero ella la advirtió por vez primera.

Se volvió a mirar los números que parpadeaban en la pantalla de la radio-despertador.

–No. –La voz de Morten resonó áspera e insistente–. Ahora no.

Extendió un brazo y tumbó el reloj para que los números dejaran de ser visibles. Luego la cogió por la cabeza y la obligó a volverla hacia él en la oscuridad mientras con gesto lento y decidido le separaba las piernas.

Ella no se resistió. Se dejó caer en él, en lo que sentía, en esa cálida zona donde el tiempo no era nada.

Volvió a casa corriendo. No era capaz de reprimir el pánico a pesar de que sabía que estaba histérica y que al llegar le encontraría sentado a la mesa de la cocina, como siempre, con un trozo de pan con huevo, una cerveza rubia y el café haciéndose en la cafetera. Pero a veces su padre regresaba aunque la jornada escolar no hubiese acabado todavía. No sucedía a menudo, solo tres o cuatro veces al año, y por lo general al día siguiente estaba ya de vuelta en el colegio. Por lo general. Pero otras veces, las veces malas, podían llegar a pasar dos o tres semanas y la cosa no andaba muy bien. Eso es lo que decía su madre cuando se interesaban. «No, Finn no anda muy bien últimamente». Y ya no preguntaban más, si le conocían no.

Pan con huevo cocido y berros, pensó. Estará sentado a la mesa de la cocina con un buen manojo de berros que habrá cortado de ese erizo deforme que ha hecho Martin en la guardería. Y lo acompañará con una cerveza rubia porque se habrá tomado sus pastillas.

Consultó el reloj. Las once y veinte. Si le veía ahí sentado no tenía ni que entrar, podía mirar desde fuera por la ventana y volver corriendo al colegio, así no llegaría tarde a la siguiente clase.

Pero no estaba sentado a la mesa, de modo que no le quedó más remedio que entrar.

Su grueso abrigo colgaba del perchero de la entrada. Sus zapatos estaban muy colocaditos en el estante de abajo al lado de la cartera del colegio. Entreabrió con cuidado la puerta del dormitorio, pero allí tampoco estaba. Entonces descubrió que la puerta del sótano estaba entornada. Y oyó el ruido.

Llegó tarde a lengua y a sociales y se llevó una regañina. Al principio se quedó bloqueada sin saber qué decir.

–He tenido que cambiarme de ropa –explicó por fin.

Solo después comprendieron la razón y empezaron a preguntarle por qué había vuelto al colegio.

El que más preguntas hacía era el psicólogo. Siempre comenzaban con un «qué sentiste cuando...» o «qué pensaste cuando...».

Y ella se sentía incapaz de responder. No recordaba haber sentido o pensado nada. Ni haber hecho nada. No es que no se acordara de haber estado en el sótano, y también se acordaba de lo otro: de su padre en la bañera con la ropa puesta y del agua roja. Recordaba que sus labios se movieron al verla, pero era como una película sin sonido, no oía lo que decía. Se quedó allí mirando todo aquel rojo que le escurría por los brazos. Fue más o menos entonces cuando el tiempo dejó de existir, creía ella, pero no sabía cómo. Recordaba haber ido a casa de la señora Halvorsen a pedirle que llamara a una ambulancia. Lo que no entendía, lo que no le cabía en la cabeza, es que hubiera pasado más de una hora. Que de repente fueran las doce y media y llevara otra ropa. Si fui corriendo, repetía una y otra vez, a sí misma y a todos los mayores que le preguntaban. Fui corriendo.

El teléfono la arrancó de aquella pesadilla. Lo buscó a ciegas y contestó antes de que despertara a Morten. Eso creía. Al principio no había más que una respiración agitada al otro lado. Estaba a punto de colgar cuando oyó una vocecilla aterrorizada.

–*Please come.*

–*Who is this?*

–*Natasha. Please…*

Nina se incorporó bruscamente y encendió la luz. Morten murmuró algo, adormilado. La palabra «mierda», entre otras cosas, pero llegó a entender poco más.

–Natasha, ¿qué ocurre?

Por espacio de unos interminables segundos solo oyó el aliento jadeante y lloroso de la joven.

–Ha tocado a Rina. Ha tocado…

–Denúnciale –exclamó furiosa–. ¡Si no, le denuncio yo!

–Me parece que está muerto –dijo Natasha–. Ven, por favor. Creo que le he matado.

Se oyó un chasquido cuando la comunicación se cortó. Nina permaneció inmóvil con el regusto sangriento de los restos de la pesadilla. Morten rodó hacia un extremo de la cama y continuó durmiendo; no parecía haber llegado a despertarse del todo. La sábana, lo único que le tapaba, se había deslizado hasta dejar al descubierto el arranque de sus nalgas.

Llama a la policía, se dijo. Vamos. 112. Conoces el número. Joder. Acababa de curársele la herida de la cabeza y aún le dolía de vez en cuando.

Cerró los ojos un instante. Después salió de la cama con sigilo, metió los brazos en la misma camiseta de la víspera y entró en el cuarto de baño sin hacer ruido. Se echó un poco de agua fría por encima, se vistió tan en silencio como pudo y cogió las llaves del coche del llavero de la entrada. La noche de septiembre se cernía densa y húmeda sobre la ciudad casi tan cálida como el día anterior. El verano parecía haber decidido ser eterno.

Eran las 4.32, comprobó.